本书系国家社科基金青年项目研究成果，并承蒙浙江大学董氏文史哲研究奖励基金、中央高校基本科研业务费专项资金资助出版

外国文学研究丛书

当代英国小说中创伤历史的书写

苏 忱 著

Writing Trauma in
Contemporary British Fiction

ZHEJIANG UNIVERSITY PRESS
浙江大学出版社
·杭州·

图书在版编目（CIP）数据

当代英国小说中创伤历史的书写 / 苏忱著. —杭州：
浙江大学出版社，2023.10
ISBN 978-7-308-23862-5

Ⅰ．①当… Ⅱ．①苏… Ⅲ．①小说研究－英国－现代
Ⅳ．①I561.074

中国国家版本馆 CIP 数据核字（2023）第 095375 号

当代英国小说中创伤历史的书写

苏 忱 著

策划编辑	董 唯 张 琛	
责任编辑	董 唯	
责任校对	田 慧	
封面设计	周 灵	
出版发行	浙江大学出版社	
	（杭州市天目山路 148 号 邮政编码 310007）	
	（网址：http://www.zjupress.com）	
排 版	浙江大千时代文化传媒有限公司	
印 刷	广东虎彩云印刷有限公司绍兴分公司	
开 本	710mm×1000mm 1/16	
印 张	13.5	
字 数	242 千	
版 印 次	2023 年 10 月第 1 版 2023 年 10 月第 1 次印刷	
书 号	ISBN 978-7-308-23862-5	
定 价	68.00 元	

前　言

我们生活在一个创伤的时代，其中充满了各种形式的伤痛和苦难。全球性的疫情、自然灾害、社会动荡、经济危机等一系列事件不断冲击着我们的心灵和身体，让我们难以承受。很多人在这样的环境下经历了心理上的创伤和痛苦，难以摆脱负面情绪和思维模式的困扰。然而，正是在这样的时代里，我们也看到了人类的坚韧和勇气，看到了人们相互支持、守望相助的力量。

创伤经历是一种痛苦的、不可磨灭的历史经验，它不仅仅是一段过去，更是对当下和未来产生影响的现实力量。创伤历史的书写通过文学作品的形式，让读者能够更加直观地感受到创伤的力量和影响。英国在 20 世纪上半叶经历了两次世界大战的重创，战后又进一步经历了帝国的衰落和瓦解。历史中一系列的创伤事件对当代英国小说创作产生了深刻的影响。面对创伤书写的美学与伦理挑战，英国小说家们在文学中再现创伤，反思战争与暴力。这些小说在创伤历史的回顾与反思中反映了小说家们对当下现实的关切，成为当代英国文学中不可或缺的一部分，也成为本书关注的焦点。

当代英国小说既涉及个人的创伤经验，也有着对集体创伤历史的反思。创伤经验的影响并非总是显而易见的，因为它们可能在个人和集体的记忆中被压制、遗忘或以其他方式被掩盖。虚构的文学创作为作家们开辟了独特的空间，他们在其中为我们展现创伤的发生、影响，甚至创伤是如何被遗忘的。在当代英国小说中，作家们探索着不同的叙事技巧，传达创伤的经验，并运用隐喻、象征和其他文学手法，通过文本向读者传递着创伤中的情感体验，通过情感共鸣的方式与读者产生联系，让读者能够更加深入地理解和感受到这些经历的痛苦和困难。当代英国小说中创伤历史的书写还可以提供一种安全的情境，让读者在其中探索和处理自己的创伤经历，而不必直接面对这些经历可能带来的痛苦和困难，从而找到自我治愈的路径。总体而言,本书希望能为人们深入了解当代英国文学中的创伤叙事提供新的思考路径。

最后,我想在此感谢所有给予我无限帮助的师友。本书是国家社科基金青年项目的最终成果,无论是在项目申报阶段,还是在项目进行的过程中,我身边的老师和同事们都给予了我珍贵的建议和无尽的关怀,感激之情难以言表。我还要特别感谢本书的编辑董唯女士,她的耐心、细致和专业帮助我发现了书稿中的诸种错误与不当表述,并使此书最终得以顺利出版。

苏　忱

2023 年 4 月

目　录

绪　论

（一）当代英国小说的年代划分

关于当代英国文学年代的划分一直颇有争议。传统的划分是将 1945 年第二次世界大战结束后出版的英国文学认定为当代文学，然而随着历史的车轮驶入 21 世纪，很多学者对此认定提出了异议。当代英国文学研究的焦点逐渐转向 20 世纪 70 年代中晚期至今的文学创作。新的年代划分首先依赖的是文学产生的历史背景。1979 年，撒切尔夫人入主唐宁街，随后开展了一系列政治经济改革，对英国社会产生了巨大且深远的影响。学者们大都认同"70 年代中期以后的英国显然与二战之后 25 年内的英国有着很大不同，就如同被摩登女郎和繁荣萧条周期更迭的全球危机所充斥的 20 年代与维多利亚时代晚期之间的差异一样巨大"①。

在历史的剧变中，文学创作无论在内容上还是技巧上都随之发生变革。英国文学的创作自 20 世纪 70 年代中晚期起也发生了质的飞跃，由此沉淀出了当代英国文学中的经典作品。与诗歌、戏剧等文学样式相比，小说在当代英国文坛无疑是最受关注的文学样式。《格兰塔》(Granta)杂志的编辑比尔·布福德(Bill Buford)在 1979 年该杂志创刊号的一篇文章中曾指出："五六十年代，甚至大部分 70 年代的英国小说总是不厌其烦地表现为单调冗长、追求务实的独白。它们缺少激情，没有动力，提供安慰而不提出挑战。"②然而，就在该文发表后一年，布福德欣喜地发现了英国文坛上的风云变幻。英国文学"从中产阶级的自白中解

---

① 转引自：Bentley, N. *British Fiction of the 1990s*. London：Routledge，2005：2.
② Buford, B. Introduction. *Granta*，1979(1)：3.

放了出来,正在进行真正意义上的实验,探索传统而不被传统所累"①。由此,80年代及其之后诞生的一系列英国小说被认为构成了"英国小说的复兴"②,"重新确立了英国小说作为杰出文学类别的地位"③。"一些作家也逐渐取得了经典的地位,……他们包括马丁·艾米斯(Martin Amis)、扎迪·史密斯(Zadie Smith)、萨曼·鲁西迪(Salman Rushdie)、安吉拉·卡特(Angela Carter)、珍妮特·温特森(Jeanette Winterson)、格雷厄姆·斯威夫特(Graham Swift)、A. S. 拜厄特(A. S. Byatt)、哈尼夫·库雷西(Hanif Kureishi)和朱利安·巴恩斯(Julian Barnes)。"④

20 世纪晚期涌现的这一批优秀的英国小说家锐意进取,力图在小说的语言、形式和主题上革新突破,同时在继承自身传统的基础上走向国际化。这两股潮流较为突出地体现在当代英国文坛历史小说的兴起上。马尔科姆·布拉德伯里(Malcolm Bradbury)在《现代英国小说:1878—2001》(*The Modern British Novel:1878—2001*)中介绍 20 世纪 80 年代至 2001 年的英国文学时指出,对历史的关注是这一时期小说创作的特点之一,"很多英国小说家再次转向了历史,回顾性作品的出版一时蔚然成风"⑤。与此同时,这一时期的历史小说"在市场上极受欢迎,拥有忠实的阅读群体"⑥。80 年代涌现的这些作品无论在叙事技巧上还是在主题探索中都不再因袭传统的话语,为当时的文学界吹来一股新风,以

① Buford,B. Introduction. *Granta*,1980(3):16.

② Childs,P. *Contemporary Novelists:British Fiction since 1970*. New York:Palgrave Macmillan,2005:9.

③ Morrison,J. *Contemporary Fiction*. London:Routledge,2003:4.

④ Bentley,N. *Contemporary British Fiction*. Edinburgh:Edinburgh University Press, 2008:194.

⑤ Bradbury,M. *The Modern British Novel:1878—2001*. Beijing:Foreign Language Teaching and Research Press,2005:451.

⑥ Keen,S. The Historical Turn in British Fiction. In English,J. F. (ed.). *A Concise Companion to Contemporary British Fiction*. London:Blackwell,2006:167.

致有评论家认为"这些小说超越了我们新近对当代小说的划分"①。当代英国小说家大都出身科班，接受过 20 世纪 60 年代以来欧美大陆掀起的理论热潮的洗礼。欧洲大陆思想理论界尤其是法国的一些后结构主义思潮对宏大叙事和历史客观性的理论质疑也是当代英国作家创作的源泉，一些作家有意识地从这些理论视角展开创作。②

（二）当代历史理论与英国小说创作

小说无疑是社会生活史的一部分。小说在两种意义上都是在创造历史：一是小说及其内容属于历史中的事件；二是小说以其独特的叙述范式记载了历史事件，并成为某种历史证据。但是，人们仍然会意识到小说与历史之间不容易重叠的叙事形式。然而，随着文学叙事的不断发展，当代文学叙事与历史叙事之间的界限在逐渐消失。当代作家拜厄特在描述当代英国文坛时曾指出，当代英国历史小说的兴起是与思想理论界对历史书写的反思分不开的。③

20 世纪 60 年代以来，以法国思想家为代表的一批后结构主义理论家（有时也被称为后现代思想家）批判了现代性中涉及的理性、真理和主体性等思想。依照詹明信（Fredric Jameson）的分析，后结构主义对历史主义的抨击是对两种相

---

① 评论家戴维·洛奇（David Lodge）把 20 世纪的小说创作分为三类：一是现代主义文学，这种文学认为艺术是自为的活动；二是反现代主义的现实主义文学，这种文学坚持意义优于语言；三是后现代主义文学，这种文学打破了先前小说呈现的意义模式。参见：Janik，D. I. No End of History：Evidence from the Contemporary English Novel. *Twentieth Century Literature*，1995，41（2）：161. 该文认为，20 世纪 80 年代涌现的这些年轻作家在创作中较好地综合了各类文学模式，在创作上各有其特点，体现了他们在文学创作上的成熟一面。

② Head，D. *The Cambridge Introduction to Modern British Fiction*. London：Cambridge University Press，2002：4.

③ Byatt，A. S. *On Histories and Stories：Selected Essays*. Cambridge，MA：Harvard University Press，2002：9.

互联系的分析叙事模式的批判,这两种分析叙事模式分别为本原(genetic)[①]模式和目的论(teleological)模式。[②] 本原历史主义的分析[③],即在历史书写中着重追述事情发生的"起源",建构具有历史实质的、进化论的和想象的过去。传统史学家在书写历史时倾向于在历史现象中寻找其所谓的本质起源和终极原则,探本溯源的愿望使他们竭力想要弄清楚在事物明显的开端之外所存在的原初起源。约翰·雅各布·巴乔芬(Johann Jakob Bachofen)对这一假定所做的理论辩护是本原或进化论方式的典型表达法:"一个真正科学的认识论,不仅回答关于事物本质的问题,它试图揭示事物发生的源头,以及把源头同其随后的发展结合起来。只有当知识包括了起源、发展和最终命运时,知识才真正转变为大写的理解(Understanding)。"[④]这种学说认为历史事件的产生和展开必有其原因,在历史过程中事先存在着的某个原因必定会导致某种历史结果,在原因与结果之间存在着必然的、绝对的连续性关系。当代思想家在批评本原式历史叙事模式时集中抨击了本原论中暗含的历史因果论,强调关注由本原式历史叙事所掩盖的偶然历史现象。米歇尔·福柯(Michel Foucault)借助弗里德里希·威廉·尼采(Friedrich Wilhelm Nietzsche)的谱系学反对历史主义的起源论。尼采的谱系学反对以理想意义和无限目的论为模式的元历史,反对探求起源,更加关注偶然性、变化、差异、分歧和偏差。尼采认为,探求起源,就是"设法把握事情的确切本质、最纯粹的可能性,得到细致叠合的同一性,设法把握事物之静止和先于外部

---

① 英文genetics在中文里一般是指哲学研究的一个流派——发生学,它是一种方法论研究,旨在反映和揭示自然界、人类社会和人类思维形式发展、演化的历史阶段、形态和规律的方法。特点是把研究对象作为发展的过程,注重历史过程中主要的、本质的、必然的因素。本书在此援引张京媛的翻译,将genetic译为"本原",但是其中蕴含的是发生学研究的思想和方法。

② 詹明信. 马克思主义与历史主义. 张京媛,译//詹明信. 晚期资本主义的文化逻辑. 陈清侨,等译. 北京:生活·读书·新知三联书店,1997:155.

③ 詹明信在论述中指出,它可以被看作"19世纪思想的具体转喻","与关于未来和进步的观点并没有必要的联系,尽管这两个模式具有某些叙事相同性"。参见:詹明信. 马克思主义与历史主义. 张京媛,译//詹明信. 晚期资本主义的文化逻辑. 陈清侨,等译. 北京:生活·读书·新知三联书店,1997:156.

④ 詹明信. 马克思主义与历史主义. 张京媛,译//詹明信. 晚期资本主义的文化逻辑. 陈清侨,等译. 北京:生活·读书·新知三联书店,1997:156.

的、偶然的和连续的世界形式"①。然而,事实上"事物背后并无本质或事物本质是以零星方式产生于不同事物的图像的……理性是完全'合理地'诞生于机缘的……高尚的'起源'只是一种形而上学的延伸物"②。在追溯起源时,传统史学家和以往的哲学家总是假定所发生的事情只不过是以前早已存在着的某个本质事物的展开和体现而已,这势必会导致人们轻视甚至无视历史上实际发生的偶然事件。因此一些学者认为由"本原"模式叙述的历史不能代表真实的历史,重书历史的迫切性由此得到提升。

目的论模式是指自 17 世纪勒内·笛卡儿(René Descartes)创立近代主体哲学以来,历史书写秉持的进步历史观,该模式认为历史是从低级到高级的发展过程,并逐渐趋向于现世之完美状态。目的论的历史叙事模式向世人展示了一幅人类理性和科学技术战胜自然的乐观主义历史进步场景。詹明信认为,当代西方理论界对目的论的批判"处于马克思主义(也包括今天的后马克思主义)批判和否定'进步论'的框架里。出于十分不同的原因,'进步论'成为资产阶级思想的特征③。对目的论的批判主要是批评该学说以"历史的终结"为名义说服人们为"未来"而牺牲自己的现在,它从根本上"是宗教(和专制主义)思维模式的病症"④。在经历了 20 世纪一连串的战争、纳粹大屠杀(the Holocaust)⑤等惨绝人寰的事件后,当代的思想家进一步抨击了进步论的虚伪性,指出如此书写的历史往往是由一定意识形态话语所操控的,它掩盖了真实的历史。真实的历史有可能承认相对的进步,但进步从未是历史上规定好的。一部以进步为主题的人类历史往往会淡化甚至忽略其中自相残杀、饿殍遍野的血腥记录。进步论的批评者认为,所谓的进步史一般都是"同"排斥、统治、同化和消灭"异"的历史。这里

① Foucault, M. Nietzsche, Genealogy, History. In Rabinow, P. (ed.). *The Foucault Reader*. New York: Pantheon Books, 1984: 78.
② 莫伟民. 莫伟民讲福柯. 北京:北京大学出版社,2005:157.
③ 詹明信在论述中认为从亨利·亚当斯(Henry Adams)和 H. G. 威尔斯(H. G. Wells)一直到 20 世纪 50 年代冷战时期主张"意识形态已经终结"的反乌托邦的思想家都是这种思想的清楚代表。詹明信. 马克思主义与历史主义. 张京媛,译//詹明信. 晚期资本主义的文化逻辑. 陈清侨,等译. 北京:生活·读书·新知三联书店,1997:155.
④ 詹明信. 马克思主义与历史主义. 张京媛,译//詹明信. 晚期资本主义的文化逻辑. 陈清侨,等译. 北京:生活·读书·新知三联书店,1997:155.
⑤ 这里指二战时纳粹屠杀犹太人,本书后面提及的大屠杀一般都是指这一历史事件。

所说的"同"是指理性、人类绝对主体甚至抽象本质等,"异"是指非理性、自然(甚至人类自身)、相对偶然的现象等。① 暂时的进步不能弥补和抵消过去时代造成的难以估量的苦难和损失。齐格蒙特·鲍曼(Zygmunt Bauman)就曾感慨,"对于像我们这些接受了启蒙教育的人,我们曾视历史为持续不断的鼓舞人心的进步和解放的历程,而面对 20 世纪的灾难,没有什么能比这些更让我们困惑、震惊和受创的了",这个时代是要求我们"重新评估历史的时代"。② 因此当代学者主张在历史书写中再现"他者的历史",并将此称为"真实的历史"。

史学界关于历史客观性的争论,模糊了历史叙事与虚构叙事之间的界限,影响了当代英国小说的创作。海登·怀特(Hayden White)的著作《元史学:19 世纪欧洲的历史想象》(*Metahistory:The Historical Imagination in Nineteenth-Century Europe*)中对历史叙事的分析影响尤其深远。该书副书名中"想象"一词点出了怀特的用意。在他看来历史像文学一样需要想象,而不是完全从事实出发的。怀特认为,历史学家在"编排"或"组织"历史故事使其成为完整的叙事性历史时需要经过三个运作过程。第一个过程是"情节化解释",他根据诺思罗普·弗莱(Northrop Frye)的《批评的剖析》(*Anatomy of Criticism*)识别出四种"情节编排形式"——浪漫剧模式、喜剧模式、悲剧模式和讽刺剧模式。"在叙述故事的过程中,如果史学家赋予它一种悲剧的情节结构,他就在按悲剧方式'解释'故事;如果将故事建构成喜剧,他也就按另一种方式'解释'故事了。情节化是一种方式,通过它,形成故事的事件序列逐渐展现为某一特定类型的故事。"③ 第二个过程是"论证式解释",怀特通过借鉴斯蒂芬·C. 佩珀(Stephen C. Pepper)在《世界的假设:证据的研究》(*World Hypotheses:A Study in Evidence*)中假设的世界类型,把历史分析中话语论证的解释模式分为四种:形

① 当代思想家雅克·德里达(Jacques Derrida)、伊曼努尔·列维纳斯(Emmanuel Levinas)等都针对启蒙运动以来的西方哲学所发展的"同化"思想有犀利的剖析。其中,列维纳斯就提出了"他异性"(alterity)的概念,近年来他的思想学说受到国内外学界的广泛关注。

② Bauman,Z. *Life in Fragments:Essays in Postmodern Morality*. Oxford:Blackwell,1995:193.

③ 怀特. 元史学:19 世纪欧洲的历史想象. 陈新,译. 南京:译林出版社,2004:9.

式论、有机论、机械论和情境论。① 这四种解释模式并不是相互孤立的,也不是可以随意结合的,历史学家选择何种模式解释历史事件是由其知识背景和其所选取的特定立场决定的,或由特定的意识形态决定的,这就是怀特所说的第三个过程——"意识形态蕴含式解释"。根据卡尔·曼海姆(Karl Mannheim)的理论,怀特提出了四种基本意识形态立场:无政府主义、保守主义、激进主义和自由主义。除了上述三个过程,他在《话语的转义——文化批评文集》(*Tropics of Discourse：Essays in Cultural Criticism*)中又着重分析了语言在历史叙事中的审美作用,按照传统诗学和现代语言学理论,识别出四种主要转义:隐喻、换喻、提喻和反讽。② 这四种转义不但是诗歌和语言理论的基础,也是任何一种历史思维方式的基础,因此是洞察某一特定时期历史想象之深层结构的有效工具。如果历史思维方式在一个特定话语传统(如 19 世纪欧洲的历史)中运作,就可以通过探讨这四种转义,"从人们对历史世界的隐喻理解,经由换喻式或提喻式理解,最后转入一种对一切知识不可还原的相对主义的反讽式理解"③。通过对历史的情节编排和叙述语言的分析,怀特总结道:

> 叙事既是一种话语方式,也是使用这种话语方式的产物。当这种话语方式被用来再现"真实"事件(如同在"历史叙事"中那样)时,其结果便是产生了一种具有特定语言、语法和修辞特色的话语,即叙事历史……

---

① 形式论"旨在识别存在于历史领域内的客体的独特性。据此,当一组特定的客体得到彻底鉴别,其类别、族属及特定品质也被指定,证明其特性的标志也与其吻合时,形式主义者便认为这种是完整的";有机论"更具有整合性",有机论史学家倾向于看到"单个实体成了所合成的整体的部分,而整体不仅大于部分之和,在性质上也与之相异","效法这种模式的史学家对描绘整体过程的兴趣,要远胜于叙述其中个体要素的兴趣";机械论者的"世界构想同样与其目的结合在一起,但他们倾向于还原,而非综合","机械论者的解释理论促进了对因果规律的研究,这些规律决定了历史领域内发现的过程会得出什么结果";情境论的明确前提是,"将事件置于其发生的'情境'中,它就能得到解释"。参见:怀特. 元史学:19 世纪欧洲的历史想象. 陈新,译. 南京:译林出版社,2004:9-27.

② 怀特对四种修辞的概括性总结为:隐喻根本上是表现式的,强调事物的同一性;换喻是还原式的,强调事物的外在性;提喻是综合式的,强调事物的内在性;而反讽是否定式的,在肯定的层面上证实被否定的东西。参见:怀特. 元史学:19 世纪欧洲的历史想象. 陈新,译. 南京:译林出版社,2004:44.

③ 怀特. 话语的转义——文化批评文集. 董立河,译. 郑州:大象出版社,2011:50.

任何过去都包括事件、过程和结构等等，人们认为这些要素不再是可感知的了。这样的话，除了一种"虚构的"方式还能用什么其他方式在意识或话语中再现这种过去呢？在任何一种历史理论的争论中，叙事问题难道不总是最终归结为一个在特别人类真理生产中想象力的作用问题吗？①

从怀特的著作中可以清晰地看出，历史叙事与文学叙事的界限被模糊了，难怪有历史学者批评道："对历史学工作这种科学精神的挑战，有很大一部分是来自本专业之外，是来自文学理论家和批评家，他们希望把历史学搞成想象式的文学。"②

怀特的《元史学：19世纪欧洲的历史想象》也受到了史学界的一些批评。有人指出"怀特的比喻理论是一种语言学的决定论（linguistic determinism），因为在这一理论的视野中，人们在思考历史时似乎注定了只能够在语言的几种比喻类型（从而在有限的历史解释模式）中作出选择"③。但是怀特曾为自己辩驳，他援引马克思的唯物主义观点，认为历史是人们在某种给定的条件下开始自己的活动，人们创造他们自身的历史。历史话语的创造也是如此，"倘若生活所具有的不是单一的而是许许多多不同的意义的话，人们可以更好地生活"④。怀特的意思是，历史所具有的不是单一的意义，而是多种多样的意义，我们可以面对历史意义的丰富性并从中做出选择。历史学的任务正是揭示历史意义的多样性与丰富性，帮助人们得到解放和自由。

怀特的思想深深启发了当代英国文坛。许多著名当代英国作家出生在二战前后，他们从父辈和自己的人生经历中，感受或感知了二战的暴力规模、纳粹的种族灭绝行为、原子弹轰炸以及其后冷战时代的恐慌。所有这些大型历史事件都以各种方式进入了他们的文学叙事之中。斯蒂芬·康纳（Steven Connor）在他颇有影响的著作《历史中的英国小说：1950—1995》（*The English Novel in*

① 怀特. 形式的内容：叙事话语与历史再现. 董立河，译. 北京：文津出版社，2005：78-79.
② 伊格尔斯. 二十世纪的历史学：从科学的客观性到后现代的挑战. 何兆武，译. 北京：商务印务馆，2020：20.
③ 彭刚. 叙事的转向：当代西方史学理论的考察. 北京：北京大学出版社，2009：37.
④ White, H. *Tropics of Discourse：Essays in Cultural Criticism*. Baltimore：Johns Hopkins University Press, 1978：50.

History：1950—1995）中指出，战后英国社会的转型深刻影响了人们的历史意识：

> 战争和后殖民地安置带来的大规模移民，引发了文化传统的交互和碰撞。这种极端的文化交融境况与越来越相互依赖的全球经济增长相结合，形成了战后历史的分裂，也使人们失去了一个完整、连续的历史观念。但是，正是这些相互之间的冲突使得人们不可能在与其他一切历史隔离的情况下保有任何形式的地方或个人历史，并且这样做扩大了对话的范围和在历史叙事中建构的集体记忆。①

康纳认为战后的英国文学反映了当代两类显著的历史意识。首先，对帝国主义宏大叙事的怀疑，与此相对应的是地方和区域历史记录的丰富与扩散。其次，在一种反运动中，战后文化的转变和迁移导致了一系列的文化交流和融合，使得自己界定的或由民族和种族界定的历史意识变得有些过时或者不合时宜了。

其他学者也纷纷讨论了英国的"新"历史小说。理查德·J.莱恩（Richard J. Lane）等人认为，1979 年后"历史小说进入了新的时期"②。这一时期的很多作品都不再是传统意义上的历史小说。康纳区分了"历史小说"（historical fiction）和"历史化小说"（historicized fiction），前者"呈现的是可知的连续的历史"，而后者"暗示了一个不连续的或者是存在着多种矛盾的历史"。③ 当代英国作家在小说创作中大都倾向于后一种创作。加拿大学者琳达·哈钦（Linda Hutcheon）在她的《后现代主义诗学：历史、理论、小说》（*A Poetics of Postmodernism*：*History*，*Theory*，*Fiction*）及其后出版的《后现代主义政治学》（*The Politics of Postmodernism*）中把当代一些关注历史的小说创作归为一类，并称之为"史学元小说"（historiographic metafiction）。哈钦深入讨论了斯威夫特、巴恩斯、鲁西迪

① Connor，S. *The English Novel in History*：1950—1995. London：Routledge，1996：135.

② Lane，R. J.，Mengham，R. & Tew，P. *Contemporary British Fiction*. Cambridge：Polity，2003：11.

③ Connor，S. *The English Novel in History*：1950—1995. London：Routledge，1996：142.

等当代英国作家的作品，在她看来，这些小说在叙事上的显著特点是历史文本与小说文本都被视为"语言的建构"，作家们在运用传统的历史叙事之时又质疑了此种叙事的可信性和权威性，"使有关历史的知识变得问题化"。① 作家彼得·艾克罗伊德（Peter Ackroyd）说："我并不致力于创作历史小说，我更想要写的是历史的本质是什么样的。"② 与此相同，斯威夫特《洼地》（Waterland）的主人公汤姆·克里克也曾戏剧性地在他的历史课堂上宣称："我告诉你们，历史是虚构的、非线性的，是遮掩现实的戏剧。"③

哈钦的讨论激发了人们对小说和历史之间关系的深刻反思。但是，她的研究仍有其局限性，因为她默认了历史和小说在传统意义上的对立。尽管哈钦不同意明确区分历史和虚构，但她讨论的核心仍然是"真实性"问题，即历史和小说在何种程度上具有参照性。这极易产生一种错觉，即在后现代小说出现之前，小说要么是完全虚构的，理所当然地接受虚假和不严肃的指责，要么取材自"真实的历史事件"，成为历史的代言人。

艾莉森·李（Alison Lee）在讨论当代英国小说时，追随着哈钦的脚步，也表达了类似的观点：

> 现实主义美学倾向于区分"谎言"文学和"真实、客观"的历史，并将积极的道德价值归功于事实……对于现实主义者，参照物和主体性都不是复杂的问题。现实主义者，以及在他们之后的批评者和文学家，都将"真实"再现与"真实"启示等同起来。"真实"转录在技术上是没有问题的，因为语言被认为是透明的，并且意识形态是中立的，因为现实主义者对于如何构成"现实"和"真理"有着共同的认识。④

在李看来，当代英国小说呈现出了有别于传统现实主义小说的特点，它们被

---

① Hutcheon, L. *A Poetics of Postmodernism：History，Theory，Fiction*. London：Routledge，1988：218.

② Ackroyd, P. Interview. *Contemporary Authors*，1989(127)：3.

③ Swift, G. *Waterland*. New York：Vintage，1992：40.

④ Lee, A. *Realism and Power：Postmodern British Fiction*. New York：Routledge，1990：29，53-54.

视为"史学元小说"是因为"这些史学元小说自身既呈现为文献式的历史又呈现为虚构的情节……小说提出的核心问题是我们如何了解历史"①。

彼得·米德尔顿(Peter Middleton)和蒂姆·伍兹(Tim Woods)在他们的《记忆的文学：战后写作中的历史、时间和空间》(*Literatures of Memory：History，Time and Space in Postwar Writing*)中以后结构主义的历史视角明确区分了后现代历史小说和历史现实主义小说：

> 后现代历史小说不相信有一个单一的、唯一的真相，即一个可以被复原的过去。作家们更感兴趣的是谁曾有权力撰写"真相"。而历史现实主义小说倾向于假设文学叙事在以当下的语言描述历史时有一种特殊的魔力，并直接通往那个时代的思想，它能够直达那个时代的思想、言论和事件，而不扭曲它们的意义。②

两位学者对当代英国小说的研究也进一步揭示了作家们对历史的思考：何为历史的真相？ 历史的真相与权力之间是什么关系？ 叙事语言与历史真相之间的关系是什么？ ……这些都成为当代英国小说中常见的主题。

叙事是文化为自己命名的一种方式，它在空间上和时间上的定义与延伸为文化内部的个体成员找到各自的归属。但叙事也可以有意地将自己的文化和其内部的居民暴露在历史的事件和文明冲突之下。叙事展现痛苦变革的需要，甚至革命的迫切。当代英国小说在历史叙事中恰恰展示了叙事的这两种社会功能——巩固和变革，体现出当代英国作家在小说形式革新的同时，又肩负着深切的历史责任感。很多学者在讨论当代英国小说时特别指出了小说颠覆宏大叙事而具有的政治意义，却没有注意到这些作品所描绘的历史——无论是宏观的人类历史还是微观的个人历史——都特别关注了历史中的创伤，尤其是经历创伤的过去对人们现实生活的影响。描写20世纪人类经历的创伤和混乱时，作家在历史叙事的背后隐藏着了解历史中的创伤和在历史中寻求现实意义的渴望。

---

① Lee，A. *Realism and Power：Postmodern British Fiction*. New York：Routledge，1990：36.
② Middleton，P. & Woods，T. *Literatures of Memory：History，Time and Space in Postwar Writing*. Manchester：Manchester University Press，2000：21.

（三）当代创伤研究与小说创作

如果说 20 世纪 60 年代以来史学界有关历史叙事、客观性、真理等相关概念的争论影响了当代英国小说家的创作，那么 20 世纪 90 年代以来在欧美学界兴起的创伤研究则为人们再次审视当代英国文学开辟了新的视角。

英国史学元小说的产生也是当代英国历史创伤的映照。康纳说："在战后，英国不再坚定地相信它是它自己历史的主体。"[①]战后出生的英国小说家虽然没有经历过战争的残酷与暴力，但是他们仍不遗余力地书写二战的创伤及其在西方社会驱之不散的阴影。如拜厄特所言，对于 20 世纪七八十年代崛起的男性英国小说家们，如巴恩斯、伊恩·麦克尤恩（Ian McEwan）、斯威夫特和石黑一雄，二战作为"他们父辈的战争，是他们作品中经常出现的主题"[②]。二战，尤其是战时发生的纳粹大屠杀已被视为西方启蒙现代性发展中前所未有的危机。在纳粹大屠杀暴行的阴云未散之时，发生在卢旺达、克罗地亚、波黑、科索沃和苏丹等地的种族屠杀事件又一次次地震撼着人们的心灵。因此，战后无论是英国本土还是整个西方社会都在经历着前所未有的变动，六七十年代的哲学家们开始质疑理性、进步、主体等启蒙时期以来被奉若珍宝的概念，小说家们也以叙事的方式在作品中表达了相同的思考。斯威夫特的《洼地》、巴恩斯的《10½卷人的历史》[③]（*A History of the World in 10 ½ Chapters*）、麦克尤恩的《赎罪》（*Atonement*）等作品都质疑了历史的进步性和主体的确定性，并在叙事中打破了传统的线性叙事，抛弃了情节的完整，以叙事的革新回应了西奥多·阿多诺（Theodor Adorno）关于"奥斯威辛之后没有诗歌"的论断。他们对当代西方社会诸多问题的思考与欧美大陆的作家学者形成了良好的对话，在欧美学界引发了广泛的关注。

学界一般认为当代创伤学起源于法国现代精神病学奠基人让-马丁·夏尔科（Jean-Martin Charcot）与其学生皮埃尔·让内（Pierre Janet）在巴黎皮提耶-萨勒佩特里耶尔医院的研究。两位学者致力于探索受创患者的记忆损伤和解离

---

① Connor, S. *The English Novel in History: 1950—1995*. London: Routledge, 1996: 3.

② Byatt, A. S. *On Histories and Stories: Selected Essays*. Cambridge, MA: Harvard University Press, 2002: 12.

③ 亦有版本译为《10½章世界史》。

症。随后,西格蒙德·弗洛伊德(Sigmund Freud)在夏尔科的影响下发展了他的精神分析理论,其中有关创伤理论的研究主要见于其著作《摩西与一神教》(*Moses and Monotheism*)、《对战争和死亡的时间思考》("Thoughts for the Time on War and Death")和《超越唯乐原则》("Beyond the Pleasure Principle")。依据弗洛伊德的观点,精神创伤主要由幼年时的创伤引起,这种被压抑在幼年时的创伤,正是造成紧张状态,导致精神疾患的根源所在。弗洛伊德还发现创伤的破坏力十分强大,可以轻易破坏机体的应激保护系统。为了阻止它,自我(ego)就会动用全身的能量去建立一种"补偿负荷"。也许这种保护机制依然是不够用的,心理机制会强制地接收并一次次重复这些刺激,以此来逐渐降低机体对刺激的接受水平。弗洛伊德在精神分析中对精神创伤的研究为日后的创伤研究奠定了理论基石。

创伤理论系统的研究主要兴起、繁荣于当代,尤其是 1980 年美国心理学会把创伤后应激障碍(post-traumatic stress disorder,PTSD)作为一类正式的医学疾病列入学术研究领域。创伤后应激障碍被正式纳入精神疾病诊断目录是越战老兵、反战群体不懈斗争的结果。20 世纪七八十年代,这些群体在全美迅速扩散,他们一方面唤起了人们对战争影响的关注,另一方面为从战场归来的士兵提供咨询和帮助。越战老兵们还着手研究了战场经历对士兵们的心理冲击。他们将研究结果汇成五卷本关于越战心理后遗症的书,其中清楚地揭示了创伤后应激障碍的种种症状,以及这些症状与战争经历的直接关系。在此基础上,美国心理学会正式将此类症状归入诊断目录,并首次承认精神障碍可以完全由环境造成,而且成年时所经历的创伤事件可以有持久的影响。

在 20 世纪 90 年代的文学文化批评领域,凯西·克鲁斯(Cathy Caruth)、杰弗里·H.哈特曼(Geoffrey H. Hartman)、肖珊娜·费尔曼(Shoshana Felman)和多利·劳伯(Dori Laub)等学者有关创伤研究的著作掀起了当代创伤研究的热潮。克鲁斯在 1991 年发表了文章《沉默的经验:创伤与历史的可能性》("Unclaimed Experience:Trauma and the Possibility of History"),并于 1996 年出版专著《沉默的经验:创伤、叙事和历史》(*Unclaimed Experience:Trauma, Narrative and History*)。她通过对弗洛伊德的解读重新界定了创伤的概念,从而影响了其后整个学界的创伤研究。克鲁斯认为,个人创伤的研究重点并不是创伤事件本身,而是主体在遭遇创伤后的反应。她指出,隐藏在创伤定义中的一个"特别的事实"是:"创伤的病理无法仅通过事件本身来定义——这个事件可能是灾难性的,也可能不是,而且可能不会对每个人产生同样的创伤——也无法通过对事件的扭曲来定义。它之所以具有令人困扰的力量,是因为扭曲了与之相关的个人意义。"①正是因为创伤事件破坏了受创主体的认知能力,创伤在发生当时才无法被认知和被情感所接纳,受创者对创伤事件的叙述是在创伤产生一段时间后对当时事件的回忆,或者说个体在经历重大创伤后的叙述所突显出的是个体不愿意面对的创伤事实。克鲁斯以弗洛伊德创伤理论为依据,说明创伤事件不断地借由幸存者潜意识的重复展演(acting-out)——弗洛伊德称之为"创伤官能症"(traumatic neurosis)——成为一个挥之不去的魅影。②

1995 年,克鲁斯编辑了创伤研究的论文集,题为《创伤:对记忆的探索》(*Trauma:Explorations in Memory*)。在该书的引言部分,克鲁斯指出,该论文集"旨在研究创伤经验和创伤理念对精神分析的实践及理论的影响,对文学教育学等文化研究的意义,以及创伤在历史书写和影像建构、社会和政治行动中的作用"③。回忆是创伤叙事的组成部分,精神分析的创伤研究需要借助人文科学中符号学和阐释学的诸多方法。克鲁斯描述这些创伤症状时,回到了客观性的主题,指出它们"诉说了我们原本无法获得的现实或真相"④。虽然克鲁斯的两部著作出版迄今已逾二十载,但是她的理论影响依然存在。2011 年,剑桥大学主办了"凯西·克鲁斯著作专题座谈会",在会后出版的论文集中,有学者指出我们今天的创伤理论仍"沿袭着克鲁斯提出的理论框架"⑤。

1992 年,文学评论家费尔曼与心理学家劳伯在克鲁斯的影响下合作完成了

---

① Caruth,C. *Trauma:Explorations in Memory*. Baltimore:Johns Hopkins University Press,1995:4.

② Caruth,C. *Unclaimed Experience:Trauma,Narrative and History*. Baltimore:Johns Hopkins University Press,1996:2-3.

③ Caruth,C. *Trauma:Explorations in Memory*. Baltimore:Johns Hopkins University Press,1995:4.

④ Caruth,C. *Trauma:Explorations in Memory*. Baltimore:Johns Hopkins University Press,1995:11.

⑤ Wyatt,J. Storytelling, Melancholia, and Narrative Structure in Louise Erdrich's *The Painted Drum*. MELUS,2011,36(1):31.

《证言：文学、心理分析和历史中的见证危机》(*Testimony：Crises of Witnessing in Literature，Psychoanalysis and History*)。费尔曼与劳伯分别从心理学和文学的角度讨论了艺术、文学、影像与自传等对创伤历史（主要聚焦于二战时纳粹对犹太人的大屠杀事件）的再现方式。费尔曼以劳伯的精神分析作为客观性支撑，认同了克鲁斯的观点，即真正的创伤叙述"不可能是完整的，也不可能被整合进权威的叙述中"[1]。创伤主体的记忆确有其说不出的部分，而其可说出的记忆本身，就已经是叙事性记忆和文化性诠释的一部分，见证的危机由此产生。但是费尔曼和劳伯强调，尽管创伤的叙事是破碎且不连贯的，但是不能否认这些证言中所传递的真实。两位学者的研究强调了对创伤事件中幸存者、见证者及创伤记录者之间的身份异同的关注，并开启了在创伤叙事中"听"到他者的伦理问题。

当代精神分析的显著贡献，是进一步将哀悼创伤、回忆创伤与疗愈创伤的可能，重新放置在更大的社会历史脉络里。美国心理学家朱迪斯·赫曼(Judith Herman)在 1992 年出版的《创伤与复原》(*Trauma and Recovery*)一书中阐释道，不论是公共领域还是私人领域，不论个人与社群，还是男女之间，其中存在的创伤经验往往是共通的。然而对于创伤经验的研究多伴随着社会的间歇性失忆症，社会的重视与否与其背后是否有相关的政治行为予以支持有关。赫曼由此提出了 19 世纪至 20 世纪创伤研究三个阶段的兴衰，并讨论了兴衰背后的社会因素。赫曼认为，这三个阶段的创伤综合征有其基本相同的特征，因此复原路径也大致相同，主要分为三类：安全感的建立（建立安全机制）、还原创伤事件真相（回忆与哀悼）、修复幸存者与社群的关联性（重建其正常生活的联系感）。

创伤经验对于受害者而言异常痛苦，如何从创伤中复原或安度创伤一直备受心理学者们的关注。弗洛伊德早在 1914 年发表的文章《回忆、重复与安度》("Recollection，Repetition，and Working-Through")中谈及了安度创伤的困难。弗洛伊德曾经指出，治疗过程是一次奋斗的过程，且潜藏着各种危险。在心理学上，"安度"一词"指精神分析时所采用的一种心理治疗过程。使用此一治疗法时，在分析师的辅导下，当事人一再面对本来引起冲突的情境（不逃避现实），

---

[1] Felman，S. & Laub，D. *Testimony：Crises of Witnessing in Literature，Psychoanalysis and History*. London：Routledge，1992：177.

接受焦虑的历练,从作业经历中,自己学到如何去面对现实"①。赫曼在讨论从创伤中复原时更加强调了个体创伤与社会之间的关系。她告诉人们,因为人的生命秩序来自与社会建立关系的过程,因此创伤经验来自这一过程中的生活经验。透过正视伤痛的来源与事实,个人记忆得以被唤醒与补足,达到复原的可能。与此同时,社会记忆与历史也可因此被重新正视,获得集体疗愈的可能。

在大西洋的两岸,继早期评论者克鲁斯、哈特曼、赫曼、费尔曼和劳伯之后,大量学者将目光转向了探究文学与创伤之间的复杂关系。美国的多米尼克·拉卡普拉(Dominick LaCapra)和迈克尔·罗斯伯格(Michael Rothberg)、英国的安妮·怀特海德(Anne Whitehead)和罗杰·卢克赫斯特(Roger Luckhurst),以及欧洲大陆的斯蒂夫·克拉普斯(Stef Craps)和马克·安姆弗雷维尔(Marc Amfreville)等学者不仅都致力于从文学的角度探究和界定创伤研究,而且锤炼出了一些在讨论创伤诗学和伦理学时难以忽视的理论和批评方法。他们的理论和方法都将成为本书中研究的理论依据。

创伤理论为文学研究开辟了新的、更广阔的视野。一些文学研究者也从创伤的视角重新审视人类的文学创作,各类专著、论文一时间成果丰硕。在众多学术著作中有些对文学中的创伤研究提供了方法论参照,并产生了深远的影响。这些著作主要可以分为三类:一是大屠杀文学的研究;二是文学中的战争创伤研究;三是后殖民创伤研究。

因为当代创伤研究和创伤理论的兴起与成熟源自学者们对大屠杀的关注,一时间文学研究者们也纷纷从创伤的视角讨论文学中涉及的大屠杀问题。首先是罗斯伯格影响深远的著作《创伤现实主义:再现大屠杀事件的需要》(*Traumatic Realism：The Demands of Holocaust Representation*)。罗斯伯格在著作开篇即明确表明该书的任务之一是"讨论一种绝对中心的和不可避免的需求,即要求人们反思各种学术地和非学术地再现大屠杀的手段和模式"②。罗斯伯格考虑到了后结构主义叙事学对文学写作的影响,同时也点明了大屠杀这样的创伤事件对叙事的挑战。因此罗斯伯格提出了自己新的创伤叙事理论,即

① 张春兴. 张氏心理学辞典. 上海:上海辞书出版社,1992:707.

② Rothberg，M. *Traumatic Realism：The Demands of Holocaust Representation*. Minneapolis：University of Minnesota Press，2000：2.

"创伤现实主义"。他是这样界定自己的概念的：

> 随着过去几十年里各种新形式的见证性和纪实性艺术以及相关文化生产的出现，人们需要重新思考现实主义。在文化研究中，对现实主义的进一步思考的需要表现在最近人们对创伤、身体和极端历史事件的痴迷中，也表现在后现代主义辩论的僵局中。这本书的中心是创伤现实主义的概念，这个概念来源于对大屠杀的见证书写，但也受到战后文化理论的影响。通过将注意力集中在大屠杀幸存者的经验和写作中体现的日常与极端的交叉点上，创伤现实主义为隐含于再现和理解大屠杀中的矛盾需求提供了审美和认知的路径。在大屠杀研究中，创伤现实主义调和了现实主义和反现实主义的立场，并强调了需要考虑种族灭绝事件中寻常与不寻常之处是如何相互交织和共存的。①

阿多诺的著名论断"奥斯威辛之后没有诗歌"似乎否定了文学作品书写大屠杀经历的可能。但是，无论是作家还是学者仍在为如何书写大屠杀而积极努力。《表征之后？大屠杀、文学和文化》(After Representation? The Holocaust, Literature, and Culture)是一部集中讨论文学与文化领域书写大屠杀问题的论文集，分为三大部分，分别围绕三个在大屠杀文学研究中经常遭遇的争论：大屠杀还要继续写下去吗？创伤文学的美学问题是什么？文化如何影响记忆？第一部分围绕着第一个问题展开，编者收集了哈特曼等著名学者有关大屠杀文学的论文。编者认为这几篇论文都旨在探索"大屠杀书写中争执不休却极其重要的问题——一种根本不连续的语言（如作为永久性中断的创伤）和一种认定连续性为必要的语言（如追溯传统、怀旧记忆）之间的牵制"②。第二部分收集了罗斯伯格等学者的论文，讨论了大屠杀文学中的美学意义，同时也意识到想象和虚构在此类文学中是不可避免的。第三部分转向了文化媒介对大屠杀文学的影响，尤

---

① Rothberg, M. *Traumatic Realism: The Demands of Holocaust Representation*. Minneapolis: University of Minnesota Press, 2000: 9.

② Spargo, R. C. & Ehrenreich, R. M. (eds.). *After Representation? The Holocaust, Literature, and Culture*. New Brunswick: Rutgers University Press, 2010: x.

其是"记忆的技术或大屠杀的流行文化表征如何改变或塑造我们关于事件的集体记忆"①。

　　基于欧美学界在有关大屠杀的讨论中发展出的战争创伤理论，文学评论者们重新解读了当代文学作品，尤其是作品中与战争相关的描述，为人们同时理解那段历史和小说创作打开了新的窗口。《创伤、后现代主义与二战的余波》（*Trauma，Postmodernism，and the Aftermath of World War II*）选取了英美小说中代表性的文学作品，力图阐释"虚构文学接二连三地从个体经验出发，展示并详述了不同作者对二战的不同反应"②。《战争情结：我们时代中的二战》（*The War Complex：World War II in Our Time*）则将二战中的具体战事（如诺曼底登陆）、战后的历史事件（如艾希曼审判）等相关历史事件与文学创作相结合，分析了一种"战争情结"——"面对大规模死亡事件的困难，而且这一事件是在国家或其他政治体的保护下，在较短的时间内，由人类意志造成的，有时是同时发生的，它对军队，甚至更多的是对平民产生影响"③。在博士论文《现代战后小说中的创伤与复原》（"Trauma and Recovery in Modern Post-War Fiction"）中，作者以战争创伤为核心，细致分析了现代战后小说中描绘的战争创伤——主要是战争造成的心理创伤以及心理复原的过程。论文以心理学分析为基础，认同了心理学家乔纳森·谢伊（Jonathan Shay）的观点，即"治愈创伤依赖于创伤的公共化（communalization）——能够向一个听者稳定地讲述创伤故事，同时相信这位听者可以真实地向社群中的其他人转述你的故事"④。在此基础上，论文既视小说叙事为创伤治愈的必要手段，同时也剖析了创伤叙事在公共化的过程中可能遭遇的各种挑战。

　　学者克拉普斯的著作《后殖民见证：边界外的创伤》（*Postcolonial*

① Spargo, R. C. & Ehrenreich, R. M. （eds.）. *After Representation？The Holocaust，Literature，and Culture*. New Brunswick：Rutgers University Press，2010：xi.

② Crosthwaite, P. *Trauma，Postmodernism，and the Aftermath of World War II*. London：Palgrave Macmillan，2009：2.

③ Torgovnick, M. *The War Complex：World War II in Our Time*. Chicago：The University of Chicago Press，2005：10.

④ DeMeester, K. Trauma and Recovery in Modern Post-War Fiction. Tallahassee：The Florida State University，2000：vii.

Witnessing：Trauma Out of Bounds）是后殖民创伤研究中影响最深远的一部作品。克拉普斯梳理了 20 世纪 90 年代欧美学界有影响力的创伤理论，犀利地指出现有创伤理论的欧洲中心主义或白人中心主义倾向，提出了后殖民创伤理论研究匮乏的窘境。克拉普斯总结了当代创伤研究亟待解决的四个问题："首先是非西方人和少数族裔创伤的边缘化，其次是西方创伤定义的普适性假定，再次是规范性创伤美学的问题，最后是尚未被涉猎的第一世界和第三世界创伤之间的关系。"①克拉普斯在此部著作中着重讨论了这四个问题，指出创伤理论在文化学术领域是从大屠杀证词、文学和历史之间的互动发展而来的，因而不可避免地带有其文化痕迹。此外，克拉普斯拒绝了从心理学角度对创伤进行的界定。因为心理创伤的概念是西方世界的产物，它起源于 19 世纪和 20 世纪早期的医学和心理话语，旨在处理西方人在工业化、性别关系和现代战争中的经历。克拉普斯借鉴了"潜在创伤"（insidious trauma）、"基于压迫的创伤"（oppression-based trauma）、"后殖民综合征"（postcolonial syndrome）和"创伤后奴隶制综合征"（post-traumatic slavery syndrome）这样的概念，拟定了一个创伤的补充模式，不同于传统的以个人和事件为基础的模式，它可以解决和应对集体的、持续的和日常形式的创伤性暴力。与此同时，克拉普斯还拒绝了被学界广泛认同的"创伤美学"——"创伤性经历只能通过使用实验性的、现代主义的文本策略来再现"②。他提倡创伤理论应该考虑创造和接受创伤叙述的具体社会和历史背景，并且包容和关注在这些情境下能够产生或需要产生的不同的创伤叙事策略。通过理论建构和文本分析，克拉普斯为后殖民创伤的研究提供了新的视角和方法。

《后殖民叙事中的历史、创伤和治愈：重建身份》（*History，Trauma，and Healing in Postcolonial Narratives：Reconstructing Identities*）关注了来自北美和加勒比地区的移民文学。在作者看来，随着后殖民理论的繁荣，虽然很多后殖民文学和文化理论都已经探讨了后殖民问题中的政治—文化维度，但是鲜有作品深入后殖民问题中的心理领域。因此，该著作在文本阅读的基础上，参照弗

① Craps，S. *Postcolonial Witnessing：Trauma Out of Bounds*. London：Palgrave Macmillan：3.
② Craps，S. *Postcolonial Witnessing：Trauma Out of Bounds*. London：Palgrave Macmillan：4.

朗茨·法农(Frantz Fanon)和爱德华·格里森特(Édouard Glissant)从心理分析的角度阐释后殖民写作的方法,"借鉴哲学现实主义和心理分析,探讨后殖民叙事是如何寻求并恢复被帝国主义的硬壳打击和掩埋的身份。……集中研究奴隶制和殖民主义的创伤对黑人世界中自我理解和治疗模式的影响"[①]。

《后殖民创伤:记忆、叙事与抵抗》(*Postcolonial Traumas:Memory,Narrative,Resistance*)是一部关于后殖民创伤的论文集。主编阿比盖尔·沃德(Abigail Ward)肯定了学者玛丽安·赫希(Marianne Hirsch)关于"后记忆"(postmemory)的理论对后殖民创伤研究的价值。赫希将"后记忆"定义为那些没有直接目睹创伤事件的人所经历的"迟来的记忆"(belated memory),后记忆是创伤回忆的结果,但与创伤后应激障碍不同,它是在代与代之间发生和传递的。她认为,"后记忆甚至可以帮助我们为那些尚未发生的后殖民创伤做好准备,即通过研究过去,逐渐意识到那些经历过创伤的人的需求(例如需要被倾听)。后记忆的代际特性意味着它可以作为一种警示代代相传,以防止重复过去的暴力和错误。"[②]。通过再现世界各地的个体和集体创伤(包括来自巴勒斯坦、加勒比地区、南非、马耳他、阿尔及利亚、印度、澳大利亚和英国的作家、导演和艺术家的作品),这部论文集探讨了理解后殖民创伤的一些新的可能性。论文集的副书名同时暗示了这些创伤书写关注着共同的主题,例如处理创伤记忆的困难(太痛苦而难以回忆,但太重要而无法忘却),见证或叙述创伤过去的挑战,各类虚构作品中出现的对创伤的抵抗模式。

当代创伤文化研究在文学领域的应用主要是从大屠杀创伤、战争创伤和后殖民创伤这三种宏观的视角展开的,讨论的主题主要围绕着创伤的性质、创伤群体与历史书写的关系、后现代文化对创伤文学的挑战等等。克鲁斯、费尔曼和拉卡普拉等社会学者的创伤研究理论在这些著作中占据着重要地位。然而,也有一些学者摒弃了当代流行的创伤理论,从其他角度探讨创伤、历史与小说的关系。例如,《忧郁与档案:当代小说中的创伤、历史和记忆》(*Melancholy and the*

---

① Ifowodo,O. *History,Trauma,and Healing in Postcolonial Narratives:Reconstructing Identities*. New York:Palgrave Macmillan,2013:xi.

② Ward,A. *Postcolonial Traumas:Memory,Narrative,Resistance*. London:Palgrave Macmillan,2015:7.

Archive：*Trauma*，*History and Memory in the Contemporary Novel*）以弗洛伊德有关"忧郁与哀悼"的理论和德里达有关"档案"的论述分析了当代的四位小说家的作品,他们是保罗·奥斯特(Paul Auster)、村上春树、大卫·米切尔(David Mitchell)、何塞·萨拉马戈(José Saramago)。该书作者认为,"虽然这些虚构文本中的主体确实在'材料档案'——图书馆、墓地、井——中穿梭往来,但主体自己也被不断地标记为档案,换句话说,主体成了档案。他在成为一个档案的同时也变得忧郁——弗洛伊德意义上的忧郁"①。由于作者选取的四位作家分别来自美国、日本、英国和葡萄牙,因此他认为该著作也是"一种文化心理的分析,它通过文本阅读反映出各种文化对于档案功能的欲望和焦虑"②。

　　20 世纪 90 年代创伤研究兴起的时候,学者研究的主要对象仍然是大屠杀、战争、殖民和奴隶制等人类业已经历的创伤事件。2001 年 9 月 11 日,本·拉登(Bin Laden)对美国发动的恐怖袭击,以及近年来世界各地日益频繁出现的恐怖活动都使人们的日常生活无可避免地陷入恐慌。"9·11"文学随之应运而生,一些学者开始关注"9·11"创伤事件的影响。《创伤文化:媒体和文学中恐惧与缺失的政治性》(*Trauma Culture*：*The Politics of Terror and Loss in Media and Literature*)关注了"9·11"事件所带来的创伤影响。像"9·11"这样的灾难为创伤研究打开了新的主题,例如创伤事件发生时,其背后的政治意识形态对整个创伤事件的影响,个体创伤与集体创伤在此类事件中难以割裂,等等。因此,作者拓展了创伤的概念,认为创伤"包括遭受恐怖威胁"③,并在叙述中着重讨论了现代媒体在报道创伤事件时遭遇的伦理困境。此外,还有很多学者从个别作品出发分析了具体作品中的创伤问题,这些研究的数量众多,在此无法一一列举。

(四)当代英国小说中创伤历史的书写研究

　　无论创伤文学是否业已成为一类文体,心理学家、历史学家和社会学家对创

①　Boulter, J. *Melancholy and the Archive*：*Trauma*，*History and Memory in the Contemporary Novel*. London：Continuum，2011：5.

②　Boulter, J. *Melancholy and the Archive*：*Trauma*，*History and Memory in the Contemporary Novel*. London：Continuum，2011：7.

③　Kaplan, E. A. *Trauma Culture*：*The Politics of Terror and Loss in Media and Literature*. New Brunswick：Rutgers University Press，2005：1.

伤、历史、叙事等的讨论为读者理解当代英国小说的创作提供了新的契机。在欣欣向荣的当代英国文坛,历史创伤也是英国作家们普遍关注的问题。作家们在创伤历史的叙事中既质疑了宏大叙事的权威,又反拨了历史相对主义的观点。作家们通过各自的作品也深入思考了创伤对人格发展和个体成长的影响、民族的集体创伤与民族认同之间的关系、创伤历史对伦理选择的要求等。他们的作品由此展现了英国文学创作中历久弥深的人文情怀。

从创伤角度研究当代英国文学的学术著作中,有代表性的是由苏珊娜·奥涅加(Susana Onega)和让-米歇尔·冈多(Jean-Michel Ganteau)联合主编的两部论文集。一部是 2011 年出版的《当代英国小说中的伦理与创伤》(*Ethics and Trauma in Contemporary British Fiction*)。这大概是英语学界第一部从创伤和伦理理论的综合视角系统分析当代英国小说的著作。该书收录了 12 篇文章,讨论了马丁·艾米斯、J. G. 巴拉德(J. G. Ballard)、帕特·巴克(Pat Barker)、约翰·博恩(John Boyne)、安吉拉·卡特、伊娃·菲格斯(Eva Figes)、艾伦·霍林赫斯特(Alan Hollinghurst)、德利亚·杰勒特-麦考利(Delia Jarrett-Macauley)、A. L. 肯尼迪(A. L. Kennedy)、伊恩·麦克尤恩、迈克尔·默考克(Michael Moorcock)、费·韦尔登(Fay Weldon)和珍妮特·温特森等作家作品中的创伤书写,特别讨论了文学中表现的他异性等伦理问题。奥涅加和冈多随后又于 2013 年联合主编了《当代英国文学中的创伤与浪漫传奇》(*Trauma and Romance in Contemporary British Literature*)。在这部论文集中,两位主编回应了创伤研究中关于创伤经验的不可知性与文学再现创伤的可能性之间的争论。他们认为在当代英国文学中,浪漫传奇叙事已逐渐成为作家书写创伤的一种策略,因为"创伤小说和创伤现实主义似乎表露出了与浪漫传奇诗学的亲和性,如巴克小说中所示的,当现实主义不能表现极端的情景时,人们似乎会诉诸浪漫传奇"[①]。

恰如创伤理论的研究者所揭示的,创伤研究涉猎的问题纷繁复杂。本书旨在围绕创伤研究中的主要问题,例如创伤与叙事、个体创伤、集体创伤,以及创伤叙事的伦理挑战,观照当代英国小说的创作。本书选择斯威夫特、巴恩斯、麦克

---

① Onega, S. & Ganteau, J.-M. *Trauma and Romance in Contemporary British Literature*. London: Routledge, 2013: 1-2.

尤恩、鲁西迪、石黑一雄、温特森、巴克和史密斯等当代英国文坛最具代表性的作家作为主要研究对象。他们的作品都曾获得英国小说最高奖——布克奖或进入最后的短名单,并且涵盖了当代英国历史创伤的不同类型。本书将以他们的作品为例,探讨当代英国小说中创伤历史的书写。同时,考虑到创伤经验对于每一个个体而言所具有的独特性,本书主体除绪论和结论外分为四章。

第一章主要研究作家们有关创伤历史与叙事之间关系的思考。目前评论者大都认为当代作家作品中历史叙事的特点体现了作家们对宏大叙事的拒绝,却忽略了创伤对历史叙事的影响。第一节以斯威夫特的小说《洼地》为例,讨论史学元小说与创伤书写之间的关系。评论者大都认为该小说对历史叙事和历史哲学的思考体现了以怀特为代表的新历史主义的诸多观点。然而,本书认为《洼地》不仅展现了史学元小说的些许特点,小说叙述者在作品中对创伤历史的反复回忆、小说叙事所呈现的多元化特点,以及斯威夫特对"人造历史"和"自然历史"、"历史"和"此处现在"等概念的区分、强调都展现了其在面对历史书写所遭遇的困境时,对还原历史之真、恰当再现创伤历史之方法的探索和思考。第二节从米哈伊尔·巴赫金(Mikhail Bakhtin)的狂欢化理论出发,剖析斯威夫特小说《杯酒留痕》(Last Orders)中众人在面对死亡创伤时采用的狂欢化叙事策略。第三节围绕巴恩斯的《10½卷人的历史》展开讨论,指出作家在作品中将讽刺论文、小说叙述、自传片段、历史事实、翱翔的幻想综合为一个统一的整体,就像复调音乐的声音一样。面对历史中的创伤,即巴恩斯在小说中所说的"黑暗的声音",小说不仅揭示了宏大历史叙事对创伤的掩盖,还强调了从多种角度阐释历史的意义。

第二章着眼于研究作家们对创伤历史与个人成长之间关系的思考。个体在面对创伤时往往经历着规避创伤、正视创伤和安度创伤的过程。在几位作家的作品中,小说的主人公在叙述个人创伤历史的过程里,获得了对自我更深刻的认识,对创伤历史的理解帮助了主人公更好地面对现在和将来的生活。石黑一雄的《远山淡影》(A Pale View of Hills)将叙述者悦子的个人创伤(即丧女之痛)与二战原子弹爆炸后长崎人民的集体创伤融合在一起,既凸显了战争对普通民众造成的伤害,又突出了日本作为战败国,其在战后的伤痛中也隐含着其对战争的愧疚。创伤事件可能消解个体的主体性,与此同时主体性危机也是个体成长中可能遭遇的创伤事件。麦克尤恩的小说《爱无可忍》(*Enduring Love*)和温特森《橘子不是唯一的水果》(*Oranges Are Not the Only Fruit*)都关注了个人成长中遭遇的性别认同创伤。《爱无可忍》讲述了男性气概在创伤中所受的影响,《橘子不是唯一的水果》以一位女同性恋者的视角回顾了成长中的创伤经历。随着学者们对创伤研究的深入,创伤概念所指涉的内容也逐渐从一个极端的事件发展为日常生活中持续感受到的恐惧、压迫。从哲学层面上来看,人的生存又何尝不是创伤性的存在。石黑一雄的小说《别让我走》(*Never Let Me Go*)通过描写克隆人的创伤体验,影射了人类向死而生的生存境况。

第三章主要讨论了英国小说中的集体创伤书写。战争是当代英国小说中经常出现的主题。巴克的"重生三部曲"("Regeneration Trilogy")描述了一战士兵的弹震症(shell shock),同时进一步揭示了一战摧毁了英国社会固有的传统价值观,一战及随之而来的社会剧变成为英国国民心中无法抹杀的集体创伤。在大英帝国解体前,英国曾有过漫长的海外殖民历史。二战后英国的移民政策使许多前殖民地国家的居民来到英国,他们一方面成为英国工业发展的重要劳动力资源,另一方面却受到了英国本土白人的多重歧视。2001年发生在纽约的"9·11"事件让世界震惊,世界上的一些冲突似乎已发展至不可调和的阶段,麦克尤恩敏锐地发现了"9·11"事件对西方人日常生活产生的重创,他在《星期六》(*Saturday*)中深入思考了从文明的冲突到暴力恐怖的衍变。

第四章展现了作家们对创伤历史的伦理诉求和创伤中伦理选择的思考。作家们在叙述创伤历史的同时也提出了如何正确处理创伤受害者和施暴者、创伤叙述者和聆听者之间关系的问题。麦克尤恩在《黑犬》(*Black Dogs*)中犀利地指出,比纳粹暴行更可怕的是旁观者的冷漠和平庸。麦克尤恩和史密斯等当代作家在其多部作品中反复强调了文学、艺术的移情力量在对抗暴力、安度创伤中的重要意义,但是石黑一雄却在作品中对移情在当代社会中的伦理功效表示了怀疑。随着创伤文学作品的不断涌现,创伤记忆为我们了解他者,从而更公正地评判历史展示了新的契机,但是也有学者批评了创伤受害者滥用创伤记忆、消费创伤文化的行径。鲁西迪《午夜之子》(*Midnight's Children*)一书在西方世界的流行在一定程度上就源于西方后殖民话语背景下出版界对有关印度主题的出版物的过度消费。

小说是现实的一面镜子。在经过了两次世界大战的洗礼和帝国的衰落之后，当代英国作家将创伤融入了文学的创作中，他们或微观或宏观地思考了个人生存与创伤的关系、经历创伤后人类社会发展的愿景、小说叙事在创伤书写中的挑战和机遇，以及后创伤时代向众人展现的伦理困境。创伤的视角不仅指引人们重新审视自身的历史、历史与当下的关系，而且也为人们理解当代英国文学作品打开了新的一扇窗。

第一章　创伤与叙事

在心理学的界定中，创伤代表着破碎的、流失的、不可述的记忆，创伤历史是历史书写中无法规避、无法自证、难以言说之痛。由于创伤经验和创伤记忆的特殊性，如何再现创伤，使创伤叙事不再陷入宏大历史叙事的泥沼中？创伤历史的书写由此挑战了传统的文学叙事。集中营的生还者、诺贝尔和平奖得主、作家埃利·威塞尔（Elie Wiesel）曾说："如果希腊人创造了悲剧，罗马人创造了书信体，而文艺复兴时期创造了十四行诗，我们的时代则创造了一种新的文学——见证（testimony）文学。我们都曾身为目击证人（witness），而我们觉得必须为未来做见证。这成为一件非做不可的事。"① 二战之后，包括大屠杀文学在内的各种创伤文学陆续涌现。创伤叙事已成为一类独有的文学体裁，并行于当代的理论和文化研究，与它们共同揭示创伤的内涵及其意义。

"创伤小说"或"创伤叙事"的表述本身就代表着一种矛盾的悖论：如果创伤是一种淹没主体的事件或经历，拒绝语言再现，那么它又怎么能够在小说中被叙述呢？有学者甚至直言创伤是不可言说、无法被再现的。著名的批评家阿多诺曾有"奥斯威辛之后没有诗歌"的名言。"没有诗歌"即意指"不可言说"。阿多诺把纳粹的极恶视为超乎语言，甚至超乎人的思维极限的事件，任何语言都难以完全描绘其中的残暴，且难以充分表达受害者的伤痛。此外，法国学者让-弗朗索瓦·利奥塔（Jean-François Lyotard）认为，"叙事结构本质上是历时性的，这种叙

---

① Wiesel, E. The Holocaust as Literary Inspiration. In Wiesel, E., Dawidowicz, L., Rabinowicz, D. et al. *Dimensions of the Holocaust: Lectures at Northwestern University*. Evanston: Northwestern University Press, 1997: 9.

事会使'原初'的暴力事件被'中和'"①。创伤事实上冻结了时间,它无法被纳入历时性的叙事中。

著名的创伤研究学者拉卡普拉在其著作《书写历史,书写创伤》(Writing History,Writing Trauma)中也提出了如何书写创伤历史的问题。论著开始处,作者区分了当代讨论最多的两种历史学方法:档案式的研究方法和激进的建构主义方法。② 拉卡普拉的区分也正是史学界和理论界所关注的客观历史与主观历史之争。他指出了后结构主义的历史研究方法和实证主义的历史研究方法所存在的弊端:后结构主义的历史研究方法把历史视为一种建构,而使创伤在历史叙事中消失成为可能,而实证主义的历史研究方法在罗列事实的同时,掩盖了创伤的施暴者和受害人之间的不同,在宣扬客观的同时削弱了创伤的真实影响。借此,拉卡普拉强调了精神分析理论在创伤历史叙事中的意义,认为当代历史叙事应该协调历史的情感与经验维度,叙述需要超越史实认定,指向集体展演与运作的精神及情感过程。历史不因史实认定而成定论,它是创伤的集体重复展演。

拉卡普拉的学说进一步启发了文学创伤叙事的发展,因为一般的创伤历史书写受制于本身的叙述形式,只能传递一般的"信息"。对受众产生移情认同,最有效的就是文学。文学传播的不只是事实信息,更是感情、思想和人性化的体验。因此,与创伤的不可言说、无法被再现相反的观点认为,文学叙事是再现创伤的最有效的途径。怀特海德曾申辩道:"如果说创伤质疑了叙事表达,那么它需要的是一种脱离传统线性叙事的新的文学形式。"③哈特曼也认为,文学语言便于探讨创伤中常见的经验与认知的分离;黛博拉·卡林(Deborah Carlin)指出,创伤叙事在"表现创伤经验的破碎性、创伤记忆的断裂性并打破线性叙事的同时,具有一定的连贯性,并能激起阅读者的认同、同情,且更令人信服"。④ 费尔曼与劳伯在讨论大屠杀的艺术再现时也指出,艺术能创造某种形式,以包容创

① Lyotard,J.-F. *Heidegger and the Jews*. Michel,A. & Roberts,M. (trans.). Minneapolis:University of Minnesota Press,1990:16.

② LaCapra,D. *Writing History,Writing Trauma*. Baltimore:Johns Hopkins University Press,2000:1.

③ Whitehead,A. *Trauma Fiction*. Edinburgh:Edinburgh University Press,2004:6.

④ 转引自:Vickroy,L. *Trauma and Survival in Contemporary Fiction*. Charlottesville:University of Virginia Press,2002:2.

伤经验中的分裂、失常等各种症状。他们明确地指出，"在其他认知途径仍不可得之际，文学与艺术便是进入真实的见证方式。我们的终极关怀在于掌握见证理论化过程中所形成的特殊经验，以及捕捉尝试诠释时所遇到的无法理解的震惊，这必然需要诉诸文体表现的过程"①。与此同时，有学者进一步扩大了人们对创伤叙事的理解。劳里·维克罗伊（Laurie Vickroy）提出，"创伤叙事不仅可以创伤作为主题或人物刻画的焦点，也可以包括创伤被纳入叙事结构和意识中的过程，以及其中的不确定性"②。

罗斯伯格在综合不同学者对创伤叙事的讨论中提出了创伤现实主义的美学思想。罗斯伯格意识到在大屠杀等创伤事件的叙事中，作家往往既要准确呈现创伤历史的事实，又要面对再现创伤历史时遭遇的形式和伦理局限性。罗斯伯格在讨论以埃里希·奥尔巴赫（Erich Auerbach）和格奥尔格·卢卡奇（Georg Lukács）为代表的传统现实主义时援引了奥尔巴赫对现实主义两方面的界定：一方面强调了"严肃对待日常生活以及将更广泛的、处于社会底层的弱势群体提升为创作主题来表现现实问题；另一方面是在当代历史背景下和流动历史背景下嵌入某些真实的人物与事件及历史背景"③。许多创伤研究学者都已指出，这种传统的现实主义叙事因追求情节的统一性和完整性而不可避免地陷入宏大的历史叙事中，无法成为创伤叙事的有效载体。罗斯伯格由此提出了另一种现实主义，它提倡忠实地记录"每日的生活""生活中的点滴细碎，包括无法被叙事同化的创伤经验"；因此，罗斯伯格的创伤现实主义强调的是"叙事的内容，而非叙事的形式或文体特点"。④

在当代小说中，一些作家融合了传记、口述史、历史档案等非虚构文学书写创伤。例如，德国作家 W. G. 塞巴尔德（W. G. Sebald）在描写纳粹大屠杀的历

---

① Felman, S. & Laub, D. *Testimony: Crises of Witnessing in Literature, Psychoanalysis and History*. London: Routledge, 1992: 28.

② Vickroy, L. *Trauma and Survival in Contemporary Fiction*. Charlottesville: University of Virginia Press, 2002: xiv.

③ Auerbach, E. *Mimesis: The Representation of Reality in Western Literature*. Trask, W. R. (trans.). Princeton: Princeton University Press, 1953: 491.

④ 转引自：Rostan, K. Reading Traumatically and Representing the Real in Collective Suffering. *College Literature*, 2006, 33(2): 175.

史时融合了虚构与非虚构的手法,而且他认为"正是通过档案记录的方式……战后的德国文学才真正得以存在,而且人们开始深入研究传统美学与无法通约的素材之间的关系"[①]。此外,魔幻现实主义在拉美成为描述政治情景中的恐怖经历的有效手法。在魔幻现实主义小说中,魔幻化的现实世界可被视为规避审查的政治寓言。

由此可以看出,日益发展的创伤理论为小说家们提供了界定创伤的新方法,而且创伤理论的发展也促进了小说叙事和小说理论的革新。不同的文化群体再现和铭记各自历史中创伤片段的愿望催生了一批优秀当代小说的诞生。同时,小说创作在与创伤的碰撞中也明显发生了变化。小说家们不断地发现,创伤的影响只能通过模仿其形式和症状才能充分地表现出来,因此传统的时间性坍塌了,叙事充斥着重复和间接等特点。创伤叙事产生并融合了多种叙事技巧,以期更好地再现创伤。

第一节 史学元小说与创伤书写
——《洼地》中创伤历史的叙事

《洼地》是当代英国小说家格雷厄姆·斯威夫特颇受评论界关注的一部作品,出版于 1983 年,曾获得当年英国小说布克奖提名,并多次摘取各类文学大奖。

小说以中学历史教师汤姆的视角展开叙述。小说中 53 岁的汤姆居住在伦敦的格林尼治区,已有 30 多年教龄的他在小说叙述伊始面临着被迫退休的困境,原因是历史课在中学课程中被削减了。与此同时,他的婚姻生活也陷入了从未有过的危机,他的妻子玛丽因为精神错乱而在超市中抱走了别人的婴儿,并声称这是上帝赐予她的。现实生活的窘境迫使他回顾过去,试图为妻子的精神分裂寻求合理的解释。与此同时,在他所教授的历史课上,20 世纪 80 年代的学生

---

① Sebald, W. G. *On the Natural History of Destruction*. Bell, A. (trans.). New York: Random House, 2003: 59.

们被笼罩在核战争的恐惧中。汤姆的一名学生普拉斯质疑了历史的意义，在课堂上公然抗议道，"真正重要的是现在，不是过去。是现在和将来"，"老师，我认为关于历史唯一重要的是它可能已经走到了尽头"。① 自己的困境和学生的质疑使汤姆在学校的最后几次历史课上放弃按照教学大纲教授法国大革命史，转而向学生们陈述自己和家族的历史，并希望通过自己的叙述回答什么是历史、什么是现在、历史对现在的意义等问题。汤姆意欲在学生们面前展现一个真实的历史而不是神话，他深深感到"历史在陷入神话的泥沼之时，需要被经验的渔线重新拉起"(86)。《洼地》在以历史教师汤姆的视角建构的历史中特别关注了历史叙事与创伤书写之间的关系，对历史叙事和历史哲学的思考都致力于探索还原历史之真的方法，尤其是再现创伤历史的叙事手法。

　　早期评论界对《洼地》的关注大都以哈钦的史学元小说理论为基石，讨论小说中历史叙事所呈现的多元化特点。哈钦在 1988 年出版的《后现代主义诗学：历史、理论、小说》中认为《洼地》是一部典型的后现代史学元小说，斯威夫特在运用传统史学叙事之时又质疑了此种叙事的可信性和权威性。② 在随后出版的《后现代主义政治学》中，哈钦进一步指出，"《洼地》是对历史叙事的思考"，小说的叙述者兼主人公汤姆"是后现代历史学家的象征，他应该不只读过罗宾·乔治·柯林伍德(Robin George Collingwood)，他视历史学家为讲故事的人和侦探家的观点暗示了他应该熟知怀特、拉卡普拉、雷蒙德·威廉姆斯(Raymond Williams)、福柯和利奥塔"。③ 哈钦之后其他人在讨论《洼地》时的一些评论大都

---

① Swift, G. *Waterland*. New York：Vintage，1992：6-7. 本书中对该小说的引用均出自此版本，译文为笔者自译，后文将直接在文中标明页码，不再具体加注。

② Hutcheon, L. *A Poetics of Postmodernism*：*History*，*Theory*，*Fiction*. London：Routledge，1988：10.

③ Hutcheon, L. *The Politics of Postmodernism*. London：Routledge，1989：56-57.

沿袭了她的话语与观点。①随着学者们研究的逐步深入，评论者们注意到《洼地》中所呈现的历史皆与创伤的经验有关，他们分析了小说的历史叙事与叙述者心理之间的关系，强调了叙事规避创伤、排解内心伤痛的作用。总体而言，自《洼地》问世以来，历史叙事、历史概念和历史创伤是学者们关注的焦点。虽然评论者大都认为《洼地》的叙述者汤姆肯定了历史的叙事（或虚构）在一定程度上掩盖了创伤事件的残酷，并慰藉了人们受创的心灵，但是综观整部小说，与规避创伤的希望相反，汤姆强调"你们不能够抹杀过去，因为事情必须是——"（126）。在历史的书写中，人们应该"避免幻想和虚伪，把梦想、空谈、仙丹、创造奇迹和天上掉的馅饼等都放到一边——去写实"（108）。如何真实地再现创伤历史、使创伤在历史的叙事中呈现和展演是小说叙事关注的焦点之一。

（一）创伤在历史断裂处

小说通过提出"此处现在"（here and now）、"自然历史"（natural history）等概念，提醒人们关注那些常常被传统历史叙事所忽略的历史创伤。叙述者汤姆在思考"历史"之时，一直在提醒人们关注"此处现在"，它不是"人造历史"（artificial history），而是"自然历史"。一些评论者已经指出，《洼地》质疑了以进

---

① 约翰·劳埃德·马斯登（John Lloyd Marsden）引用詹明信、哈钦和怀特等当代理论家对历史概念和历史叙事的讨论，在此基础上分析了小说在历史叙事中对这些理论的诠释与思考。詹姆斯·艾奇森（James Acheson）以汤姆的愧疚作为切入点，运用哈钦和怀特的后现代历史叙事理论分析了汤姆的叙述，认为即使在书写个人历史的时候，叙述者也会受到主观情绪和个人愿望的左右，历史叙事不可避免地带有主观性色彩。艾莉森·李在其著作中认为《洼地》讨论了历史是如何被建构成一种叙事的。参见：Marsden, J. L. *After Modernism: Representations of the Past in the Novels of Graham Swift*. Athens: University of Ohio, 1996; Acheson, J. *Historia* and Guilt: Graham Swift's *Waterland*. *Critique*, 2005, 47（1）: 90-100; Lee, A. *Realism and Power: Postmodern British Fiction*. New York: Routledge, 1990.

步、目的论为模式的宏大历史叙事,即汤姆所称的"人造历史"。①汤姆意识到历史事实是不可重复获取的,偶然散乱的历史事件具有本身并不具有意义,是叙事行为赋予了历史事件具有客观性和合法性的地位和意义,叙事行为受到意识形态和个人主观愿望控制。他对学生讲:"你越是仔细研究这些历史事件,你越难以掌握它们——你会越觉得它们主要存在于人们的想象中。"(139-140)当学生向他询问历史的意义何在时,汤姆答道:"我相信,我越来越相信。历史:有幸汲取的一些意义。事件的意义捉摸不清,但是我们会追寻意义。人的另一个定义:渴求意义的动物……但是知道……"(140)汤姆没有说出的话正是一些学者所认为的:历史意义是被创造的而不是被发现的。然而,汤姆在质疑叙事的或成文的历史之时,提出了另一个与"历史"相比照的概念——"此处现在"。汤姆首先区分了成文的历史与历史中的"此处现在"之间的差异。他向学生们坦言,他曾经也认为"历史是神话……直到遭遇了一系列的'此处现在',我才突然意识到自己研究的意义。直到'此处现在'抓住了我的胳膊,扇了我一耳光并告诉我好好看看自己的窘境,我才知道历史不是创造而是真实地存在着——而且我也存在于其中"(62)。"宏大叙事"只是为了"填实空虚,驱散黑暗中的恐惧"(62)。汤姆反复强调的"此处现在"并不同于他的学生普拉斯所要求关注的当前社会现实。汤姆叙述中的"此处现在"是指历史中的创伤,"此处现在"在小说中的出现总是与死亡、暴力等创伤事件息息相关,它总是"突然袭来"(61),而"历史是一件轻薄的外衣,它总是被叫作'此处现在'的利刃轻易地划开"(36)。发现好朋友弗雷迪·帕尔被谋杀的事实,以及由此导致少女玛丽堕胎的事件、自己的哥哥迪克的自杀,这一系列突如其来的死亡事件都让汤姆感受到"此处现在"的力量(61)。此外,汤姆的父亲在一战的战壕中也经历了可怕的"此处现在"。当讲到汤姆的曾外祖母萨拉·阿特金森在丈夫的暴力中失去意识成为植物人时,汤姆在叙述中插入道:"可怕。困惑。如许多的'此处现在'。"(77)在汤姆的叙述中,"此处现

---

① 一些评论者通过讨论《洼地》中汤姆的父系家族的叙事和汤姆母系家族的叙事之间的关系,以及小说对自然的描写,指出小说对进步史的质疑。参见:殷企平. 质疑"进步"话语:三部英国小说简析. 浙江师范大学学报,2006(2):12-19;Price, D. W. *History Made*, *History Imagined*: *Contemporary Literature*, *Poiesis and the Past*. Urbana:University of Illinois Press, 1999;Cooper, P. Imperial Topographies:The Space of History in *Waterland*. *Modern Fiction Studies*, 1996, 42(2):371-396.

在"除了以可怕的暴力形式出现在人们的生活中,还有另外一面:

> 但是关于现实还有一种理论……现实并不奇特,不是不期而至的。现实并不存在于因突如其来的事件而产生的幻象中。现实是无事件发生,是空白、无变化。现实是什么也没有发生。问问你们自己,历史上有多少事件在各种动因下发生,但是本质上的动因难道不是希望事件发生的欲望吗?我告诉你们,历史是伪造的,是为了转移人们的注意力,是掩盖现实的戏剧。历史的近亲是戏剧表演(histrionics)。(40)

评论者大都认为小说中以"此处现在"的形式展现暴力、死亡和空无等都是为了证明历史叙事的疗伤作用,"在小说的结构中,除了叙事没有其他的选择"[1],"讲故事是必然的行为"[2]。汤姆对"人"所下的定义之一是"讲故事的动物":"无论走到哪里,人们在其身后所留下的都不是混乱的尾迹和空白的空间,而是令人感到安慰的各种故事的浮标和痕迹。他们要不停地讲故事,不停地编造。只要有故事就好。"(53)也有一些评论者从本体论的角度分析了小说中的"此处现在":有学者认为汤姆所描述的现实之空剥去了历史赋予现实的意义,就如同"阿尔伯特·加缪所言的'荒谬世界','陌生且不可还原的'世界,这个世界执意要脱掉'我们为之穿上的意义的外衣'",而小说中呈现的多起死亡事件"挫败了人们对目的和连续性的渴求"。[3] 评论界对《洼地》中"此处现在"的阐释虽然点明了历史叙事与现实的关系,但是忽略了斯威夫特对"此处现在"所代表的创伤经验的强调在历史书写中的意义。

汤姆在"此处现在"的基础上还提出了"自然历史"的概念。"自然历史"在汤姆的叙述中不仅拒斥了进步的神话,而且从不掩盖其中的创伤。"自然历史"的代表是汤姆及其祖先世代生存的洼地。洼地的历史"并不走向哪里……总是回

---

[1]　Irish, R. K. "Let Me Tell You": About Desire and Narrative in Graham Swift's *Waterland*. *Modern Fiction Studies*, 1998, 44(4): 921.

[2]　Landow, G. P. History, His Story, and Stories in Graham Swift's *Waterland*. *Studies in the Literary Imagination*, 1990, 23(2): 211.

[3]　Decoste, D. M. Question and Apocalypse: The Endless of "Historia" in Graham Swift's *Waterland*. *Contemporary Literature*, 2002, 43(2): 382.

到开始的地方"(205)。在洼地上的人世世代代居住在那里,无论外部的世界发生着怎样大的变革,他们每日、每年所做的都是同一件事情——开垦沼泽地。洼地上的土地"从未被开垦完,只是一直被开垦着"(10),因为它时时刻刻都受到海水的侵蚀,都有淤泥的沉积。洼地上生活的一成不变,尤其是汤姆的父辈祖先世代在洼地上从事着同样的工作——与淤泥抗争,他们周而复始的劳作与汤姆母辈家族阿特金森的进步史形成对照,由此展现了历史的另一面——"它同时朝两个方向发展。它向前的时候也在向后。它是环绕的。它是弯弯曲曲的。不要幻想历史是有规律的(well-disciplined)和持续的纵队,可以坚定不移地走进未来"(135)。

汤姆关于"此处现在"和"自然历史"的两种理论表面上看似对立,实则是一个事物的两个侧面,它们共同表征了创伤经验的特点——经验中意义的空白和重复展演的特征。创伤经验由于其突发性而破坏了主体的认知能力,"震惊、不相信和心理麻痹是创伤中经常表现出的症状"[1]。创伤的幸存者从此生活在创伤事件的阴影中,这个事件"没有开始,也没有结尾,没有之前、之间和之后"[2],好像一直处在创伤经验的"现在"之中。创伤主体在创伤事件的打击下无法以创伤前的视角观察世界,对存在的空虚感随之而来,这种空虚感"缠绕着他们,使其自我的发展在创伤环境中被破坏"[3]。斯拉沃热·齐泽克(Slavoj Žižek)在讨论创伤时认为,创伤的核心正是雅克·拉康(Jacques Lacan)所称的某种真实的经验:拉康的"真实域"既不可能在想象域中被形象化,也不可能被象征域所表征。[4] 汤姆所叙述的"此处现在"也具有上述种种特征,它在表述中与一系列具体的创伤事件息息相关,而且汤姆指出这"突如其来"(61)的事件虽然"降临到我们身上仅仅是很短的一段时间,但是这短短的瞬间——这个场景却似乎没有尽头"(33),它"无从解释",它已超越了"解释的能力"(108-109)。因此,汤姆笔下

---

① Tedeschi, R. G. & Calhoun, L. G. *Trauma and Transformation: Growing in the Aftermath of Suffering*. London: Sage Publications, 1995: 20

② Felman, S. & Laub, D. *Testimony: Crises of Witnessing in Literature, Psychoanalysis and History*. London: Routledge, 1992: 69.

③ Meares, R. *Intimacy and Alienation: Memory, Trauma, and Personal Being*. London: Routledge, 2000: 10.

④ 齐泽克. 斜目而视:透过通俗文化看拉康. 季广茂,译. 杭州:浙江大学出版社,2011.

的"此处现在"即指历史中的创伤,它既带给人们震惊、恐惧,同时又遗留下一片意义的空白。"自然历史"是指不拒斥创伤,并且能够展现创伤影响的历史。汤姆描写的洼地是书写创伤历史或曰"自然历史"的象征性载体。洼地上是一望无际的平原,没有高低起伏,"平坦和空无"(13)是洼地的特点,它成为汤姆所说的"此处现在"的象征——没有事件发生,空无一物,如同创伤经验对意义的吞噬和淹没。在洼地上整日与海水和淤泥抗争的人们知道,他们每日的辛劳并不会产生什么真正的变迁,洼地上"所有的景致几乎都接近于无"(13)。"生活在洼地上就是要接受加大剂量的现实。现实中显著的平坦和单调;现实中宽阔的空白空间。在洼地上抑郁症和自杀都为人所熟知。酗酒、疯癫和突如其来的暴力都很常见。"(17)如何在成文的人类历史书写中表现"此处现在"或者是"自然历史"成为小说叙事的核心。

(二)创伤的展演拒绝传统叙事

由于创伤经验的特殊性,书写创伤拒绝情节化的故事或阐释。汤姆清楚地认识到人们为了规避创伤现实而使历史变成了故事(61),因为故事使创伤经验不再是意义的虚空,不再是不可理解或整合的事件。"即使我们错过了历史的宏大剧目,我们仍然会在微观上模仿它,在微观上认可它对存在、特征、目的和内容的渴望……无法知道为了使我们自己相信现实不是空空的容器,我们会调制多么烈性的毒药,我们加入了多少意义、神话、狂热。"(41)由此,《洼地》中创伤历史的书写拒绝了情节化的叙事,叙述者在记录他人或自己的创伤历史时着重表现了创伤经验对意义的吞噬、创伤经验的重复展演,并且展现了创伤对受创者的持久影响。这些创伤经验独有的特质都清楚地体现在小说叙事和语言所具有的特点中。

汤姆认为,在人们的内心深处,人们对历史的书写都是想对灾难的发生寻求一个满意的解释,叙事(无论是讲述历史还是虚构)由此诞生:"历史仅源于事情糟糕的那个点;历史只随着困境、困惑、后悔而诞生。"(106)创伤成就了历史叙事的欲望,但是叙事又遮蔽了创伤的真实一面。马克思在讨论历史时也曾指出,"历史,或许还有叙事,将终结于一个无阶级的社会之中。叙事始于世界发生混乱之时,或有必要说明世界的起源和结构之时。它结束于初始需要或欲望获得相应满足之际"①。彼得·布鲁克斯(Peter Brooks)从心理学角度分析传统叙事时也强调了"叙事对情节的依赖"②,情节的跌宕起伏又和人们的欲望息息相关,这种欲望活动,如布鲁克斯所说,可被视为"叙事的发展,它推动和激活对叙事的阅读,并且刺激创造意义的组合游戏"③。汤姆的学生普拉斯还一针见血地指出了作为解释的历史叙事所存在的问题,"解释是回避事实的一种方式,而你却假装是在接近事实","而且,人们只在事情不对的时候才需要解释……因此,你听到的解释越多,你越感到事情是如此的糟糕以致需要如此多的解释"。(167)围绕着创伤而建构的阐明性叙事并不是在真实地回溯过去,而是利用过去的信息为创伤事件的发生寻求合理的解释。在解释中"人们致力于扭转造成创伤的环境,对过去的回忆指引着人们对未来的思考,鼓励人们制定出行动方案,个人和集体环境将会重构,最后,创伤的感觉会平息消退"④。汤姆模仿传统历史叙事方式建构的阿特金森家族的历史展现了传统叙事方式在书写创伤历史时的缺陷和困境。

《洼地》中的创伤书写拒绝给予创伤事件本身任何解释,而且创伤事件本身也没能以情节化的方式得以叙述。创伤研究学者拉卡普拉指出,"传统的叙事在误认的基础上,必然是递减的(reductive),甚至接近神话",而"非传统的叙事表现了不在场(absence)的问题",成为再现创伤较适宜的方式,"如塞缪尔·贝克特和莫里斯·布朗肖的作品,它们都倾向于以各种有意义的方式涵盖事件,而且似乎是抽象的、抽空的,或无实体的。在他们的作品中,发生的是'无',这使他们脱离了传统视角的兴趣"。⑤ 创伤的叙事不应该表现"叙事中的愉悦",而是要"拒绝意识形态",并"表现创伤中不可赎回的失落,表现创伤中无法超越的强迫

---

① 转引自:Martin, W. *Recent Theories of Narrative*. Ithaca: Cornell University Press, 1986: 100.

② Brooks, P. *Reading for the Plot: Design and Intention in Narrative*. Cambridge, MA: Harvard University Press, 1984: 7.

③ Brooks, P. *Reading for the Plot: Design and Intention in Narrative*. Cambridge, MA: Harvard University Press, 1984: 3.

④ Alexander, J. C. *Cultural Trauma and Collective Identity*. Berkeley: University of California Press, 2004: 3.

⑤ LaCapra, D. *Writing History, Writing Trauma*. Baltimore: Johns Hopkins University Press, 2001: 49-50.

重复的过程"①。汤姆的父亲亨利在一战中精神受到重创,一度失去正常的语言能力。他被送入了医院,但是"伦敦和其他地方的医生在三年的时间里都不知道如何医治亨利"(151)。随着时间的推移,亨利似乎恢复了正常,只是人们问起他在战争中的经历时,他只会回答:"我什么都不记得了。"(151)医生们觉得忘记那些不堪的记忆也许是件好事,"于是决定把他送回家乡"(223)。亨利不记得战场上的经历并不是简单的遗忘,相反,这一方面是因为那段经历太残酷,他不愿意记起(222),另一方面是因为那段创伤经历已经抹去了该事件本身的意义,亨利无法以正常的意识掌握和叙述那段过去,它成了"空无"。然而,在回到家乡以后,家乡的洼地与法国战壕的相似性——洼地的平坦、单调和大片大片的空白——都成为他创伤记忆的导火线,他旧病复发,大吼大叫"要求接受治疗"(223),创伤经历的迫害性影响又再次显在地作用在他身上。由此可以看出,小说对亨利创伤经验的描写中并没有详尽地叙述他在战场上具体经历的事件或情节化的故事,而是强调了创伤所产生的影响,即在创伤经验中存在意义的缺失。

在讲述洼地上的人们所遭遇的创伤经验时,小说还指出受创者所表现出的抑郁和创伤的重复展演,这些都拒绝被归入传统的叙事中。"洼地之空是抑郁悲伤的具体表现"②,而抑郁症又被看作创伤后应激障碍的一种症状。早期的心理学研究中,弗洛伊德区分了"哀悼和抑郁",他指出抑郁阻止了哀悼的进行,因为抑郁症患者仍然执着于已失去的东西。③ 在创伤研究中,抑郁症患者"被束缚在沮丧的、自我指责和强迫重复的过程中,他们被过去所笼罩,认为未来对他们来说已停止"④。在讲述自己早年在洼地的生活时,汤姆告诉读者,母亲去世之后,父亲一直无法接受这个事实,他常年"一次又一次地来到[母亲的]坟前,站在那里,嘴唇翕动,好像在和谁交谈"(284)。汤姆通过描述父亲重复的、超越常理的

① LaCapra, D. *Representing the Holocaust*: *History*, *Theory*, *Trauma*. Ithaca: Cornell University Press, 1994: 199.

② Henstra, S. *Writing at Loss*: Nation and Nuclearism in the Twentieth-Century English Novel. Toronto: University of Toronto, 2002: 200.

③ Freud, S. *The Standard Edition of Complete Psychological Works* (*Vol. 14*). Strachey, J. (trans.). London: Hogarth, 1957: 237-243.

④ LaCapra, D. *Writing History*, *Writing Trauma*. Baltimore: Johns Hopkins University Press, 2000: 66.

行为来表达父亲的丧妻之痛和创伤对他持久的影响。汤姆还讲述了弗雷迪·帕尔的父亲杰克·帕尔的创伤经历。杰克负责看守铁路上的平交道口,然而"一场可怕的事故差点发生在他所看守的霍克维尔道口。……杰克·帕尔曾独自一人预见这一景象的恐怖"(113)。虽然可怕的事情实际上并没有发生,但是杰克就像是经历了一场浩劫的幸存者一样,他的生活从此被改变。他对此"是如此震惊,感到可能发生的事情会多么恐怖,多么令人无法承受,以至于他认为这种灾难在其他某个时间仍有可能发生"(113),从此他开始酗酒。汤姆用陈述的方式告诉读者,杰克所经历的创伤事件是一次因疏忽而险些导致的灾难。事件的意义并不在于灾难是否发生或是如何发生的,而在于它对杰克造成的心理阴影。这一创伤事件的影响是创伤书写的核心内容,但却不构成有情节的叙事,它表现为杰克每日沉湎于酒精中。杰克的酗酒行为也暗示了创伤经验所产生的强迫重复,因为"创伤的幸存者并不存在于过去的记忆中,而是存在于无法也没有完结的事件的过程里,这个事件没有终结,无法到达结尾,因此,就创伤幸存者而言,这个事件始终发生在现在,而且在各个方面都处于流动中"①。这种每日重复的行为不具有布鲁克斯所指的"叙事欲望",而且重复意味着没有开始也没有终结,它是D. A. 米勒(D. A. Miller)所指的"静态平衡"②。

对于创伤的记述和书写还更多地体现在汤姆对自己历史的叙述中,通过表现历史创伤在自己生活中的重复展演和持久影响,汤姆形成了自己的循环历史观。在汤姆的少年时期,他未来的妻子玛丽是同龄男孩弗雷迪、汤姆以及汤姆的智障哥哥迪克共同爱慕的对象。玛丽与汤姆互相吸引,他们在秘密交往的一段时间里发生了性关系。同时,两个年轻人出于同情和好奇决定由玛丽向迪克进行性教育(248),但是迪克对玛丽的爱却是真诚的。玛丽怀孕了,迪克欣喜地认为孩子是自己的,但是玛丽为了保护汤姆,告诉迪克孩子是弗雷迪的(据玛丽说孩子应该是汤姆的,因为她与迪克并没有发生性关系)。玛丽的谎言导致痴傻的迪克谋杀了弗雷迪。听闻弗雷迪的死讯后,玛丽出于内疚而找村妇做了流产手

---

① Felman, S. & Laub, D. *Testimony: Crises of Witnessing in Literature, Psychoanalysis and History*. London: Routledge, 1992: 69.

② Miller, D. A. *Narrative and Its Discontents: Problems of Closure in the Traditional Novel*. Princeton: Princeton University Press, 1981: xi.

术,导致终身不孕。当迪克想要向汤姆坦白自己的罪行时,汤姆告诉迪克,迪克是外祖父和母亲乱伦所生的孩子,进而导致迪克跳入河中从此失踪。这一系列的死亡事件是汤姆一生也无法摆脱的创伤现实。汤姆感到"'此处现在'的一次次突然袭击不仅仅把我们一下子投入到现在时态中;它们确确实实在短暂的令人眩晕的间隙宣布我们已成为时间的囚徒"(61)。克鲁斯在分析创伤对个体的影响时也特别强调"造成创伤的是突然的打击,它就像破坏身体完整的威胁一样,破坏了人对时间的感知"①。"遭遇创伤后的情形是受创者会再次经历(或展演)过去,区分往往会消解,包括当时与现在之间的关键区分,受创者能够记起过去所发生的事情,但是却感到自己生活在没有未来的现在中。"②

　　书写自己历史中的创伤时,汤姆强调了创伤经验在其生活中强迫重复的特点。面对自己曾经历的一系列创伤事件,汤姆承认他的确曾求助于故事叙事,为自己被迫面对的悲惨事件和它们对自己人生的影响寻求合理的解释,但是这些事实已经超出了他的阐释能力(108),它们一次又一次地在他的生活中重复展演,迫使他一再直面历史中的创伤。创伤的重复展演打破了时间的线性发展,使汤姆感到自己总是处在创伤经验所代表的"现在"中。描述玛丽堕胎的情景时,汤姆感觉"我们已经步入了另一个世界。在这个世界中一切都停止了;在这个世界中,过去将一直在发生着"(304)。汤姆对时间停滞的感受体现了堕胎事件似乎一直在进行着,创伤事件的影响并没有成为可以忽略的过去。在汤姆和玛丽的婚姻生活里,孩子的缺失时刻提醒着他们那不堪的往事。汤姆把学校中的学生看作自己的孩子,"没有他的历史课堂和他的学生们,他无法面对现实之空"(126)。汤姆"曾无数次地希望"领养一个孩子,但是他的愿望"因为那个简单却又难以触及的原因"而放弃了(127)。在他们人到中年之时,玛丽的精神状态出现了异常,她在超市里抱走了别人的孩子,他们在生活中一直试图压抑的那段创伤经历又重现了。由此可见,汤姆早年遭遇的创伤经历从未成为过去,它一直停

---

① Caruth, C. Violence and Time: Traumatic Survivals. *Assemblage*, 1993(20): 25.

② LaCapra, D. *Writing History*, *Writing Trauma*. Baltimore: Johns Hopkins University Press, 2000: 46.

留在他的生活中,他被那件事情"缠绕着,包裹着",被迫接受"创伤事件的强迫重复"。①

汤姆通过创伤经验的重复展演,形成了自己的历史观。面对从河中捞出的弗雷迪的尸体时,汤姆说:"这个场景似乎没有终结,永无止境。"(34)这个场景在汤姆的叙述中反复出现,他甚至把与之相关的场景都联系在一起。弗雷迪的死发生在暑假的一天,而汤姆则描述了另一个暑假的一天,那时弗雷迪和汤姆等一群孩子在河中嬉戏,而迪克在河边的岸上看着他们。在汤姆的眼中这个场景与弗雷迪死时的场景已经融为一体,他描述道:

> 在罗德岸上的场景就好像之后发生的其他场景一样都固定在你们历史老师的记忆中,在以后的日子中又再次呈现。玛丽穿着海军蓝的短裤,一条鳗鱼从她的裤裆间穿过;一条活鱼在一个女人的膝间;迪克、弗雷迪·帕尔和他自己都在注视着,他们的目光在无形中构成了"猫的摇篮"②;一个酒瓶被投入多泥的罗德河中;迪克在木桥上;弗雷迪在水中。
>
> 现在谁还能说历史不是循环的呢?(208)

弗雷迪的死是汤姆生活中挥之不去的阴影,一切与弗雷迪死时相似的场景都变成了弗雷迪之死的象征或暗示,因为这种"不自觉的记忆"总是建立在"相似、相关"的基础上。③ 在这个场景中,所有与弗雷迪之死相关的人物都在其中。玛丽短裤中滑过的鳗鱼是弗雷迪以恶作剧的方式放入的,但是在汤姆所生活的洼地上,女人膝间的鳗鱼往往意味着生育能力的丧失。"迪克在木桥上;弗雷迪在水中"对应了迪克和汤姆发现弗雷迪尸体的那个清晨,迪克和父亲在桥上努力拖拽水中弗雷迪的尸体。这个场景没有具体的时间,汤姆改用一般现在时描述了当时的情形,它意味着弗雷迪之死不再是发生在过去的一个事件,而是他在生

---

① LaCapra, D. *Writing History, Writing Trauma*. Baltimore: Johns Hopkins University Press, 2000: 21.

② "猫的摇篮"原指儿童游戏翻花绳,小说中隐喻性地指代各个人物目光形成的交错的视线,同时也指每个人对所发生的事件都有不同的解释。

③ Benjamin, W. *Illuminations: Essays and Reflections*. Zohn, H. (trans.). New York: Schocken Books, 1968: 204.

活中仍反复体验的创伤经历,它没有开始也没有结局。在这个情景中也没有具体的故事情节,只有几个破碎的描述性短句,汤姆暗示了创伤经验超越了主体的认知能力,他无法用语言连贯地叙述它,如费尔曼和劳伯在讨论加缪的《堕落》(The Fall)时指出的,真正的创伤叙述"不可能是完整的,也不可能被整合进权威的叙述中"①。

(三)创伤历史的叙事技巧

综观整部小说的叙事特点,它也展现了创伤对叙述者的影响,并成为创伤书写有效的艺术形式。斯威夫特在叙事中使用了一些现代或后现代文学中常常出现的写作技巧,文学评论界对于这些技巧的阐释已经比较充分,②但是鲜有评论把这些文学技巧与创伤历史叙事相关联。在史学界,关于历史哲学的研究和人们对历史真相的质疑虽颇为盛行,但是历史叙事面临着如何书写大屠杀等这样的历史创伤的问题。怀特借用罗兰·巴特(Roland Barthes)的概念提出了"不及物写作"(intransitive writing)和"中动语态"(middle voice)的叙事方式③,认为这类写作多出现在现代文学或后现代文学中,成为书写大屠杀等创伤历史的恰

---

① Felman, S. & Laub, D. *Testimony*: *Crises of Witnessing in Literature*, *Psychoanalysis and History*. London: Routledge, 1992: 177.

② 《洼地》的评论者大都指出了小说在叙事上体现的一些后现代文本的特点,如自省叙事(self-reflexive narrative)、互文写作、元叙事、赤裸裸地展示语言的手段(能指与所指和所指物之间的关系)等。

③ 巴特在"零度写作"概念的基础上提出了及物写作和不及物写作的概念。零度写作是一种不及物写作,不及物写作是作家(author)写作而非作者(writer)写作,作者写作是一种及物写作,作家的不及物写作致力于"怎样写作","作家是劳动者,他加工他的语言(即便为灵感所启发),他在其著作中专注于自我……作家是那种典型的在如何写作中探究世界的为什么的人……作家视文学为目的"。巴特认为这种写作消除了语言的社会性或神话性,它以一种中性和惰性的形式出现,在此,思想以它的本己面貌出现,而不被一种额外的历史情境所歪曲。中动语态曾出现在古希腊语言中,它是没有主体和客体之分的一种语态形式,蕴含着事件自然发生的意思,如"死"的动作如果用中动语态表达即是"死发生着"(dying occurs);在现代法语中并没有中动语态,但是巴特认为现代写作的主要任务就是要复原这种已失去的语法结构,即在写作中使用中动语态而不是主动和被动语态。参见:Barthes, R. *Critical Essays*. Evanston: Northwestern University Press, 1985: 144-145.

当形式。①

怀特在早期著作中曾坚持历史的叙事特点而使历史的真相变得问题化,但是面对大屠杀等历史的伤痕时,怀特的理论受到了人们的质疑。有历史学家指出,只要论及虚构与历史的关系,就必须用纳粹灭绝种族的大屠杀来检验,"纳粹灭绝种族的大屠杀作为一个历史事件,在记录和呈现的过程中必须将历史话语与主观想象区分开来。这不仅适用于特殊事件,而且是指在任何情况下,历史叙事都应尽力区分事实与想象"②。在不可抗拒的历史创伤面前,考虑到"已经确立为事实的事件叙述问题",怀特的后期著作修改了自己早前的理论,放弃了"情节化编排"的历史叙事。他为自己前后矛盾的理论辩驳道:"在把第三帝国的历史以喜剧或田园文学的形式情节化编排的情况下,我们为了使它脱离有关第三帝国的各种相左的叙事而诉诸事实,这样做完全可以被认为是正当的";"只要我们相信事件本身具有一个'故事'样的形式和'情节'般的意义,那么我们可以非常确信地认为事件的有关事实会约束故事应该以何种形式被恰当地(意指真实地和适宜地)讲述"。③"在我看来,现代(和后现代)文学中创作进行的那些反叙事(anti-narrative)的非故事(non-story)为充分再现我们这个时代所发生的一些特殊事件提供了唯一的可能性,而且这种历史叙事与在此之前的所有'历史'完

---

① 怀特引用奥尔巴赫的话把这种叙事的特点总结为以下几点:"1. 作家作为客观事实的叙述者的地位消失了。2. 所有被叙述的事情都被表现为剧中人物意识的反映,对小说中的人和事不做任何外加评论。3. 对表面上'以客观的'方式描写的事件,叙述者持有显著的'怀疑和质询的语调'。4. 使用'意识流、独白'等艺术手法'淡化或删除作家完全了解的客观现实的印象'。5. 使用再现时间经验或短暂性经验等新的技巧,如使用'偶然发生的事情'表现'意识的发展变化';消除'外在'和'内在'时间的区别;把'事件'表现为任意发生的事情,而不是'一个故事的几个连贯情节'。"参见:White, H. Historical Emplotment and the Problem of Truth. In Friedlander, S. (ed.). *Probing the Limit of Representation*: *Nazism and the "Final Solution"*. Cambridge, MA: Harvard University Press, 1992: 50-51.

② Lang, B. *Act and Idea in the Nazi Genocide*. Chicago: The University of Chicago Press, 1990: 158.

③ White, H. Historical Emplotment and the Problem of Truth. In Friedlander, S. (ed.). *Probing the Limit of Representation*: *Nazism and the "Final Solution"*. Cambridge, MA: Harvard University Press, 1992: 40.

全不同。"①怀特借用了巴特的概念，以"不及物写作"来指称这种历史叙事：

> 表现大屠杀和其经历的最适当方式是一种"不及物写作"，它不宣称要实现 19 世纪历史学家和作家们企及的现实主义。但是我们需要考虑，使用不及物写作时我们一定需要一种关系，就像用"中动语态"表达事件时所具有的关系。这并不是说我们放弃了真实再现大屠杀的努力，而是指我们对于什么是真实再现的观念必须被修正，应当考虑到那些在我们这个世纪中发生的独特经历，而传统的再现模式已经不足以表现这些经历。②

在怀特看来，不及物写作之所以能够成为再现创伤历史的最有效的途径，是因为它"拒绝作家、文本、所写物以及读者之间的距离"，在不及物写作中：

> 作家所写的并不是独立于作家和读者之外的，而是在"写他自己"……在传统的叙事写作中，作家被认为首先是带着预期的和成规的视角看待写作的对象，然后于写作中再现出来。对于书写自己的作家，写作本身已经成为理解的一种方式，并不是反映某种外在的东西，而是一种行为、一种实践，而不是反映或描写。③

《洼地》中，汤姆在叙述每个创伤事件时放弃了第一人称的叙事，而改用第三人称有限视角。这种做法一方面排除了"第一人称叙事的可靠性问题"，另一方面，"一些第一人称叙事作品在讲述过去经验时使用第三人称叙述中的无时间性

① White，H. *The Modernist Event*，*Figural Realism*：*Studies in the Mimesis Effect*. Baltimore：Johns Hopkins University Press，2019：81.

② White，H. Historical Emplotment and the Problem of Truth. In Friedlander，S. (ed.). *Probing the Limit of Representation*：*Nazism and the "Final Solution"*. Cambridge，MA：Harvard University Press，1992：47-48.

③ White，H. Historical Emplotment and the Problem of Truth. In Friedlander，S. (ed.). *Probing the Limit of Representation*：*Nazism and the "Final Solution"*. Cambridge，MA：Harvard University Press，1992：47-48.

的'这时',这标志着叙述的我与另一个在过去中的'我'的分离"。[1] 例如,当汤姆叙述自己在某天下班回家看到玛丽怀抱被偷来的婴儿时,他不再使用第一人称"我"来叙述,而是作为"你们的历史老师"以第三人称"他"的视角叙述了当时的情景。虽然怀特认为现代意识流小说采用的第三人称独白式写作使历史的书写者放弃了解释事件因果的权威地位,使创伤历史以创伤记忆的形式出现,在一定程度上是有助于客观再现历史中的创伤事件的,但是怀特所讨论的情况是历史的叙述者,并非创伤经验的直接经历者。然而,在《洼地》中,汤姆既是创伤事件的叙述者,同时他也亲身经历了这些事件。当他以第三人称有限视角叙述创伤事件时,他掩盖了自己在创伤事件中的责任。拉卡普拉在批评怀特的"不及物写作"和"中动语态"时也曾指出,中动语态的问题在于它在追求客观性再现的时候忽略了"创伤的受害者与创伤的施暴者之间的区别",它使得创伤叙述"对待希特勒和对待犹太人等纳粹集中营的受害人时没有什么区别"[2]。汤姆希望通过追述自己与玛丽30多年的婚姻生活来解释她疯癫举止的原因,他以第三人称有限视角和内心独白简述了与玛丽从订婚到现在多年的生活,揣测致使玛丽疯癫的原因。但是,汤姆的叙述却掩盖了自己在玛丽经历创伤中的责任——汤姆与玛丽早年偷食禁果,导致玛丽偷偷找村妇做流产手术而终身不孕。他用一些简单陈述句描述了自己与玛丽30多年的婚姻生活:"他们搬到伦敦。他成为一名教师。而她开始只是历史教师的妻子,过了几年她也找了份工作,在地方政府一个关注老年人的办公室工作,至于其中的原因却无法得知……他们形成了固定的生活习惯和固定的变化方式。如此30多年过去了,其间好似没什么事情发生,好像转瞬间他们都50多岁了。"(123)对于早年创伤在他们生活中的影响尤其是对玛丽的影响,汤姆叙述道:"他们本应该收养一个孩子,但是她没有这么做,为了一个简单而又难言的原因,因此丈夫认为,收养的孩子不是真正的孩子,他的妻子是一个不相信伪装的人。"(127)由此可以看出,汤姆为了掩盖自己在创伤事件中的责任,省略了玛丽在30多年婚姻生活中所承受的痛苦,这种第三人称有限视角的叙述在创伤历史的书写中仍存在一些不足之处。虽然汤姆对创伤

① 马丁. 当代叙事学. 伍晓明,译. 北京:北京大学出版社,1990:176.

② LaCapra, D. *Writing History, Writing Trauma*. Baltimore: Johns Hopkins University Press, 2000: 26.

历史的叙事仍存在着掩盖自己责任的欲望，但是创伤经验中时间感知的变化、记忆的碎片化和对终结的拒绝在《洼地》的整体叙事中都得到了清楚的再现。

首先，时态的变更是《洼地》叙事的一个突出特点。该小说是一部回顾性叙事作品，当汤姆以故事叙事的形式回忆过去时，他使用的都是过去时态。然而，当记述创伤历史，即他所强调的"此处现在"时，小说会突然转换成一般现在时，例如在回忆有关弗雷迪之死、玛丽堕胎、玛丽抱着他人的孩子等场景时，汤姆在叙事中都突然转换了时态。"在叙事中反复插入的现在时态就如同拒绝治愈的伤口一样，它一直停留在创伤的记忆中，不停地在记忆中反复出现。"①时态的变更也体现了受创者对时间经验感知的变化，打破了"内在"与"外在"时间的界限。对于汤姆来说，所经历的这些创伤事件并没有成为历史的过去，它们一直占据着他的生活，在他的生活中重复展演着。创伤破坏了主体的时间经验，改变了汤姆线性连续的时间观，使他感到历史是重复循环发生的，汤姆对进步史的质疑、他所坚持的历史重复和循环发展论，都与创伤历史对他的影响相关联。如同他把弗雷迪之死的场景与之前孩子们在河边玩耍的情景融为一体，并由此认为历史是重复发展的，他得出结论"现在谁说历史不是循环的呢？"（180）

其次，创伤是极度震撼、猛烈的事件，它摧毁了个体对感觉和意义的联结，受创者对事件的感觉是支离破碎的，《洼地》在叙事结构上也体现了这样的特点。小说由 52 章构成，而每章之间并没有直接的联系。小说起始于 1943 年 7 月的一天，即弗雷迪的尸体被发现的那一天。紧接着小说跳入了汤姆叙述时所处的1980 年，妻子精神失常的发生、学生在历史课上的抗议都成为促发汤姆回到过去的导火线。在此之后小说并没有接着讲述发现弗雷迪尸体之后的情景，而是转而记述汤姆自己父辈祖先和母辈祖先的历史，讲述洼地的历史。即使在讲述1943 年发生的一系列创伤事件时，汤姆还因为无法连贯地讲述当时的事情而插入了一章人类研究鳗鱼的历史简述。汤姆的整个叙述就是他记忆的一个个碎片，如同他所要记述的创伤历史一样有意义的空白，有不可抗拒的重复，它们都不可能被整合成有序的叙事。

最后，小说在结构上也形成了一个环，所有的叙事都被套在这个环中，它既

---

① Bernard, C. *Graham Swift: La parole chronique*. Nancy: University of Nancy Press, 1991: 82.

象征着创伤事件对传统叙事的抗拒,又暗示了历史中的创伤对叙述者汤姆的影响依然存在,使他看不到未来。叙事学家弗兰克·克默德(Frank Kermode)在讨论小说结尾的意义时曾指出,"根据结尾来解释开头的思维一直牢牢存在于我们关于历史、生活和虚构的观念之内"[1]。阿伦·弗里德曼(Alan Friedman)和一些学者在现代小说对于"开放形式"的兴趣中发现了对于集体秩序和个人秩序的同时拒绝。开放形式预防了叙事的封闭以及随之而来的意义的确定,最极端的现代叙事甚至可能拒绝将可理解性作为自己存在于世的手段:现代叙事变成文本,一个不透明的文字集合体,不指涉其他任何世界,无论是现实的还是想象的。这种叙事作品就是巴特所描述的"可写的"文本,它对应于过去"可读的"叙事。[2]怀特在讨论宏大历史叙事的时候也指出,这样的历史叙事在总体性思维的指引下为实现结构的同一和意义的连续而会为其叙事收上一个没有疑问的结尾。斯威夫特的《洼地》作为对传统宏大历史叙事的反驳,既打破了线性的叙事方式,又在小说的最后回到了小说的开始。虽然汤姆在小说开始时希望自己的历史叙事是"完整的、最终的版本"(8),但是历史创伤的经验时刻在告诉他没有开始也没有结束。汤姆居住在英国的格林尼治区,他经常去零度经线穿过的格林尼治公园散步。零度经线一方面象征了起点与终点合二为一,另一方面在小说中也象征了不可超越的创伤点,无论人们怎样规避创伤,怎样试图逃离那个创伤点,最终仍不可避免地要面对它。小说的最后一章描述了汤姆的哥哥迪克跳河失踪的事件,迪克的老板斯坦·布思面对突如其来的事件困惑不解,他对汤姆说"最好有人能解释一下"(358),然后整部小说的叙事就在他的质问中结束了。米勒在讨论"可叙述的"和"不可叙述的"两个概念时指出,"可叙述的"暗示着走向未来的冲动,叙述者只有首先拒绝叙事欲望,才能真正结束。汤姆在布思的质询中结束了自己的叙事,暗示了创伤经验的残酷性拒绝叙事化的阐释。

关于《洼地》的讨论,评论者大都认为作品呼应了当代学者关于历史或者真相不确定的论述,但是作家在作品中对创伤历史的关注并没有认同历史的不可知,而是强调了正视历史创伤的重要性。捷克哲学家卡莱尔·科西克(Karel

① Kermode, F. *The Sense of an Ending: Studies in the Theory of Fiction*. New York: Oxford University Press, 1967: 86.

② Friedman, A. *The Turn of the Novel*. New York: Oxford University Press, 1966: 83.

Kosík)曾说过："平日断裂处,历史呈现。"科西克的话语中,"平日"是指人们每日庸碌的生活,"历史"则是死亡等已经发生的重大创伤事件。《洼地》的叙述者汤姆曾言称："历史是一件轻薄的外衣,它总是被叫作'此处现在'的利刃轻易地划开。"(36)小说中历史是指以成文的方式被人们接受的线性进步发展的历史神话,它掩盖了人类历史中的创伤事件,即小说所说的"此处现在",叙述者在叙事中提醒人们关注"此处现在"的意义。与此同时,通过探索再现创伤历史的叙事手法,作品清楚地指出,历史在叙事中变得不再可靠并不是历史本身使然,而是叙事使历史变得问题化。创伤历史的客观存在是不容置疑的,人们所需要的是以适当的再现手法建构与历史的关系。因此,《洼地》中创伤历史的书写表达了作家最深切的人文关怀。

第二节　创伤的狂欢化叙事
——《杯酒留痕》的叙事探析

《杯酒留痕》是当代英国小说家格雷厄姆·斯威夫特于 1996 年荣获英国小说布克奖的作品。小说在叙事结构上沿用了他的《世外桃源》(*Out of This World*)中多个叙述声音交替呈现的结构。小说讲述了三个老友(雷、莱尼和维克)和杰克的养子文斯遵循杰克的遗愿(在马尔盖特码头上把他的骨灰撒向大海)驱车驶向马尔盖特码头的旅程。途中他们在小酒馆中休息,绕路经过了威克农场、海军烈士纪念碑和坎特伯雷大教堂等。在这段旅程中,他们各自回顾了人生中的辛酸经历,升华了对自我的认识。小说还插入了杰克的妻子艾米、文斯的妻子曼迪和死者杰克的叙述,它们成为四位主要叙述者叙事的有力补充。

根据叙事特点,《杯酒留痕》一般被认为"是一个典型的现代主义文本"。无论是在结构上还是内容上,小说都好像是对"威廉·福克纳(William Faulkner)的名著《我弥留之际》(*As I Lay Dying*)的重写"①。学者们关注了小说中显在

---

① Winnberg, J. *An Aesthetics of Vulnerability*: *The Sentimentum and Novels of Graham Swift*. Göteborg: Göteborg University, Department of English, 2003: 174.

突出的死亡主题：

> 像福克纳一样，斯威夫特把死亡作为核心主题，尤其是死者对生者的影响：生者通过完全服从死者的遗愿而履行对死者的伦理责任。两部小说都涉及了出殡仪式的设定，它标志着回到过去，更重要的是它意味着回到原初主体身份形成的那个点。①

小说结尾时，四位叙述者在马尔盖特码头上抛撒杰克的骨灰、送别杰克的场景也使一些学者联想到 T. S. 艾略特（T. S. Eliot）《荒原》（*The Waste Land*）中的一段话："在马尔盖特的沙滩上/我能够联结的是/乌有和乌有"。虽然艾略特诗中表达的是基督教仪式中的些许宽慰，而斯威夫特的作品哀叹的是尘世中的死亡，但是两部作品"都是表达哀思之作"②。学者们在讨论《杯酒留痕》时还指出了小说与《坎特伯雷故事集》（*The Canterbury Tales*）之间的关系：小说中呈现的送葬路线与《坎特伯雷故事集》中朝圣者们走过的道路相同。③ 而且，对于四位送葬者来说，这段旅程也已经超出了它原有的意义，成为净化心灵、安度创伤历史的一次远行。当学者们关注小说中死亡主题的论述时，却忽略了小说的叙事语言与死亡主题之间的关系。在表达死亡、送葬这类沉重的话题时，小说的叙述者却时常使用诙谐、幽默的手法，这种表面上不合时宜的语言使用实际上传达了叙述者对创伤历史的乐观态度。

斯威夫特的小说创作中，死亡通常是小说人物不得不面对的创伤经验。《洼地》中弗雷迪的死、玛丽的流产和迪克的自杀成为困扰汤姆一生的创伤事件。《世外桃源》中罗伯特在恐怖袭击中被暗杀，打破了苏菲原有的平静生活，在事情发生之后的 10 年间她一直未能走出创伤带来的恐怖。《从此以后》（*Ever After*）的主人公比尔在叙事中也呈现了一系列与死亡相关的创伤经历：他的父亲在他 9 岁时突然自杀身亡，自此他的人生开始改变，后来他的妻子、母亲和继

---

① Lea, D. *Graham Swift*. Manchester：Manchester University Press，2005：163.

② Lea, D. *Graham Swift*. Manchester：Manchester University Press，2005：161.

③ Winnberg, J. *An Aesthetics of Vulnerability：The Sentimentum and Novels of Graham Swift*. Göteborg：Göteborg University, Department of English，2003：163.

父在较短的时间内接连去世，这使他暂时迷失了存在的意义而选择自杀。如何在叙事中安度死亡所带来的创伤是斯威夫特小说关注的焦点之一。《杯酒留痕》的叙事也围绕着死亡而展开，杰克的突然死去对于几位叙述者来说是"突发的""非比寻常的"事件。它对莱尼来说之所以成为创伤事件是因为他从杰克的死亡中联想到自己也将不久于人世，他因预见了死亡的恐怖而感到畏惧且无所适从。对于雷来说，杰克的死不仅仅使他在生活中失去了一位老友，还促使他回忆了自己曾经对杰克的背叛与伤害，为失去向杰克赎罪的机会而倍感痛苦。与此同时，死亡所代表的创伤事件在小说中具有更广泛的意义。杰克的死引发了叙述者再次面对自己人生中经历的创伤事件：莱尼回忆了二战给自己的生活带来的打击——父母在炸弹袭击中双亡、家园被摧毁、生活陷入窘境；雷也是在二战中失去了与自己相依为命的父亲；维克回忆了自己在战争中亲历战友牺牲的情景，"炮弹炸死了丹普赛、理查兹、斯托和麦克里奥德，我比任何时候都更清楚地感受到幸存者的痛苦"[1]；文斯在面对杰克的去世时，不仅感受到深切的丧父之痛，而且自己亲生父母在战争中双亡的创伤历史也被勾起。由此可以看出，在斯威夫特的小说中，死亡与创伤密不可分。维克在叙事中更清楚地指出，他们要安度的创伤不是杰克的死亡这一具体的事件，而是死亡本身所具有的创伤本质，是如何泰然地面对死亡这个既陌生、恐怖又无法逃避的事件，"杰克不是一个特例，完全没有什么特别之处。……他只是众多死者中的一个"（143）。如何面对死亡所带来的创伤是斯威夫特的小说人物亟待解决的问题，《杯酒留痕》在叙事中以狂欢化的手法再现与死亡相关的创伤事件，探索并展现了安度创伤的历史叙事的可能形式。

斯威夫特在接受采访时曾指出，在《杯酒留痕》中，"这些人物确实怀着严肃且深沉的目的。他们想要对他们死去的朋友致以敬意。但是，生活总会从中阻挠，生活总会不时地挑出他们的错误。这就是作品喜剧性的地方，即当生活阻拦了死亡的时候"[2]。严肃与诙谐、死与生的共存成为小说叙事的一个显著特点，这种双重性在一定程度上体现了巴赫金所讨论的狂欢化叙事。创伤研究者在讨

---

[1]　Swift, G. *Last Orders*. London: Picador, 2001: 125. 本书中对该小说的引用均出自此版本，译文为笔者自译，后文将直接在文中标明页码，不再具体加注。

[2]　Frumkes, L. B. A Conversation with Graham Swift. *Writer*, 1998, 111(2): 19.

论安度创伤历史的叙事时也认为,"这项工作围绕着语言与沉默之间的关系而展开,这种关系在某种意义上可以被仪式化。一些仪式已经告诉我们这项工作不排除幽默的形式"①,而且"只有通过笑和狂欢化的力量才能够排解创伤造成的抑郁症"(114)。小说中的几位叙述者常常以诙谐甚至偶尔粗俗的语言叙述杰克的死亡等创伤事件,他们在叙述中颠覆了死亡等创伤惯常被赋予的崇高性,模糊了生与死之间的鸿沟,使死亡这种非比寻常的创伤事件弱化为可以安度的平常事。

巴赫金通过对狂欢节的各种仪式在人类历史中发展变化的分析,形成了关于文学叙事的狂欢化诗学理论。巴赫金指出:

> 狂欢节上形成了整整一套表示象征意义的具体感性形式的语言,从大型复杂的群众性戏剧到个别的狂欢节表演。这一语言分别地,可以说是分解地(任何语言都如此)表现了统一的(但复杂的)狂欢节世界观,这一世界观渗透了狂欢节的所有形式。这个语言无法充分准确地译成文字的语言,更不用说译成抽象概念的语言。不过它可以在一定程度上转化为同它相近的(也具有具体感性的性质)艺术形象的语言,也就是说转为文学的语言。狂欢式转为文学的语言,这就是我们所谓的狂欢化。②

简言之,将狂欢式内容转化为文学语言的表达,就是狂欢化。狂欢式中包含着许多个二律背反,巴赫金说:"狂欢式所有的形象都是合二为一的,它们身上结合了嬗变和危机两个极端:诞生与死亡……,祝福与诅咒……,夸奖与责骂,青年与老年,上与下,当面与背后,愚蠢与聪明。对于狂欢式的思维来说,非常典型的是成对的形象,或是相互对立(高与低、粗与细等等),或是相近相似(同貌与孪生)。"③狂欢化的内在实质是以狂欢式的世界感受、乌托邦的理想、广泛的平等

① LaCapra, D. *Representing the Holocaust: History, Theory, Trauma*. Ithaca: Cornell University Press, 1994: 65.
② 巴赫金. 陀思妥耶夫斯基诗学问题. 白春仁,顾亚铃,译. 北京:生活·读书·新知三联书店,1988:175.
③ 巴赫金. 陀思妥耶夫斯基诗学问题. 白春仁,顾亚铃,译. 北京:生活·读书·新知三联书店,1988:180.

对话精神、快乐的相对性和双重性等为基础的。

　　《杯酒留痕》在小说开篇即体现了庄重与诙谐共存的双重性特征。作品的第一句话强调了"这一天和平时不一样"(1)。杰克的葬礼已经过去了四天,他的三个老友和他的养子决定在这一天完成他的遗愿,在马尔盖特码头上把他的骨灰撒向大海。在雷的叙述中,读者可以看出雷为了表示对死者的尊重,突出这一天的特殊意义,而佩戴了黑色的领带。小说对送葬者的穿着的描写为送葬仪式平添了一份庄重。雷开始叙述的地点,即四位叙述者约定的送葬仪式的起点,是死者和他的朋友们经常光顾的小酒馆。清晨的酒馆因顾客稀少而分外安静,室内"阴冷,飘散着阵阵消毒水的味道,许多位子都是空着的。一缕阳光透过窗子照射进来,形成一个个斑点,让人想起了教堂"(1)。为了突出送葬的特殊意义,雷在叙述中把世俗的酒馆神圣化了,他感觉顾客之间酒杯碰撞的声音都好似教堂内"管风琴的乐声"(1)。小说开篇通过雷的叙述和描写似乎在努力赋予送葬仪式恰当的崇高和庄重的氛围,通过把酒馆比作教堂而赋予该仪式应有的神圣性。但是随着莱尼和维克陆续进入酒馆,小说的气氛发生了变化。雷首先注意到"莱尼没有戴领带"(2),维克作为殡仪员和往常一样佩戴着黑色的领带,但是他并没有穿着工作时的一整套装束,而是"身披浅褐色的雨衣,一个平顶帽满满地塞在一个口袋中。他如此的装束似乎在竭力说明:他不是作为一个工作人员在履行自己的职责,而是我们中的一员,两者之间是不同的"(3)。维克的特殊身份原本应该使他的出现与庄重肃穆相联系,但是雷叙述道:"我想象维克推开酒馆的门,郑重地走进来,揣着一只镶有黄铜配件的橡木篮。但是他的一只手臂下夹着的只是一个普通的棕色纸盒……他就好像刚刚购物归来,买了一套浴室瓷砖,来到酒馆中饮酒休息。"(3)雷在叙述开始时赋予酒馆的神圣性因为维克的加入而被消解,酒馆的世俗性和娱乐功能被维克再次凸显出来。

　　小说中的酒馆成为叙述者哀悼死者、与死亡形成亲密联系的场所。不仅送葬仪式的起点始于酒馆,酒馆还一直是包括死者杰克在内的几位叙述者在工作之余娱乐消遣的地方。而且,在送葬的行程中,几位叙述者曾选择在罗切斯特的一家酒馆稍作休息,因为觉得"把杰克单独留在后座上不是很合适"(108),于是他们把杰克的骨灰也带进了酒馆。当杰克的骨灰被置于酒馆中时,酒馆中喧嚣嘈杂的氛围拒绝了丧礼应有的沉重。同时,酒馆经常是人们狂欢的场所,人们在其中可以刻意抛弃所有世俗的礼仪,因此小说中的叙述者对于死者的哀悼或沉重的心情在谈笑风生中慢慢消散了。

在两次酒馆场景的描述中,小说人物通过诙谐的语言实现了与死亡的亲昵接触。在巴赫金的狂欢审美品格中,有四种审美表现方式(即他所说的狂欢式的世界感受的范畴),其中最主要的是亲昵的接触。"在狂欢广场上发生了随便而亲昵的接触。亲昵的接触这一点,决定了群众性戏剧的组织方法带着一种特殊的性质,也决定了狂欢式有自由随便的姿势,决定了狂欢具有坦率的语言。"①在亲昵的接触中,由于人们不平等的社会地位等级所造成的畏惧、恭敬、仰慕、礼貌等一切现象消失了,人们相互间的任何距离没有了,形成了一种"平等和自由"的关系。这种关系"通过具体感性的形式、半现实半游戏的形式表现了出来"②。在斯威夫特的小说中,叙述者与死亡创伤的亲昵接触拉近了他们与死亡之间的距离,由于距离感而产生的畏惧也逐渐消失了。当杰克的骨灰第一次被维克带进酒馆时,莱尼试图赋予它神圣的意义:"他接过骨灰盒,踌躇不定,好像他还未准备好接住它,但又不得不拿着它,又好像他应该先洗洗手才好。"(3-4)他对维克说:"他[杰克]不是只在这个盒子中,是吗?"(3)莱尼的问题有两层含义:一方面他在问杰克的骨灰是不是只装在纸盒中,盒中是否还有其他容器;另一方面,他的问题以反义疑问句的形式提出,表明他自己已经有了肯定的答案,只是需要大家的认同,即作为死者的杰克不应该只等同于一罐骨灰,死者本身应该具有更神圣的意义。但是,莱尼所要赋予的意义在维克的行为和雷的叙述中消失了。

> 为了回答莱尼的问题,维克捡起纸盒,用大拇指轻轻一弹打开了盒子上方的折盖。口中一边说道:"我要威士忌,我觉得今天是威士忌日。"他把手伸入盒中,慢慢地拿出一个塑料容器。它就像一个大速溶咖啡罐一样,用一个螺旋盖封口。但是它不是玻璃的,而是棕色、微微发亮的塑料制品。(3)

---

① 巴赫金. 陀思妥耶夫斯基诗学问题. 白春仁,顾亚铃,译. 北京:生活·读书·新知三联书店,1988:176.
② 巴赫金. 陀思妥耶夫斯基诗学问题. 白春仁,顾亚铃,译. 北京:生活·读书·新知三联书店,1988:176.

面对杰克的骨灰盒,雷心里想的是"这些都是杰克的吗? 有没有夹杂了其他人的呢? 在他之前或在他之后被火化的人的。如果是这样的话,那么莱尼手捧的就是杰克的骨灰和其他某个人的,比如某人的妻子的。而如果这些都是杰克的,那么他全部的骨灰都在这里了吗? 或者只是把能装进去的都装了,毕竟杰克是个大块头"(4)。当雷从莱尼的手中接过骨灰盒后,雷说:"很重。"维克回答道:"塞得很结实的呢。"(4)通过几位叙述者的对话可以看出,作为死者的杰克在维克和雷诙谐的语言中被降格为一罐骨灰,他没有了象征意义,只被赋予了形态和物理上应有的特征。

在罗切斯特的酒馆内,热闹喧嚣的环境为几位送葬者以亲昵的方式面对死亡的象征载体——杰克的骨灰,以及释放自己内心的伤痛提供了有利的场所。他们此行的严肃目的和他们诙谐的行为表现再次形成了鲜明对比。进入酒馆前,杰克的养子文斯在附近的杂货店买了一罐咖啡,并将杰克的骨灰盒与咖啡罐一起放入塑料袋中。虽然他清楚地知道其他几人惊愕于他把骨灰盒与咖啡罐放在一起的行为,但是他却故意忽略了同行人眼中的指责,轻描淡写地对他们解释道:"曼迪说家里没有咖啡了。"(109)紧接着他便快步走进了酒馆,从而制止了人们可能对他这种亵渎死者行为的质询。文斯在这一系列动作中所表现出的专横霸道,使他在无形中具有了"一种权威"(108),其他人听从他的指示进入酒馆坐了下来,暂时忽略了酒馆的喧嚣与送葬仪式应有的肃穆之间具有的不协调之处。他们享受着酒馆内的美酒、美食,欣赏着美女,甚至有些乐此不疲。"我们都在想着同一件事:真遗憾我们不能一直这么坐下去,就这样平静地老去,真遗憾我们不得不把杰克送到马尔盖特去。"(110)在惬意的酒馆内,几位叙述者回忆了他们曾经和杰克一起畅饮的欢乐时光,酒馆使他们想到的是生活的乐趣而不是死亡带来的恐怖,酒馆中欢快的气氛感染着在座的每一个人,他们以适合该环境气氛的调侃语气议论着杰克的不在场,似乎忘却了死亡的悲伤。

> 莱尼说:"他[杰克]不在这里真是太糟糕了。"他的话好像在表明杰克曾计划来此,却突然有其他事情发生了。
>
> "他会喜欢这里的,"文斯回答道。
>
> 受大家情绪的影响,我[雷]也认为,"他不应该就这样匆忙地走了。"
>
> "他真够笨的。"莱尼说。(111)

在酒精的刺激下，几位送葬者已经不再顾忌自己的言行，他们以幽默的方式表达杰克已死的事实。虽然杰克的不在场让他们感到有些遗憾，但是这并没有影响他们一如既往地品味美酒。他们对杰克不在场的描述就好像他只是偶尔缺席，好像当他们竭力打趣杰克时，他会突然出现，对他们说："哈哈，我只是跟你们开了个玩笑。"（111）叙述者以缺席代替死亡，从而消解了死亡的恐怖。

酒精还帮助他们宣泄心中的痛苦。雷和莱尼都在几大杯酒后借着去厕所的时机偷偷流泪，使酒精和悲痛一起释放出来，"我的两头都在泄漏"（111）。而且，即使在叙述自己痛哭的场景时，小说仍未放弃狂欢化的叙事手法，生者对死者的哀恸在叙述者"粗鄙"的描写中被淡化和解构了。雷不仅把痛苦的释放与小便相联系，他在哭泣时还特别描述了卫生间内放置的两台避孕套机，联想起自己曾经去过的所有厕所。作为巴赫金所分析的狂欢化审美表现方式之一，粗鄙"即狂欢式的冒渎不敬，一整套降低格调、转向平实的做法，与世上和人体生殖能力相关联的不洁秽语，对神圣文字和箴言的模仿讥讽等等"[①]。这种"粗鄙"的狂欢化叙事进一步使死亡所具有的崇高性被世俗化了。酒馆作为安度创伤的狂欢化广场的意义更加明确，如书名 *Last Orders* 所暗示的，last orders 在作品中具有双重意义，它一方面指酒馆每日打烊前的通告，一方面也指杰克临终前的嘱托。这两重意义使死亡与饮酒、神圣与粗俗联系起来，小说人物在酒馆中的暴饮象征了悲伤感情的宣泄和释放。

作者以狂欢化的叙事表现小说人物对创伤事件的安度不仅体现在亲昵、粗鄙的审美表现形式中，还塑造了莱尼这个狂欢化的人物。他以不合体的语言和行为在送葬的仪式中制造了一幕幕闹剧，从而颠覆了仪式的庄重。狂欢化的小说中，有一类人物是经常出现的，几乎是必不可少的，那就是"小丑""傻瓜"和"骗子"的形象。这些形象与狂欢节、狂欢广场有着更广泛的联系，他们是狂欢仪式上的主角。在狂欢化文学中，狂欢化人物的意义在于"可以使人用另外的眼光，用没有被'正常的'，即公众所公认的观念和评价所遮蔽的眼光来看世界……疯

---

① 巴赫金. 陀思妥耶夫斯基诗学问题. 白春仁，顾亚铃，译. 北京：生活·读书·新知三联书店，1988：177.

癫是对官方智慧、对官方'真理'片面严肃性的欢快的讽拟。这是节庆的疯癫"①。在《杯酒留痕》中,莱尼在一定程度上被刻画为狂欢化人物中的"傻瓜"形象,例如他会指着杰克的骨灰盒问维克诸如"他不是只在这个盒子中,是吗?"这类貌似愚蠢的问题。他在整个仪式中经常表现出的不知所措和各种冒犯他人的语言行为,既搅乱了仪式应有的庄重气氛,又促使其他人物在莱尼表演的闹剧中安度了死亡代表的创伤事件。

"莱尼是个搅局的人"(7),雷在叙述中经常这样评价莱尼。送葬的队伍刚刚开始行进,一行四人坐在文斯开来的奔驰车中,车窗外早春的阳光明媚、天空蔚蓝,莱尼在车中哼起了小曲,这让一行人感到"在这样的阳光下,肚中装着啤酒,望着前方的旅程,就好像杰克为我们安排了这一切,为了让我们感觉非同一般,为了特别招待我们。我们好像要去远足郊游、狂欢纵乐,而这个世界看起来是如此美好,看似只为我们存在似的"(18)。莱尼不得体的哼唱行为改变了旅途的气氛,使其他人都关注到车窗外与死亡相对立呈现的美好生活。送葬的仪式在一开始即没有表现出庄重肃穆,死气沉沉的一般特点,它与远足、狂欢等行为仪式相联系,颠覆了一般葬礼中对死亡的敬畏,死亡所代表的创伤事件在整个仪式中不是展演而是安度的对象。

在他们驱车行驶的途中,莱尼经常表现出不谙世事、不知道察言观色的愚钝特点,由此导致了一场场闹剧。维克在途中问大家是否知道为什么杰克选择了马尔盖特,文斯和雷都很认真地试图给出自己的解释,但是莱尼却对每个人的每句话处处挑刺。他试图证明此行的深刻意义,但是所有的意义反而在他的激辩中消解了。

> "那么谁能告诉我?"维克问道,"为什么呢?"
>
> "那里是我们一家在周日经常去的地方。"文斯回答道,"开着那辆旧运肉车。"
>
> 莱尼说:"我知道的,不是吗大亨?以为我不记得了吗?但是这次可不是周日远足啊。"

① 巴赫金. 巴赫金全集(第六卷). 李兆林,夏忠宪,等译. 石家庄:河北教育出版社,2009:46.

我说："那里曾是他们度蜜月的地方。"

莱尼说："我以为他们没有蜜月呢。我以为他们那时应该在存钱买婴儿车呢。"……"确实有过蜜月，"文斯说，"1939年的夏天。"

"当时你也在吗，大亨？"莱尼说道。

每个人都沉默了。

…………

我说："艾米曾告诉我。"

莱尼说："艾米曾告诉你。她有没有告诉你为什么她今天不一起来呢？"

每个人都沉默了。(29)

这一场景以戏剧化的连篇对话形式呈现出来，就好像在上演一幕狂欢节的演出剧。莱尼就像是剧中的"傻瓜"，他针对每个人的回答，不时地提出让人难堪的问题。杰克和艾米是未婚先孕的，他们的蜜月是在女儿出生后补度的，但是莱尼却不顾忌此事的尴尬，指出他们婚后的蜜月期应该是忙着迎接即将出生的婴儿。文斯是杰克和艾米在女儿五岁时收养的孩子，当文斯告诉莱尼，杰克和艾米确实有过蜜月旅行，并指出具体的时间时，莱尼完全没有考虑文斯作为养子的感受而质疑文斯回答中的逻辑漏洞：既然当时杰克的家庭中还没有文斯，他是怎么知道的呢？莱尼这种明知故问的做法使其他几位叙述者既尴尬又无奈。他坚持认为艾米应该来，因为"遗愿就是遗愿"(30)，应该受到尊重，但同时他又说，"我才不会那么愚蠢，为自己写下这种遗嘱呢"(30)，否定了此次行程的意义。他甚至打趣维克和雷，问他们将来打算如何处置自己的骨灰。莱尼直白又不失诙谐的话语产生的闹剧效果极大地削弱了葬礼的严肃意义，他阻止了人们对马尔盖特象征含义的深层讨论，而只引导大家关注表层的问题或逻辑表述上的漏洞。同时，他通过杰克的遗嘱引导人们面对自己的死亡，他试图使人们感到死亡可以成为事先安排好的事情，而不是突如其来的创伤事件。

由莱尼引发的闹剧在送葬仪式的进程中频频发生。在罗切斯特的酒馆内，莱尼喝了三大杯啤酒后在语言上与文斯再次发生冲突。文斯在离开酒馆时因为愤怒而遗忘了装有咖啡和杰克骨灰盒的塑料袋，莱尼借机揶揄他道："你忘了这个，你看！你忘了你的咖啡。你或许觉得此行没有我们也没什么，但你如果不带这个去马尔盖特,你真是愚蠢透顶啦。"(116)在威克农场,文斯自作主张要把杰克的骨灰撒一些在他与艾米最初相识的地方,莱尼为此与文斯大打出手。在莱尼与文斯争夺杰克骨灰盒的过程中,骨灰盒像橄榄球一样被传递和争抢(148)。一番争抢打斗之后,莱尼和文斯的衣服被撕破,裤脚沾满了泥土,他们狼狈不堪的样子更像是闹剧中的小丑,而不是送葬仪式中的一员。

　　小说的结尾也是送葬仪式的高潮部分,是评论者讨论最多的地方。当四位叙述者遵循杰克的遗嘱站在马尔盖特码头上抛撒杰克的骨灰时,他们"才真正认识到在生命的偶然无序中仍存在着一种秩序"①。"骨灰撒入大海的行为暗示着死亡可以被看作回归原始的海洋……因为那是我们人类最初形成的地方。"②当叙述者们望着杰克的骨灰随风飘散,和自然界的一切融为一体时,他们也实现了"对死亡的认识转变,改变了把死亡看作不可逆的分离的传统观念,认识到死亡暗示着永久的结合"③。小说的这种告别仪式"在感伤文学中尤为常见,最典型的例子是塞缪尔·理查逊(Samuel Richardson)的《克莱丽莎》(Clarissa)"④。评论者大都通过小说结尾描写的各种诸如风、海、灰等意象来讨论作品表达的主题,认为小说人物形成了对死亡的乐观和肯定的认识,但是忽略了叙事语言在服务主题时呈现的特点。

　　作品在最后的告别仪式中仍然采用了诙谐幽默的狂欢化叙事手法。当几位叙述者抵达马尔盖特时,他们遭遇了暴风雨的袭击。狂风、暴雨、翻腾到岸边的海浪使他们周身湿透、步履艰难。他们曾经认为这最后的仪式应该是"维克充当司仪官带领大家庄重地慢步行进",而不是像现在这样:文斯冲在前面催促着大家"快点、快点",大家都在"急步匆忙地赶路"。(288)当大家站在码头的尽头时,雷觉得在匆忙的赶路之后、正式仪式开始之前"应该有个停顿,有时间来整理你

① Wheeler, W. *A New Modernity? Change in Science, Literature and Politics*. London: Lawrence & Whishart, 1999: 63.

② Winnberg, J. *An Aesthetics of Vulnerability: The Sentimentum and Novels of Graham Swift*. Göteborg: Göteborg University, Department of English, 2003: 170-171.

③ Fluck, W. Sentimentality and Changing Functions of Fiction. In Herget, W. (ed.), *Sentimentality in Modern Literature and Popular Culture*. Tübingen: G. Narr, 1991: 19.

④ Winnberg, J. *An Aesthetics of Vulnerability: The Sentimentum and Novels of Graham Swift*. Göteborg: Göteborg University, Department of English, 2003: 170.

最后的思绪,其中的某个人应该说点什么,并给个提示"(292)。但是,任何仪式性的行为都没有发生,暴雨突然间停歇了,这似乎是"足够的提示"(292),大家急忙利用这段时间抛撒杰克的骨灰。在雷的一句"来吧"之后,大家依次把手伸入罐中,就如同"在派发一罐糖果一样"(293)。维克还提醒大家,"把你们的手尽量擦干……因为我们都不想让杰克粘在我们的手上"(293)。告别死者的仪式就这样在诙谐轻松的叙述中结束了。

书写创伤不仅仅要表现创伤的真实展演,更重要的是在直面创伤之后能够笑面创伤,实现创伤历史的安度。《杯酒留痕》以狂欢化的叙事探索了安度创伤历史的叙事手法。小说人物在酒馆这个特别的场所中宣泄内心的痛苦,以亲昵和粗鄙的狂欢化审美方式讨论死亡的话题,在诙谐的语言和滑稽的行为中完成了整个送葬的仪式,作品在叙事语言上的特点颠覆了死亡对于生者的陌生性和崇高性。

第三节　创伤历史的复调叙事

——《10½卷人的历史》中的叙事探析

"我们如何抓住过去? 我们还能抓得住吗?"[1]这是朱利安·巴恩斯小说创作中始终致力于探讨的问题。巴恩斯小说《福楼拜的鹦鹉》(*Flaubert's Parrot*)中,布莱斯韦特经过不懈的调查发现,法国的自然博物馆里曾经有 50 只鹦鹉,至于哪一只是真正的"福楼拜的鹦鹉"现在已无从得知。《福楼拜的鹦鹉》作为一部史学元小说,在诉说历史事件和历史人物的同时,对历史真实的确定性、可靠性提出了怀疑,同时也表达了后现代主义的历史观,即历史的真相是流动的、漂浮的、难以认识的。[2] 在小说《10½卷人的历史》中,巴恩斯杂糅了各种历史叙事的体裁,以期寻求了解历史的方式,揭示叙事历史仍具有的意义。

①　Barnes, J. *Flaubert's Parrot*. London: Jonathan Cape, 1984: 14.

②　张和龙. 鹦鹉、梅杜萨之筏与画像师的画:朱利安·巴恩斯的后现代小说艺术. 外国文学,2009(4):4.

(一)历史的复调叙事

《10½卷人的历史》自问世以来一直颇受争议。小说的标题(*A History of the World in 10½ Chapters*)中 A History 而非 The History 暗示了书中所述历史绝非人们日常阅读的历史著作,并不宣称其所述历史的客观真实性。作者在书中对挪亚方舟、1816 年的"梅杜萨号"海难、1912 年"泰坦尼克号"的沉没等历史做出了不同的诠释,模糊了传统历史叙事与虚构小说之间的界限。与此同时,小说标题的后半部分称此书将人类史分为 10½ 卷是对传统历史观的进一步讥讽。

> 该书的喜剧夸张效果从其雄心勃勃的标题上可见一斑。一部历史,不是小说,被信誓旦旦地、精确地分为若干卷,我们可以看到这种细化到 10½ 卷的幽默或是古怪。书的标题已经暗示作品将会展示多种体裁、多类书写方式,其数量之众绝不仅限于所划分的几卷。①

该书既不是一部按年代顺序编写的编年史,也不是一部完全虚构的小说。书中各卷都有不同的叙述者,书中内容既有虚构也有事实,有散文、小说,也有随笔。全书 10½ 卷,看起来互不相干,各自独立,以至于许多评论者认为该作品不能被归入小说之列。② 然而,巴恩斯在接受采访时多次强调:"我要说的就是,我是一个小说家,我说它是小说,它就是"③,"它是作为一个整体被构思的,也是作

---

① Locke,R. Flood of Forms. *New Republic*,1989(201):42.

② 戴维·塞克斯顿(David Sexton)说:"巴恩斯写得像部小说,而且归于小说之列,但是当你翻开之后会发现它完全不是小说。"[Sexton, D. Still Parroting on about God. *Sunday Telegraph*,1989-06-11(42).] D. J. 泰勒(D. J. Taylor)也认为,"根据小说的一般定义,这不能称为小说"[Taylor, D. J. A Newfangled and Funny Romp. *Spectator*,1989-06-24 (40).]。一些评论者认为称其为一部短篇小说集也许更合适。"与其说它是一部小说,不如视其为相互联系的短篇小说或散文"[Rubin, M. From Nebulae to Noah's Ark. *Christian Science Monitor*,1990-01-10(26).],"它更像是部短篇小说集或散文集,而不是小说"[Irwin, R. Tick-Tock, Tick-Tock. *Listener*,1989-06-22(13).]。

③ 转引自:Lawson, M. A Short History of Julian Barnes. *Independent Magazine*,1991-07-13(36).

为一个整体被创作出来的"①。鉴于此,有评论认为,小说的叙事风格体现了巴赫金所描述的复调叙事的特点②,然而,《10½卷人的历史》中多种叙事体裁在小说中的同时呈现,表面各自独立的章节由一些反复出现的意象或主题彼此相连,更多地体现了米兰·昆德拉(Milan Kundera)所描述的"文体的复调"的诸多特点。③

《10½卷人的历史》中各卷分别自成一体。第一卷《偷渡客》,作者以偷渡到挪亚方舟上的七只木蠹为第一人称叙述者,以十分不敬的口气讲述了一段与《圣经》完全不同的人类初始历史。第二卷《不速之客》以传统的第三人称叙事,讲述了满载各国乘客的意大利"圣尤菲米娅号"游轮在海上遭遇恐怖分子袭击的经过,这个杜撰故事的原型是1985年10月意大利"阿基莱·劳伦号"游轮被四名

---

① 转引自Cook, B. The World's History and Then Some in 10½ Chapters. *Los Angeles Daily News*, 1989-11-07(10).

② Rubinson, G. J. History's Genres: Julian Barnes's *A History of the World in 10½ Chapters. Modern Language Studies*, 2000, 30(2):165.

③ 复调原本是一个音乐术语,由两段或两段以上同时进行、相关但又有区别的声部所组成,这些声部各自独立,但又和谐地统一为一个整体,彼此形成和声关系,以对位法为主要创作技法。首次将音乐中的"复调"概念引入小说理论的是苏联著名文艺学家巴赫金,他在《陀思妥耶夫斯基的创作问题》(初版于1929年,1963年再版时更名为《陀思妥耶夫斯基诗学问题》)中,用"复调"来描述陀式小说中的多声部、对位以及对话的特点。"有着众多的各自独立而不相融合的声音和意识,由具有充分价值的不同的声音组成的真正的复调——这确实是陀思妥耶夫斯基长篇小说的基本特点。"(巴赫金. 陀思妥耶夫斯基诗学问题. 白春仁,顾亚铃,译. 北京:生活·读书·新知三联书店,1988:29.)巴赫金的复调理论中强调的是主人公的独立意识,主人公与主人公、主人公与作者之间平等的关系,对话性是其理论中的核心概念。美国批评家雷纳·韦勒克(René Wellek)对巴赫金的复调小说理论提出过质疑。他认为所谓复调中的作者与主人公的平等对话,不过是小说中的"戏剧化""场景化"而已,这与他人说的"作者隐退""作者的客观化""非个人化"并无实质性的区别(Wellek, R. *A History of Modern Criticism 1750—1950*. New Haven: Yale University Press, 1955:358.)。诚然,巴赫金在构成复式音乐的"对位"与构成叙事的"对话"之间,由于过多地强调了对话而掩盖了对位对复调的本质意义。出身音乐世家的昆德拉根据对奥地利作家赫尔曼·布洛赫(Hermann Broch)小说的分析,并结合自身小说创作实践,提出了自己的复调小说概念。"从表层看,以文本中多种文类并置为形式的'文体的复调'……是显性层次的复调;从里层看,以多种艺术手法实现的'不同情感空间'的并置则是米氏……隐性层次的复调。"(李凤亮,李艳. 对话的灵光:米尔·昆德拉研究资料辑要. 北京:中国友谊出版公司,1999:229.)

武装分子劫持的历史事件。第三卷《宗教战争》中作者翻译转述了 16 世纪法国贝藏松教区居民状告木蠹的庭审记录。第四卷《幸存者》虚构了一位女性为逃离遭受核威胁的西方而做的一次疯狂的海上旅行，与此同时，作者还暗示她的海上旅行可能是她为了规避个人创伤而虚构的。第五卷《海难》分为两个部分，一部分作者通过传统历史叙事的方式叙述了 1816 年法国"梅杜萨号"护卫舰遇难的情况，另一部分作者以艺术评论者的身份评析了法国画家泰奥多尔·籍里柯依据此历史事件而创作的名画《梅杜萨之筏》。第六卷《山岳》虚构了一名爱尔兰女子于 1840 年参拜圣地阿勒山并死于该地的故事。第七卷《三个简单的故事》中三个故事分别改编自 1912 年"泰坦尼克号"沉没的事件、《旧约》中约拿被鲸鱼吞掉的故事、戈登·托马斯（Gordon Thomas）和麦克斯·摩根－维茨（Max Morgan-Witts）合著的《亡命之旅》（*Voyage of the Damned*）所讲述的 1939 年"圣路易斯号"客轮上的犹太乘客设法逃离纳粹德国的悲剧。第八卷《逆流而上》以书信和电报的方式记述了现代演员在委内瑞拉丛林拍摄外景的故事。此卷之后，作者插入了一篇讨论爱和历史的随笔《插曲》（相当于半卷）。巴恩斯在被问及此半卷中有多少自传的成分时，他的回答是"全部"。① 第九卷《阿勒计划》虚构了一名探月归来的宇航员在 1977 年到阿勒山寻找挪亚方舟的故事。第十卷《梦》以第一人称口吻叙述了一个关于天堂的梦境。最后，一部关于人类历史的书却在一个关于未来的梦境中结束了。②

　　巴恩斯在作品中将讽刺论文、小说叙述、自传片段、历史事实、翱翔的幻想综合为一个统一的整体，就像复调音乐的声音一样。昆德拉用"综合性散文"这一术语来说明小说具有的这种能力，称不同文体的交融是显性层次的复调。昆德拉在分析布洛赫的《梦游人》（*The Sleepwalkers*）时，发现这部小说的五条线分属不同的类：长篇小说、短篇小说、报道、诗、论文。他认为"这一在小说复调中引入非小说文学种类的做法是布洛赫革命性的创新"③。昆德拉小说的复调法的

①　Ignatieff, M. Julian Barnes in 10½ Chapters. BBC 2 *The Late Show* interview, 1994-11-14.

②　小说主要情节概述参考了林本椿的译序，本书中后续来自该小说的引用均出自以下译本：巴恩斯. 10½卷人的历史. 林本椿，宋东升，译. 南京：译林出版社，2002. 后文将直接在文中标明页码，不再具体加注。

③　昆德拉. 小说的艺术. 董强，译. 上海：上海译文出版社，1992：94.

一个重要方面就是将非小说的类放在小说之中，即"文体的复调"。其中，饱含哲理的思考和随笔与叙事相得益彰，与叙事形成对位、共鸣。"文体的复调"的提出与践行构成了昆德拉复调理论体系的最外层，亦是其与巴赫金的复调理论最显著的差别之一。此外，昆德拉指出文类的"多声部性"必须具备两个条件——"各条'线索'的平等性"与"整体的不可分性"，①即小说的各条线索的平等与主题的一致性。只有符合了这两个条件，诸种文体类别才能在彼此互照、互补与互动中产生"张力"，形成"合力"，达到复调叙述的意旨，即作品主题的表述，而强化主题的统一性恰又成为"文体复调"的有力保证。昆德拉声称："一部作品的统一性不一定要从情节中产生，也可能由主题提供这种统一性。"②巴恩斯也颇为认同这种小说创作手法，他认为"小说家的工作就是探索所有可能的形式"③，"我对小说形式很有兴趣，总想看看融合或消解传统叙事后会怎样"④。《10½卷人的历史》独立的各卷、不同的文体由统一的主题连接而成，小说的主题在和声中得到强化。虽然它没有情节，没有人物，但是小说的主题和创作动机在每个声部中得到重复，这使作品成为一个有机的整体。⑤ 梅里特·莫斯利（Merritt Moseley）在讨论《10½卷人的历史》时特别指出了作品中反复出现的意象，如"木蠹""方舟""海上航行""将干净的与不干净的区分开来"等。莫斯利认为通过一系列反复出现的意象，巴恩斯意在告诉读者"样样事情真的都相连，甚至连我们不喜欢的那些部分，特别是我们不喜欢的那些部分"（74），并由此探讨了何为历史的问题。⑥ 然而，小说不仅思考了历史概念在当代语境中的变化，还更多地展现了创伤历史对人类存在的挑战。

巴恩斯的"人类史"如交响乐般呈现出来，在各个"声部"的和声中，作者把历

---

① 昆德拉. 小说的艺术. 董强, 译. 上海：上海译文出版社, 1992：95.

② 艾晓明. 小说的智慧——认识米兰·昆德拉. 北京：时代文艺出版社, 1992：142.

③ Saunders, K. From Flaubert's Parrot to Noah's Woodworm. *Sunday Times*, 1989-06-18 (G8).

④ Stuart, A. A Talk with Julian Barnes. *Los Angeles Times Book Review*, 1989-10-15 (15).

⑤ Moseley, M. *Understanding Julian Barnes*. Columbia：University of South Carolina Press, 1997：115.

⑥ Moseley, M. *Understanding Julian Barnes*. Columbia：University of South Carolina Press, 1997.

史描述为人类经受的一系列灾难：洪水(《偷渡客》)、恐怖袭击(《不速之客》)、核战争(《幸存者》)、海难(《海难》《三个简单的故事》)、地震(《山岳》)、谋杀(《逆流而上》)、纳粹大屠杀(《三个简单的故事》)等。小说多声部的和声部分所传达的是巴恩斯对历史的独特思考：人类历史是由创伤和灾难构成的，它不像黑格尔所相信的那样在理性的光芒中向前发展，混乱的历史拒绝理性的描述，那么人们如何面对灾难，如何叙述这样的历史是小说的核心主题，它决定了小说的形式。作家尝试了以不同的文体记录历史、诠释历史，它形成了小说"文体的复调"。与此同时，为了尽可能客观、全面、多方位地把对"人类历史复杂性"的理解传达给读者，巴恩斯在叙述过程中还隐含了叙述视角的复调。巴赫金的复调小说理论强调主人公的独立意识、主人公与作者的平等地位，并在此基础上阐明了复调小说与独白型小说的不同之处：

> 作者意识不把他人意识(即主人公们的意识)变为客体，并且不在他们背后给他们做出最后的定论。作者的意识，感到在自己的旁边或自己的面前，存在着平等的他人意识，这些他人意识同作者意识一样，是没有终结，也不可能完成的。作者意识所反映和再现的，不是客体的世界，而恰好是这些他人意识以及他们的世界，而且再现它们是要写出它们真正的不可完成的状态。[1]

昆德拉的复调小说在追求整体一致的前提下，重视作者的统一意识对主人公意识的控制与制约。

巴恩斯在《10½卷人的历史》中从三个层面上竭力控制其作品主人公的意识与行动，使其与作者的主旨产生共鸣。首先是通过对主人公活动与遭遇片段的"客观"描述，让主人公在行为和情境中一步步揭示出一些关键语词的内在意义，使作者对历史的观念从场面和情节中自然而然地流露出来。例如，在第三卷《宗教战争》中，作者摘录并翻译了16世纪的法律诉讼文档，并在译者注中告诉读者，"我们现在看到的并不是由各个律师的书记员执笔的原始提案，而为第三方

---

[1] 巴赫金. 陀思妥耶夫斯基诗学问题. 白春仁，顾亚铃，译. 北京：生活·读书·新知三联书店，1988：109.

所作,也许是一个法庭官员,他可能省略了辩词中的一些段落"(55)。作者在强调自己的历史记录客观性的同时,也暗示了这种客观性是极其有限的,不同的人对历史会有不同的解释。根据庭审记录,控辩双方都是在援引《圣经》的基础上判定木蠹是否有罪,面对同样一部《圣经》,不同的读者有不同的阅读动机,得出了截然不同的结论。像《宗教战争》这样呈现同一事件的不同解释成为巴恩斯小说叙述的一种模式,在他的每一卷中反复出现,以此暗示历史的扑朔迷离。《偷渡客》中木蠹叙述的挪亚方舟的故事与人们通过《圣经》而熟知的故事形成对比;《幸存者》中第一人称与第三人称叙述交替使用,对于主人公凯思的航海经历提供了两个完全不同的版本,究竟哪个版本是事实哪个是梦境,作者没有给出答案。《三个简单的故事》中关于人是否能在鲸鱼肚中存活,作者列举了《旧约》中约拿的故事、19 世纪末一名曾经被鲸鱼吞掉的水手的自传,以及 1914 年《论坛报》科学编辑德·巴尔维先生的研究。作家像书记员一样记录下人们对于相同事件的不同阐释,突出了叙事历史不可避免的主观性。

其次,作家还通过主人公之口说出对世界的看法。小说某一卷中主人公所陈述的观点,在其他卷中常常又以场景或客观叙述的方式表达出来,彼此交相辉映。作家不仅通过客观叙事揭示历史的阐释性,而且在《山岳》中通过主人公弗格森小姐之口直接告诉读者:"凡事都有两种解释,每种解释都要借助于信仰,给我们自由意志就是为了让我们在两者之间选择。"(153)巴恩斯还多次在小说中借助主人公之口批判了历史进步的观点。《幸存者》中的凯思在自述中揭示了现代科技的发展导致人与自然关系的退化、人类生存状态的恶化:"我们为什么老是折磨动物?我们装作喜欢它们,我们把它们当宠物养着,我们想到它们通人性就伤感一番,但是我们从来就一直折磨动物,是不是?杀害它们,残害它们,把我们的罪过嫁祸于它们?"(76)"有很多次,换到以前本来可以得救的失事漂流者却没有人来搭救;甚至还有这样的事,人家看到船开过来以为是来救人,谁知却被船压了过去。……她想,这世界的毛病就在这里。我们不再设瞭望哨。我们不想着救别人,我们就全靠机器往前开。"(84)《三个简单的故事》中的"我"则直接告诉读者,"历史经常重演,第一次是悲剧,第二次则是闹剧"(160)。《逆流而上》《阿勒计划》等卷则通过情节叙述反映了作者对进步历史的批判。

为了更清楚地表达作品的主导思想,巴恩斯还径直介入自己的叙事之中。

昆德拉在讨论复调小说创作时表明："我喜欢时不时地直接介入,作为作者,作为我自己。在这种情况下,一切都在于口吻。"①巴恩斯在谈到自己小说中作者的直接介入时也直言不讳:"我只是从幕后站出来而已。"②《10½卷人的历史》中,作家在《插曲》里直接出现在读者面前,向读者侃侃而谈自己对爱情与历史的看法。评论者对书中的这半卷往往颇有微词。与巴恩斯同时代的作家鲁西迪批评道:"在这里,人们希望散文家巴恩斯能让位给真正的小说家,而不是一篇关于爱情的专题论文,我们原本应该看到的是爱情本身"③;另一位英国作家乔纳森·柯伊(Jonathan Coe)也认为这半卷内容"文辞绚丽但情感冷漠"④;莫斯利的批评比较温和,他认为这半卷内容"容易落入多愁善感或老派自由人文主义的窠臼而遭到批判"⑤。但是巴恩斯本人却在访谈中强调了此半卷的重要性:"作为一个小说作家,你会有很多张假面具,而你经常会认为,'不,我要讲述真理'。"⑥

从复调的角度看,巴恩斯自己介入的这半卷恰恰是整个作品中的最强音。作家运用各类文体、多个声部向读者传达他的历史观。作者声音的介入使他的观点得到了更清晰的表达,在一定程度上统领了分散的各卷,赋予各个独立的、貌似毫不相干的故事统一的主题,各卷中反复出现的意象也因此获得了更深刻的内涵,整个作品也因此成为一个有机体,与这半卷形成和声、共鸣。巴恩斯在《插曲》中告诉读者:"历史并不是发生了的事情。历史只是历史学家对我们说的一套。有程式,有计划,有运动,有扩张,有民主的进程;是织锦挂毯,是一连串事件,是繁复的记述,互相关联,解释得通。"(228)巴恩斯对历史的深刻洞见,尤其是人们面对创伤时"虚构编造"的欲望在小说第四卷《幸存者》中有着更详尽的展现。第四卷的主人公凯瑟琳·费里斯是一位惧怕核危害的女子。为了逃离遭受

① 昆德拉. 小说的艺术. 董强,译. 上海:上海译文出版社,1992:100.

② Ignatieff, M. Julian Barnes in 10½ Chapters. BBC 2 *The Late Show* interview, 1994-11-14.

③ Rushdie, S. *Imaginary Homelands: Essays and Criticism, 1981—1991*. London: Granta Books, 1991: 242-243.

④ Coe, J. A Reader-Friendly Kind of God. *Guardian*, 1989-06-23(27).

⑤ Moseley, M. *Understanding Julian Barnes*. Columbia: University of South Carolina Press, 1997: 123.

⑥ Stuart, A. A Talk with Julian Barnes. *Los Angeles Times Book Review*, 1989-10-15 (15).

核蹂躏的社会,她决定到海上漂流。① 故事的开始,人们决定把受到核辐射危害的驯鹿深埋,但是主人公是一个敏感善良的女性,她无法接受这个事实,又不被别人理解,于是决定驾船出海。此后的叙述中,巴恩斯不停地转换叙述声音,以第三人称讲述凯瑟琳的漂流经过,用第一人称描写凯瑟琳的心理活动和梦境。在凯瑟琳的梦境中,她被关在一所精神病院中,接受精神医生的诊疗。精神科医生告诉凯瑟琳她患有"持久性受害者综合征",她所认为的海上漂流只是她自己的臆想,她自己在头脑中虚构了核战争、海上漂流的故事,一切都源于她与丈夫格雷格关系的破裂。精神科医生认为:"你[凯瑟琳]是在逃跑。我们发现,持久性受害者综合征的患者最后逃脱时经常感受到强烈的内疚。……你是在事物外部找原因,把你的迷惘和忧虑归结到周围世界。"(98)而且,医生用心理学术语来界定凯瑟琳口述的海上漂流故事为"虚构"(fabulation)——"你编造一个故事来掩盖你不知道的或者不能接受的事实。你保留一些真相,以此为主干编织一个新的故事。尤其是在双重压力的病例中"(99)。巴恩斯在《插曲》中重复了"虚构"的定义:"与此同时,我们虚构编造。我们编造出故事来掩盖我们不知道或者不能接受的事实;我们保留一些事情真相,围绕这些事实编织新的故事。我们的恐慌和痛苦只有靠抚慰性的编造功夫得以缓减;我们称之为历史。"(228)历史与虚构的关系在这种重复和声中获得更深刻的内涵。

　　"世界历史? 就是一些回荡在黑暗中的声音。"(228)这是巴恩斯在小说中对历史的定义。鉴于此,作家在作品中以复调的形式演奏了人类的历史,不同形态的历史都有独立的声音。复调的叙事使历史的创伤、人类灾难无所遁形。正如巴恩斯在小说中所强调的,历史总会揭开人们试图掩盖的事物。面对回荡在黑暗中的声音,当"这个可怕的被称为历史的24轮机车在铛铛前行,车后拖着一个叫作'政治'的小车,面对它,我们能如何抗争呢? 如果我们觉得宗教已经不再真实,作为小说家,我们当然认为艺术是一种方式。但是,艺术并不是对每个人都有用,因此爱情似乎是你能够接受的一种方式"②。

---

① 巴恩斯在此再次援引了挪亚方舟的故事。与凯思随行的是一对猫,正如此书第一卷中巴恩斯告诉读者在挪亚方舟上的动物都是成双成对出行的。

② Stuart, A. A Talk with Julian Barnes. *Los Angeles Times Book Review*, 1989-10-15 (15).

（二）创伤对宏大叙事的拒绝

巴恩斯以复调的形式展现了历史的多种形态，"我们神圣的历史仅仅是众多故事中的一个，是众多观点中的一个"[①]。面对历史中的创伤，即巴恩斯所说的"黑暗的声音"，小说不仅揭示了宏大历史叙事对创伤的掩盖，还强调了从多种角度阐释历史的意义。

巴恩斯通过他的《10½卷人的历史》揭示了人们习以为常的宏大历史叙事中权力话语对创伤的遮掩。当代创伤研究已经指出了创伤与叙事之间的紧密关系。创伤是"非比寻常""无法预测"和"淹没主体"的突发事件，面对突然发生的创伤事件，受创主体在潜意识中会形成心理防御机制。[②] 同时，创伤经验因其突发性和残酷性无法立刻直接地进入受创主体的认知领域，创伤事件总是在一段时间之后出现在受创者的记忆中，而创伤事件往往"是通过其已经造成的影响或留下的痕迹而被重新建构起来的"[③]。叙事成为再现创伤记忆的途径之一，而主体的心理防御机制又使得在叙事中否认、压抑创伤经验成为可能。创伤也成了

① Slayer，G. One Good Story Leads to Another：Julian Barnes's *A History of the World in 10½ Chapters. Journal of Literature & Theology*，1991，5(2)：223.

② 心理防御机制(mental defense mechanism)的理论是弗洛伊德于 19 世纪末提出来的，用来指一个人面对感知到的威胁，陷入令人焦虑的情境或产生令人不适的思想和感受时，其"自我"潜意识地运用一些心理上的防御措施，来保护自己的机制。在弗洛伊德的人格结构中，"自我"从中起着中介作用，使"本我"和"超我"之间保持平衡。一旦"本我"和"超我"之间的矛盾冲突达到"自我"不能调节的程度，这种矛盾冲突就会以病理的形式（例如焦虑，一种弥漫性的恐惧感）表现出来。由于"自我""本我""超我"三者经常处于矛盾冲突之中，于是应付矛盾的防御机制，即心理防御机制或自我防御机制（ego defense mechanism)便产生了。这一机制使"本我"得到一定的表现而不触犯"超我"，为现实所接受，不引起"自我"的焦虑反应即不引起心理矛盾，或不使心理矛盾激化。弗洛伊德所说的心理防御机制有很多种，如压抑(repression)、升华(sublimation)、投射(projection)、补偿(compensation)、合理化(rationalization)、否认(denial)、倒退(regression)等。每一个个体会使用某一个防御机制来应付生活中的挫折以减少焦虑，但人们所遇到的挫折和冲突情景各不相同，常常是多个防御机制组合起来同时运用。因其中多数防御机制对一个人的人格发展会产生不良的影响，所以导致了病态行为和精神障碍。参见：弗洛伊德. 精神分析引论新讲. 苏晓离，刘福堂，译. 合肥：安徽文艺出版社，1987.

③ LaCapra，D. *History and Memory after Auschwitz*. Ithaca：Cornell University Press，1998：21.

历史叙事的挑战,是检验其叙事可靠性的标尺。巴特曾犀利地指出,"历史的话语,不按内容只按结构来看,本质上是意识形态的产物,或更准确些说,是想象的产物"①。巴恩斯的作品也表达了同样的观点,"他的创作实际上就是像巴特强调的那样,揭示了传统历史话语中的'表征的谬误'(the fallacy of representation),所注重的不在于纯粹收集事实,而在于对事实重组,以达到填充空白、表现自己确定的历史内涵这一目的"②。通过揭示历史叙事中虚构因素的存在,巴恩斯告诫读者警惕权力话语对历史叙事的操纵。著名作家鲁西迪在评价此书时说:"巴恩斯所做的是用小说对历史进行注解,对传统加以颠覆,使之成为批评的武器。"③

小说第一卷《偷渡客》以木蠹的视角重述了《圣经》中挪亚方舟的故事,对西方文明基石之一的《圣经》中的传统教义进行了全面的颠覆。巴恩斯在此暗示了人类历史有时会披上神话的外衣,历史学难免充斥着虚假与诡计,人类为自己炮制了一个有关历史不断进步、不断朝向美好目标发展的神话。其中,人被看作历史的创造者、记录者和解释者,是启蒙理性的化身,始终维系着这一神话,成为这一神话的内在根基。因此,无论是《圣经》还是其他宏大历史叙事,进步的观念往往造就了人的神话。巴恩斯与其同时代的许多思想家、学者一样认识到这样一种历史叙事可能导致的危险,并对此表示出极大的担忧。巴恩斯在该书中致力于粉碎这一人的神话。他立足于不把历史上理所当然的事件当作理所当然的出发点,试图揭露自诩为客观完美的历史知识中蕴藏的权力与愚狂。木蠹口述的历史的独特之处在于,它们是方舟上的偷渡客,不会像其他动物那样因为被上帝(或挪亚)选中而"感恩戴德",对那次航海"绝不感到有什么义务";而且,因为它们是偷渡客,所以不会像其他动物那样"被当作英雄,它们[方舟上的动物]无一例外可将自己的宗族谱系一直追溯到方舟,有这等荣耀,何苦还要惹是生非。它们被选中,经历磨难而存活下来,因此它们掩饰难堪的往事,为省事省心而淡忘

① 巴尔特.历史的话语//汤因比,等.历史的话语:现代西方历史哲学译文集.张文杰,编.桂林:广西师范大学出版社,2002:122."巴尔特"现多译为"巴特"。
② 罗小云.震荡的余波——巴恩斯小说《十卷半世界史》中的权力话语.外语研究,2007(3):102.
③ Rushdie, S. *Imaginary Homelands: Essays and Criticism, 1981—1991*. London: Granta Books, 1991:241.

也不足为奇"(4)。木蠹的叙述首先颠覆了方舟的传统形象。巴恩斯在小说开端呈现了方舟上秩序混乱、邋遢龌龊、臭气熏天的场面,绝非神话里描述的那样,方舟上"一对对动物喜气洋洋,住着干净舒适的棚圈"(3)。为了显示其叙述的客观性,木蠹(巴恩斯)在叙述中抹去了"浪漫多情的神话故事"的痕迹,竭力模仿现实主义的叙事手法,注重细节的描述与客观现实的吻合。例如,方舟上动物们所住的房间因为无人打扫而发出恶臭,人们所称的"方舟"不是一条船,而是整个舰队的名字。"你不可能指望把整个动物王国塞进长不过三百肘尺的东西。"(4)原本象征着救赎希望的方舟,在木蠹口中沦为"囚船",上面既有禁闭室,也有告密者,方舟上还经常发生乱伦、谋杀等事件。方舟在巴恩斯笔下象征了"不祥之物"(10),承载了太多的创伤、痛苦与耻辱。方舟的形象贯穿了巴恩斯的整个叙事,在第二卷中挪亚方舟变成了被恐怖主义者劫持的旅游船;在第三卷中则变成主教的宝座;在第四卷中以凯瑟琳海上漂流的小船出现;在第五卷中则化身为法国"梅杜萨号"护卫舰,后来又变成籍里柯画中的梅杜萨之筏;在第六卷中笃信宗教的弗格森小姐为超度父亲的灵魂前往圣地阿勒山参拜并希望找寻方舟残骸;在第七卷中方舟又成为"泰坦尼克号"、鲸鱼和"圣路易斯号"的隐喻;在第八卷中是电影演员拍戏乘的木筏;在半卷的《插曲》中"爱情是许诺之地,是一条两人借以逃脱洪水的方舟"(217);在第九卷中出现了一座方舟外形的教堂,一位探月归来的宇航员似乎得到了神谕,于1977年到阿勒山寻找挪亚方舟;而第十卷叙述者梦中的天堂象征了现代人梦寐以求的方舟。无论方舟以何种形象出现,它总是与人类的命运密切关联。在巴恩斯笔下,方舟不但没有起到救赎的作用,反而常常引发或导致了死亡和灾难。

巴恩斯以幽默的语调讽刺了挪亚,描绘了他作为一个七百多岁的酒鬼老无赖,嗜酒成性,自视甚高。与其他动物相比,人类的缺点变得更加明显,但上帝却选择了人类作为他的门徒,这似乎是随心所欲的行为。在小说中,上帝经常试图证明自己的统治地位。动物们对上帝的安排有不同的解释,例如洁净动物和不洁净动物登上方舟的数量不同,但这并不完全是福,因为它们中的一些最终被用于食物。挪亚将方舟当作自己的"水上餐厅",导致了许多动物的灭绝。最后,巴恩斯以幽默的方式叙述了乌鸦和鸽子传递和平信息的故事,挪亚却不公正地将功劳归于鸽子。

这种功过之争暗示了人类对历史的随意篡改和历史的文本性。大写的历史的神话"是一种巨大而广阔的连续性,个人的自由与经济或社会的确定性将在其中相互纠缠在一起。当人们触及这样的大论题时,连续性、人类自由的有效行使、个人自由与社会确定性相结合,当人们触及这三个神话中的一个时,勇敢的人们就立刻开始抱怨强暴或谋杀"①。

巴恩斯对《圣经》故事的戏谑不仅颠覆了人们固有的观念,揭示了历史叙事与权力话语的关系,而且暗示了真正的危险在于对权力话语下的宏大历史叙事理所当然的认同。作者借木蠹之口告诫人们:"你们这一族人也不太会说真话。你们老是健忘,或者装成这样。……不去理会坏事可以活得更轻松些。可是,不理会坏事,到头来你以为坏事从来就没发生过。一有坏事出现,你就大吃一惊。……唉,这样天真幼稚会很讨人喜欢,但也会有灭顶之灾。"(25)宏大历史叙事忽略和掩盖了方舟上发生的悲剧,但是巴恩斯的人类史中,类似的悲剧一直在重复上演。挪亚在方舟上按上帝的旨意将洁净的动物与不洁净的动物分开、区别对待;第二卷中,恐怖分子劫持"圣尤菲米娅号"游轮后,也将船上的人按国籍区别对待,游客之一齐默尔曼悄声说了句:"把洁净的和不洁净的分开。"(39)第五卷讲述了"梅杜萨号"护卫舰触礁沉没之后,由四条救生船拖着的木筏在离开炮舰两个里格②时就被抛弃,"不知是出于自私自利、技术差劲、意外不幸还是似乎有此必要,拖绳一根接一根地被抛开了"(107)。根据木蠹的叙述,方舟所包括的八条木筏,因为嫉妒、报复、意外等原因陆续丢失,最终只剩下四条。被抛弃的木筏上的人为了生存而残害自己的战友,生食人肉。150人的木筏只剩27人之时,筏上的人做出了可怕的决定:

> 统计人数之后发现,木筏上还有二十七人,其中十五人还有可能活上一些日子;其他的人身负重伤,其中不少已神志不清,存活的希望极小。而在他们死之前这段时间里,他们肯定会使有限的给养进一步减少。……因此经过一场受极度悲观绝望支配的辩论之后,十五个健康人一致同意,为了还有希望存活的这些人的共同利益,必须把他们患病的战友投入海里。三个

---

① 莫伟民. 莫伟民讲福柯. 北京:北京大学出版社,2005:164-165.
② 里格:1里格约等于3.18海里,但通常取3海里,相当于5.556千米。

水手和一个士兵因为死人见得多了，早已铁石心肠，他们执行了这些叫人反感但又必不可少的死刑判决。健康的和不健康的分开，就像把洁净的和不洁净的分开一样。（109-110）

虽然宏大叙事竭力描绘人类进步的光荣历史，但人类之间为了一己私欲而自相残杀的事情几千年来一直在上演。达尔文的进化论支持了人类进步的史观，但是巴恩斯在作品中嘲讽了这种观点：所谓适者生存，而"'适者'只不过是最狡猾的人"（159）。在象征人类命运的现代方舟"泰坦尼克号"上，"英雄们、具有卫士美德的坚贞可靠的人们、具有良好家世和教养的人们，甚至船长（特别是船长）——都表现高尚地与船同沉大海；而懦弱胆怯的、惊慌失措的、欺诈蒙骗的都能找到理由躲进救生船里。这难道不是典型地证明了人类的基因库是如何不断地恶化，坏血统如何排斥好血统？"（159）

巴恩斯提醒人们注意，历史是在不断循环重演的，我们的宏大叙事将历史描绘成宏伟的神话故事，而从不关注在茫茫大海中漂流挣扎的个体。历史故事一讲再讲，即使遭到怀疑，被修改、更新，它变得离人们更近了，直到人们不约而同地相信这个神话。"关键的问题是：神话并不是叫我们对某个经过集体记忆而添油加醋、改头换面的事件追根究底；而是叫我们向前看那种将会发生而且一定会发生的事情。神话会变成现实，不管我们持什么样的怀疑态度。"（166）"历史会不会重演，第一次是悲剧，第二次是闹剧？不对，这种过程过于宏大，过于考究。历史只是打个嗝，我们又尝到它多少个世纪前咽下的生洋葱三明治的味道。"（227）巴恩斯在他短短 10½ 卷的书中颠覆了宏大历史叙事关于人类进步的神话，但并没有因此对人类文明表现得悲观绝望，①而是强调了质疑宏大叙事的重要性，"我们一定要看事物的真相；我们不能再依靠虚构。这是我们唯一的生存之道"（100），只有这样人类才有可能"不再犯老错误，或新错误，或新形式的老错误"（227）。

---

① 罗小云在其论文中认为："我们都迷失在茫茫的大海上，被海浪在希望与绝望之间冲来冲去，呼唤某个可能永远不会来搭救我们的东西。"[罗小云. 震荡的余波——巴恩斯小说《十卷半世界史》中的权力话语. 外语研究,2007(3):102.]这既反映出作者对人类文明前景的极度悲观，也表现出作者在创作中深受宿命论影响的局限性。

(三)创伤与历史相对论的危险

巴恩斯的《10½卷人的历史》作为哈钦所描述的史学元小说,"质疑了历史表述中不言而喻的假设:对过去的再现之客观性、中立性、无个人情感性和明晰性"①。然而,作家在颠覆宏大历史叙事的同时,并没有否定历史的意义。虽然"我们只能通过文献、证言和其他一些档案材料接触到过去。或者说,我们只能在对过去的再现中建构我们的叙事和解释"②,但是巴恩斯仍然信奉客观真实是可以得到的:

> 我们必须相信它 99% 可以得到,或者说,我们不能相信这一点,那么,我们必须相信 43% 的客观真实总比 41% 的客观真实好。我们必须这么做,因为如果不这么做,我们就完了,我们就陷入模棱两可,我们就对不同版本的谎言不分彼此同样看待,我们就在所有这些困惑面前举手投降,我们就承认胜利者不仅有权获得战利品,而且有权控制真相。(顺便说一句,我们更喜欢谁的真相,胜利者的还是受害者的? 骄傲和怜悯是否比耻辱和恐惧更会歪曲真相?)(232)

巴恩斯在质疑历史叙事的权威性,揭示历史的文本阐释性特征的同时,还警惕人们避免陷入道德相对主义和历史虚无主义的陷阱。

巴恩斯的《10½卷人的历史》第一卷以木蠹的口吻戏谑颠覆了《圣经》有关人类原初的叙事,但是他并没有如怀特等持历史叙事论的学者一般,认为人们拥有编排、把握和理解过去的自由,不仅将来是什么样子,还有过去是什么样子,就都在很大程度上取决于我们的自由选择。作家在第二卷《不速之客》中即暗示了历史的自由阐释可能导致道德相对主义的危险。怀特曾在其早期颇有影响的著作《元史学:19 世纪欧洲的历史想象》中表示:

---

① Hutcheon, L. *A Poetics of Postmodernism: History, Theory, Fiction*. London: Routledge, 1988: 92.

② Hutcheon, L. *The Politics of Postmodernism*. London: Routledge, 1989: 58.

没有哪种确定无疑的理论基础能使某人正当地要求一种权威性,从而认定某种模式比其他模式更具有"实在性";……以上的逻辑结果便是,我们反思一般性历史的任何努力都被约束在彼此竞争的解释策略中选出的某一种中;……由此推论,选择某种有关历史的看法而非选择另一种,最终的根据是美学的或道德的,而非认识论的。①

怀特否定了任何实在和认知的基础,并指出重要的是在对于同一对象的不同历史叙事之间做出评判和选择,他在"解构所谓历史科学的神话"的同时,也否定了历史学的客观性,并且在一定程度上导致了历史认知的危机。但是,在面对大屠杀这样的历史创伤时,怀特修改了他的论述:"我也曾经说过,历史是事实和往昔事实的虚构化。但是,坦白地说,我认为虚构这一概念应从现代边沁主义和费英格主义的意义上来理解,即是一种假设构建和一种对现实的'好像'思考,这种现实,因为它不再可被直接感知,所以只能被想象而不是被简单地提及或论断。"②

第二卷《不速之客》的主人公弗兰克林·休斯是"圣尤菲米娅号"游轮的客座讲演者,他因曾在电视上主持文化节目而出了名。他擅长编排历史材料、建构人们感兴趣的情节。

谁也搞不清他的学识专长是什么,但他却在考古、历史和比较文化几个学术界里漫游。他最拿手时下的典故隐喻,把死透了的题目再搬出来,让它们在一般电视观众眼前活起来,像什么汉尼拔翻越阿尔卑斯山,北欧海盗藏在东英格兰的珍宝,希律的宫殿,等等。"汉尼拔的象群就是他那个时代的坦克师。"他在异国风光里热情奔放地边走边说。或者是,"步兵人数多得像英国足球总会杯决赛时温布莱体育场爆满的球迷"。再不就是,"希律不单单是个暴君,统一了全国,他还庇护艺术——也许我们应该把他想象成一个很有格调的墨索里尼"。(30)

---

① 怀特. 元史学:19 世纪欧洲的历史想象. 陈新,译. 南京:译林出版社,2004:4.
② 怀特. 旧事重提:历史编撰是艺术还是科学?. 陈恒,译//陈启能,倪为国. 书写历史. 上海:上海三联书店,2003:25.

从开篇作者对弗兰克林的介绍可以看出,他对历史的态度是轻浮、随便的,视其为文字的游戏、沽名钓誉的工具。他受邀为游轮上的乘客讲述沿途的历史文化,但他自己却对此知之甚少,认为只要自己对事情有个总体的把握就可以了。弗兰克林唯一担心的就是有人深究他讲座的内容,看穿像他这样所谓的历史学家"就会信口开河",搞清楚复杂的问题"完全凭直觉",没有实际知识和深入的研究(35)。当恐怖分子闯入游轮,打断弗兰克林的讲座时,他为了安抚惊恐的听众而篡改了克诺索斯和米诺斯的历史,他杜撰了克诺索斯王宫议事厅上的一块匾牌,"匾上写道……'我们正处于危难时期'。他继续讲述王宫遗址,挖掘出更多的匾来,他到这时开始无所畏惧地点明,这些匾上的铭文很多带有普遍意义"(37):"我们最重要的是不能贸然从事";"空空洞洞的威胁和空刀鞘一样毫无用处";"虎必伺机而腾跃";"日落处有一强大力量,对某些事不容许"。(37)为了不触怒在场的恐怖分子,弗兰克林将安抚乘客的话以杜撰的匾牌的形式传达出来。但是,恐怖分子并非如弗兰克林所猜想的那样不懂英文,不了解克诺索斯,他们和其他乘客一样领会弗兰克林篡改历史的意义,他们正是看重了弗兰克林信口开河阐释历史的能力,要求弗兰克林为他们向在场的乘客揭示其恐怖袭击行为的"正当性、合理性"。弗兰克林为了保护自己和女友的性命,按照恐怖分子的要求,重新阐释了相关地区的历史。弗兰克林以恐怖分子的视角阐释历史,成为恐怖分子行凶的有力辩护,似乎所有行为都是合理的自卫,包括这次劫持和杀害人质的行动。

相关历史经过弗兰克林的阐释后已经成为谋杀的帮凶。历史的文本性特征使人们质疑权威叙事、重构历史成为可能,但是,巴恩斯通过《不速之客》的故事告诉人们,否定历史的客观性有可能导致对历史知识的滥用,尤其是人们对创伤记忆的利用和篡改。恐怖分子要求弗兰克林刻意培植的创伤记忆既修改了历史,同时又导致了事实上的仇恨与暴力。在现实中,创伤的受害者经常被赋予一种道德上的优越感,然而,正是这种道德上的优越感使受害者有了滥用创伤记忆的理由。他们在建构过去时,可能将创伤记忆当作现实中某些怪诞行为或暴力的说辞。因此巴恩斯才会强调,人们必须相信客观的历史是可能的,即使只有43%的客观真实。

"你怎么把灾难变成艺术?"(113)是巴恩斯在《10½卷人的历史》第五卷第二部分向人们提出的问题。第四卷中凯瑟琳以虚构的叙事方式掩盖历史的创伤,第五卷中巴恩斯直接以艺术评论者的身份告诉读者,以绘画为代表的艺术无论如何宣扬写实,都不可避免地拉开了人与历史真实的距离,因为绘画只是一个静止的瞬间,不同的观赏者会有不同的诠释,历史在这样的诠释中存在走向虚无的危险。

巴恩斯在评析籍里柯的《梅杜萨之筏》时首先指出了画作与历史事实相比没有呈现的内容:"1)'梅杜萨号'触礁;2)拖绳扔掉、木筏被抛弃的瞬间;3)夜里的叛乱;4)迫不得已的吃人;5)为达到自我保护目的而集体谋杀;6)蝴蝶的到来;7)生还者泡在齐腰、齐膝或齐踝深的水中;8)实际获救的时刻。"(114-115)对于这8点,巴恩斯一一做出了注释,这些没画的东西或是源于政治上的谨慎,或是为了艺术格调的要求和构图的需要而都被省略了,因此巴恩斯总结道:"开始肯定是忠实于生活;但一旦进入[绘画]过程,忠实于艺术就成了更高的信条。"(122)对于没有任何历史背景的人来说,画作展示了丧失即将得救的希望,"这种感觉部分地来自对大团圆结局的执着偏爱"(118)。但是,根据木筏幸存者的记述,"籍里柯画的不是招来最终获救的呼唤……这是第一次看到'阿尔戈斯号'在天边出现"(118),"是一幅希望受到嘲弄的图像"(120)。因此,"画作斩断了历史的锚链"(124),理解画作的需求将人们引向叙事的历史和历史的阐释。

巴恩斯还进一步指出,即使对于了解那段历史的人来说,绘画所蕴含的象征意义,以及作品对于阐释的开放性也势必导致历史真实的隐退。

那些在一八一九年美展看到墙上悬挂着的籍里柯画作的人几乎无一例外地知道,他们看到的是梅杜萨之筏上的幸存者,知道天边那条船确实救起了他们(即使第一次尝试没达到目的),还知道去塞内加尔远征途中出了政治大丑闻。但是,留存下来的画作已经超越了这段故事本身。……故事已被淡忘,但其象征却仍具吸引力(无知的眼光获胜——这对于知情的眼光而言是何其严酷)。如今,当我们审视《海难景象》[画作最初的题名]时,很难再有多少愤怒心情……时间把故事化作形式、色彩、情感。我们这些现代无知者重新想象这段故事:我们是赞成乐观的金光满天,还是赞成悲伤的花白

胡子？或者,我们弄到最后两样都信？眼光可以从一种情绪、一种阐释,跳到另一种:原意就是这样吧？(120-121)

巴恩斯通过对画作的分析暗示了"现实是如何被编码的,而且也突出了能指符号与所指之间的关系是不稳定的,受制于时间因素,特别受制于互文性因素,一旦人们对所指的真实原型的记忆渐渐丧失的话。换言之,他展示了意义永无止境的产生、消亡与复制的过程"[1]。绘画与叙事一样都只是再现历史的一种形式,作为历史的能指,它们与所指之间的关系总会因为再现角度和审视眼光的不同而变化,它们甚至可能会随着时间的流逝而消失(历史记录的丢失、画作的损毁等),但是客观的历史仍然存在,仍然对人类发展发挥着持久的影响。

因此,巴恩斯通过自己的《10½卷人的历史》表达了后现代历史学理论的基本观点——"否认历史著作所谈的乃是真实的历史过去"[2]。他一方面告诉读者,我们见到的历史,只是历史学家关于过去事件的观点,是被历史学家重新建构起来的过去,而不是历史,历史著作只是对过去的论述,但绝对不等于过去。我们认知中的过去不是"过去",而是历史学家对过去的一种解释,我们所知道的历史也只不过是历史学家思考过和整理过的历史,而这种历史或者说解释已经不再合乎历史真实,而只是历史学家自身试图把一致性强加于历史之上的对历史的阐释——是历史学家的发明或虚构。另一方面巴恩斯也在告诫读者,正是人们对历史的自由阐释遮蔽了历史,使读者对历史产生了误解,历史是先于历史文本而存在的,而又是处于其外的真实。他反对人们盲目崇拜宏大历史叙事的神话,提醒人们警惕因历史叙事化而导致的历史认知的危机。

人们需要历史,叙事是人们了解历史的一种方式,但是叙事的功能就是要重建一幅曾经真实存在的过去的图景。这种诉之于文本而又能独立于文本存在的历史事件——它那文本所具有的功能则是要得出一份可以为人理解的叙述

① Monterrey, T. Julian Barnes's "Shipwreck" or Recycling Chaos into Art. *CLIO: A Journal of Literature, History and the Philosophy of History*, 2004, 33(4): 416.
② 伊格尔斯. 二十世纪的历史学:从科学的客观性到后现代的挑战. 何兆武,译. 北京:商务印书馆,2020:125.

来——则是构成历史有别于故事或编造的独特性。[①]　纳粹大屠杀之后，创伤研究的发展对叙事提出了前所未有的挑战，历史面临着被叙事消解的危险。但是，人们无法抹杀大屠杀的存在，也无法忽视创伤中每个受创者的痛苦。创伤不可以被遗忘，否则那将是对受难者最大的背叛。当代英国小说在创伤与叙事的二元背反中探索了创伤历史的书写方式和叙事策略。怀特所谓"作为一门艺术的历史学"正是建立在如何讲述历史而并非消解历史本身这个基础上的。即使奥斯威辛之后没有诗歌，但是奥斯威辛之后不能没有见证，小说正是见证历史的形式之一。

① 　伊格尔斯. 二十世纪的历史学：从科学的客观性到后现代的挑战. 何兆武，译. 北京：商务印书馆，2020：16.

第二章　个体创伤的书写

　　当代创伤研究中，学者们首先面临的问题是如何界定创伤。辛西娅·莫纳宏（Cynthia Monahon）指出，界定"创伤"的关键词可由"非比寻常的（extraordinary）""无法预测的（unpredictable）""突发的（sudden）""压倒性的（overwhelming）""粉碎性的（shattering）"与"改变性状的（transforming）"的无助感形成标定创伤的核心情绪转化机制。[①] 克鲁斯认为，创伤的意涵是对极度震撼人、猛烈事件的反应，事后不断出现不自主的幻象、噩梦或其他相关行为，伴随着当下或之后的麻木无感。[②] 赫曼认为，个体处于危机中时会遭遇心理创伤，而心理创伤是一种无力感（powerless）的折磨，是因为个体面对着一个具有淹没力量的事件，感到无助和无力，这样的事件也摧毁了个体对感觉和意义的联结。[③] 面对不同的专家学者对心理创伤的不同定义方式，科尔·A.吉勒（Cole A. Giller）总结道：

　　　　心理创伤是个体的主观经验，这样的经验决定了一件事是否为创伤事件。因此，心理创伤是个体对某一事件或持续状况的特殊经验，这种特殊经验导致个体失去统整其情绪经验的能力而遭淹没，并导致个体从主观上感受到生命、身体完整性和神智健全的威胁。所以，当个体感觉到遭受淹没之

---

① Monahon, C. *Children and Trauma: A Guide for Parents and Professionals*. San Francisco: Jossey-Bass, 1993: 3.

② Caruth, C. *Trauma: Explorations in Memory*. Baltimore: Johns Hopkins University Press, 1995: 4.

③ Herman, J. *Trauma and Recovery: The Aftermath of Violence—From Domestic Abuse to Political Terror*. New York: Basic Books, 1992: 1-2.

时，该事件或情境将会产生心理创伤，让人感到害怕死亡、消灭、毁坏或精神异常等。①

个体在经受创伤事件的打击后，在情绪上产生持续地过度恐惧、愤怒，感到自我罪恶等非正常变化，在认知和行为上也发生脱离常态的改变，这种症状在心理学上被称为创伤后应激障碍。②

对于个体而言，创伤过于巨大，超出既有的参照系统，而无法被吸纳，无法被完整地认知。创伤幸存者会经由梦、幻觉或是心理影像的重现，不断重返创伤的原初场景。弗洛伊德早期关于创伤的论述已提及可能的疗法，那就是透过自由联想将压缩到无意识中的创伤记忆重新找回，并转化为语言。然而，一些学者却指出了创伤记忆（traumatic memory）与叙事记忆（narrative memory）的差别。他们认为，创伤的记忆是"顽固、不变的"③，受创主体在梦境或幻觉中不断重回创伤的原初场景，再次体验意外事件的发生。创伤经验的重复展演正是对事件发生的记录，但这样的记忆却没有进入意识之中。因此，未被整合到认知系统的记忆应该被称为创伤记忆。相对于叙事记忆，创伤记忆是一种独自发生的活动，没有他者的存在，而叙事记忆是一种社会行为，需要有聆听的对象，通过向他者诉说，受创者才能整合自己的经验。④

在文学作品中，创伤书写便是将创伤记忆变成叙事记忆。小说叙事也成为

---

① Giller, C. A. Emperor Has No Clothes: Velocity, Flow, and the Use of TCD. *Journal of Neuroimaging*, 2003, 13(2): 97.

② 世界卫生组织和美国心理学会从以下几方面界定创伤后应激障碍：(1)以各种形式重复创伤经历，如创伤记忆的突然闯入、反复经历的噩梦等；(2)持续的环境或其他刺激使受创者想起创伤经历或形成创伤性失忆；(3)持久的创伤后病理症状，如失眠、易怒等；(4)正常的反应机制受阻，如情感反应中的麻木和迟钝，以疏离的方式冷漠对待身边的人，对有意义的事件漠不关心，看不到未来，等等。

③ van der Kolk, B. A. & van der Hart, O. The Intrusive Past: The Flexibility of Memory and the Engraving of Trauma. In Caruth, C. (ed.). *Trauma: Explorations in Memory*. Baltimore: Johns Hopkins University Press, 1995: 163.

④ van der Kolk, B. A. & van der Hart, O. The Intrusive Past: The Flexibility of Memory and the Engraving of Trauma. In Caruth, C. (ed.). *Trauma: Explorations in Memory*. Baltimore: Johns Hopkins University Press, 1995: 163.

受创者经由叙述了解自己的过程,重塑因创伤而被摧毁的主体性。小说家们从不同角度展现个体的创伤经验:它可以是极其私密的,甚至掺杂着悔恨、愧疚等复杂的情感;它也可以是焦虑的,受创者迫切地需要经由叙事建构自我认同;它也可能是社会化的,代表着人类共同的创伤经验。当代英国小说中个体创伤的书写既使读者成为他人创伤经验的见证者,同时又反映了每个人的生存体验。

第一节 作为施暴者和受害者的创伤叙述
——《远山淡影》中的家愁国伤

《远山淡影》是英籍日裔小说家石黑一雄的处女作。小说问世伊始即受到评论界的广泛好评。对于自己处女作的成功,作家无不谦逊地归因于"时势造英雄"。他在访谈中提到:

> 1981年布克奖颁给了鲁西迪的《午夜之子》,这是一个具有里程碑意义的事件。鲁西迪原本是一个默默无闻的作家,突然间,每个人都在寻找另一个鲁西迪。碰巧在那个时候,我出版了《远山淡影》。通常而言,第一部小说往往会石沉大海。但是,我的作品受到了极大的关注,大量的头版、大量的访谈……只因为我这张日本人的脸和日本人的名字。[1]

石黑一雄曾多次在访谈中希望评论者能抛开作家的族裔背景,更多地从美学的角度,探讨作品的普适意义和深层主题。虽然他认为选择长崎作为作品的主要背景,"仅仅是因为他记忆中的日本,尤其是他所熟悉的日本就是长崎",但是他也无法否认,"对于大多数的西方人来说,长崎已经成为原子弹的代名

---

[1] Vorda, A. & Herzinger, K. An Interview with Kazuo Ishiguro. *Mississippi Review*, 1991(20): 134-135.

词"。① 因此,评论者们大多从二战或族裔的角度研究评析该作品。②然而,石黑一雄的作品既不是一般意义上的战争小说,也不是鲁西迪似的后殖民文学,战争的伤害、原子弹的影响以及战败国的耻辱交融在小说的叙事中,作家由此展现了一幅家愁国伤的画卷。

《远山淡影》的叙述立足于 20 世纪 70 年代的英国。小说的叙述者兼主人公悦子是一位移居英国多年的日本中年妇女。小说开始时,悦子的大女儿景子于几日前在其独居的曼彻斯特的出租屋内上吊自杀了,悦子的小女儿妮基从伦敦前来探望母亲。突如其来的变故勾起了悦子早年在日本的生活回忆。她回忆了当时在长崎,战争甫止,那颗原子弹所造成的伤害仍然历历在目,悦子在对未来的一片茫然中孕育着景子。悦子对旧时日本时光的回忆主要是她与朋友佐知子及其女儿万里子的交往,以及她丈夫的父亲绪方先生到访她新婚后的家时的场景。悦子在英国家中对大女儿景子之死的哀悼与悦子有关日本战后生活的回忆相互穿插,彼此交融,"模糊了个人创伤与集体创伤的界限"③。尽管有学者认为该小说的"焦点是人而不是可怕的事件;是幸存者们被伤害的生活和心灵,而不是战争和原子弹带来的巨大破坏"④,但是,也有学者认为"正是在这样的叙事结构中,小说将无法言说的创伤贯穿于特定历史时期的性别身份建构中","在误记、遗忘和压抑的干扰下,叙述者一方面竭力拼凑自己身份的碎片,一方面力图还原历史中的创伤事件"。⑤ 笔者认为,微观叙事与宏观叙事的融合,于细微处见宏大是石黑一雄小说的叙事特点。《远山淡影》的叙事如同东方的水墨山水

① Bigsby, C. *Writers in Conversation* (*Volume I*). London: Pen & Inc Press, 2001: 193-204.

② 学者巴里·刘易斯(Barry Lewis)认为该小说间接地反映了原子弹爆炸对日本的重创。参见:Lewis, B. *Kazuo Ishiguro*. Manchester: Manchester University Press, 2000.

③ Baillie, J. & Matthews, S. History, Memory and the Construction of Gender in *A Pale View of Hills*. In Matthews, S. & Groes, S. (eds.). *Kazuo Ishiguro: Contemporary Critical Perspectives*. London: Continuum International Publishing Group, 2009: 46.

④ Yoshioka, F. Beyond the Division of East and West: Kazuo Ishiguro's *A Pale View of Hills*. *Studies in English Literature*, 1988(3): 72.

⑤ Baillie, J. & Matthews, S. History, Memory and the Construction of Gender in *A Pale View of Hills*. In Matthews, S. & Groes, S. (eds.). *Kazuo Ishiguro: Contemporary Critical Perspectives*. London: Continuum International Publishing Group, 2009: 46.

画,作家将一段创伤的历史寄寓于一物一景一人的细微描画之中。不仅如此,石黑一雄将愧疚之情融入创伤叙事中,既契合了叙述者悦子在长女景子之死中难逃的责任,同时也委婉地揭示了日本作为战败国所经历的战争创伤。

(一)痛与悔:个人创伤与集体创伤的融合

鲁西迪曾批评《远山淡影》的叙事"设定在战后的长崎,但是从未提到那场爆炸"[①]。鲁西迪的批评未免失之偏颇。石黑一雄虽未曾刻意描写战争的惨烈,但是那场战争尤其是那次爆炸给日本人民带来的伤痛一直弥漫在整个小说的叙事中。景子的自杀促发了悦子反思自己当初带着 7 岁的景子离开长崎,抛开景子的生父,跟随现任英国丈夫移居英国的决定是否正确。战后日本的破败、生活的艰难都成为悦子英国之行的有力推动因素。悦子深知自己对景子的悲惨命运负有不可推卸的责任,但同时又试图通过叙事为自己辩驳、摆脱创伤的影响。与此同时,石黑一雄巧妙地将日本的战败的伤痛和作为战败国的愧疚融入了悦子的丧女之痛与其对女儿命运的愧疚之中,集体创伤与个人创伤的叙事得以合二为一。

景子之死是小说叙事的导火索。这一创伤事件从未进入悦子的叙述中心,也从未被直接明确地描述过,但是创伤已铭刻在悦子心中,也盘旋于悦子叙事的上空,从未远离。景子将自己吊死于曼彻斯特独居的出租屋内不仅成为叙述者竭力摆脱的创伤画面,同时又成为一个象征意向,勾起了悦子对战后伊始长崎生活的回忆,尤其是与佐知子及其女儿万里子短暂相处的过往。小说叙述开始时,悦子的女儿景子已经去世五天了,小女儿妮基从伦敦来探望母亲。虽然二人在几天的时间里,一直避免提到景子之死,但是女儿自杀惨死的伤痛一直横亘在悦子心中,如魅影般挥之不去。和所有创伤事件一样,"在创伤事件发生之时,此事件并不能被完全接纳或感知,只是在事件发生过了之后,当时经历的创伤才反复地无法摆脱地侵袭受创的主体"[②]。即使悦子极力在叙述中削弱景子之死对她

① Rushdie, S. *Imaginary Homelands*: *Essays and Criticism*, *1981—1991*. London: Granta Books, 1991: 246.

② Caruth, C. *Trauma*: *Explorations in Memory*. Baltimore: Johns Hopkins University Press, 1995: 4.

的影响,她仍然承认,"我发现这个画面一直出现在我的脑海里——我的女儿在房间里吊了好几天。画面的恐怖从未减弱,但是我早就不觉得这是什么病态的事了;就像人身上的伤口,久而久之你就会熟悉最痛的部分"①。

与所有亲历创伤的叙述者一样,悦子在叙述中也开启了心理防御机制。当代创伤研究已经指出创伤与叙事之间的紧密关系。如学者詹姆斯·道斯(James Dawes)曾这样描述道:"把身体或精神上的伤害用语言表述出来,就是把它从身体或心灵中抬出来,进入世界,在那里它可以被修复,或者至少是被拉开距离。将伤痛转化为语言是为了控制它,消除伤痛对我们的影响。"②在悦子的叙事中,她总是试图为自己辩解,从而弱化丧女之痛对自己的影响。她在叙事中刻意营造的冷静、疏离恰恰从侧面暴露了她难以释怀的愧疚。因为,没有一个母亲可以在女儿去世仅仅五天之后,与他人聊起自己的女儿时,仍冷静自持,而且假装女儿仍然在世。当景子幼时的钢琴老师沃特斯太太偶遇散步中的悦子,在攀谈中问到景子近况时,悦子的回答一如往常:

"我最近没有她的消息。"

"哦,好吧。我想没有消息就是好消息。景子还弹琴吗?"

"我想还弹。我最近都没有她的消息。"

沃特斯太太终于看出我不想谈论景子,尴尬地笑了笑,放开这个话题。

景子离开家的这几年来,每次遇见我,沃特斯太太总是要问起景子。我很明显不想谈论景子,而且到那天下午都还讲不出我女儿在什么地方。(59-60)

悦子的小女儿妮基是这场对话的见证者,她一针见血地指出了悦子话语中隐含的动机——由于羞于向外人坦诚景子已自杀身亡的真相,怯于袒露自己作为母亲对景子之死的责任,于是在外人面前仍然假装景子还活着:

---

① 石黑一雄. 远山淡影. 张晓意,译. 上海:上海译文出版社,2011:64-65. 本书中对该小说的引用均出自此版本,后文将直接在文中标明页码,不再具体加注。

② Dawes, J. Human Rights in Literary Studies. *Human Rights Quarterly*,2009,31(2):408.

"刚才真是不自在,和沃特斯太太说话的时候。你好像很喜欢?"

　　"喜欢什么?"

　　"假装景子还活着。"

　　"我不喜欢骗人。"也许是我的话蹦得太快,妮基好像吓了一跳。

　　"我知道,"她轻声说。(62)

　　"我不喜欢骗人。"一句话已暴露了悦子作为"不可靠叙述者"的本质。面对沃特斯太太关于景子的提问,悦子的回答皆是模棱两可、模糊不清的"不知道"或者"不清楚"。从表面而言,悦子没有撒谎,她作为母亲,对景子生活的了解却少之又少,这虽然令人感到奇怪但也仍可理解,毕竟一开始选择离家出走的是景子。作为听者的沃特斯太太可以将这种情况理解为,景子与家人关系不洽,与家人之间联系稀少。但是恰如妮基所指出的,悦子的回答掩盖了最重要的一个事实,即景子已死,而且是自杀而亡。悦子说自己"不喜欢骗人",但是她却通过自己模糊不清的回答在他人心中造成了景子仍然活着的假象,这也仍可被视为一种欺骗。即使悦子极力为自己辩护,读者仍可意识到悦子的说辞只是更进一步暴露了她意欲规避创伤的企图。石黑一雄的研究者布莱恩·W.夏弗(Brian W. Shaffer)曾犀利地指出:"小说的主人公采用了不止一种心理防御机制,把不想面对的记忆和不能接受的欲望置于安全的领域。"[1]作家在接受访谈时谈到悦子的叙事方式时也明确表示,叙述者"利用语言自我欺骗,自我保护"[2]。悦子这种模棱两可、隐晦不明的说话方式恰恰正是悦子整个叙事的特点,也是作家历史创伤叙事的技巧之一。因为创伤主体在面对过往的创伤事件时仍然难以释怀,因此在叙述时常常顾左右而言他,对于创伤中的核心事件则是巧妙避开或是曲折影射。悦子面对景子之死时是这样的,石黑一雄在作品中描述日本人民的战争创伤时也采用了相同的叙事策略。

　　石黑一雄在小说中通过藤原太太这个人物传达了日本大众尤其是长崎人民

---

① Shaffer, B. W. *Understanding Kazuo Ishiguro*. Columbia: University of South Carolina Press, 1998: 9.

② Mason, G. An Interview with Kazuo Ishiguro. *Contemporary Literature*, 1989(30): 337.

曾经历的战争创伤。藤原太太是悦子在长崎时的邻居。根据悦子的讲述,"以前她有五个孩子。她丈夫还是长崎的重要人物。炸弹掉下来的时候,除了大儿子以外都死了"(140)。"她失去了一切以后才有面馆的。"(140)在战后的生活中,当一些人还沉浸在伤痛中无法自拔时,藤原太太总是展现其乐观积极的一面。在藤原太太与悦子的交往中,她曾提到一位身怀六甲的年轻女子:

> "我每周都看见一个年轻的女子,"藤原太太接着说道。"怀孕六七个月了。我每次去墓地都看见她。我没有跟她说过话,但是她看上去很悲伤,和她的丈夫站在那里。真是羞愧啊,一个孕妇和她的丈夫每周日不做别的,就想着死人。我知道他们是敬爱死者,但仍旧不应该这样。他们应该想着未来才是。"(23-24)

藤原太太的观点也代表了战后大多数日本民众的态度。虽然战争的创伤已烙印在集体的记忆中,但是作为战败国的耻辱却使他们总是试图抹去那段不光彩的记忆,面向未来成了忘却历史的最佳借口。在悦子的身边,大部分的人都在重复着周而复始的工作,用繁忙的生活掩盖内心的痛楚。悦子在回忆时坦言:"如今我并不怀疑那时和我住在同一区的女人里有的也受了很多苦,也充满了痛苦、可怕的回忆。但是看着她们每天围着自己的丈夫和孩子忙得团团转,那时的我很难相信——她们的生活也曾经历了战争的不幸和噩梦。"(8)

悦子在自己的丧女之痛中追忆了日本战争甫止后的生活。悦子自己在建构规避创伤的叙事时融入了日本民族的战争创伤。个人创伤与集体创伤的叙事在小说中都彰显了相同的特征——在创伤的"拜物式叙事"中隐藏了创伤的历史和叙述者在创伤事件中的愧疚之情。学者埃里克·桑特纳(Eric Santner)在《超越享乐原则的历史》("History Beyond the Pleasure Principle")中提出了"叙事崇拜"(narrative fetishism)的概念[1],他在文中指出,叙事是规避创伤的一种策略。当受创者拒绝面对创伤时,会建构一种叙事,并利用所建构的叙事抹杀创伤遗留

---

[1] Santner, E. History Beyond the Pleasure Principle. In Friedlander, S. (ed.). *Probing the Limits of Representation: Nazism and the "Final Solution"*. Cambridge, MA: Harvard University Press, 1992.

的任何痕迹，他们深深地依赖于这种叙事，以至于为了逃避创伤的影响，这种叙事成为受创者依恋的对象。桑特纳称这种叙事为"拜物式叙事"（fetishistic narrative）。①在《远山淡影》中，叙述者使用的关于创伤的拜物式叙事主要集中于代表性的场景和人物的刻画中。在具有象征意义的场景和人物的描摹中，叙述者将创伤的历史掩埋于叙事之下，作家通过"隐含的作者"与"不可靠叙述者"②之间的矛盾间接地书写了创伤的历史。石黑一雄虽未曾直接描写战争和原子弹爆炸的破坏力，但是他通过战后重建中的长崎街景，尤其是在重建的建筑群中仍未被清理的瓦砾和废墟彰显了战争创伤的遗留和影响。

---

① 在英文中，fetishism 是指人们把某种物当作神来崇拜。在原始社会中，原始人由于对自然现象缺乏理解，以为许多物体如石块、树枝、弓箭等具有灵性，并被赋以神秘的、超自然的性质，以及支配人的命运的力量。本来只是人脑的产物，却成了支配人的力量，拜物教由此形成。桑特纳所称的这种"拜物式叙事"也是把头脑中的幻象形成的事件作为支配自我摆脱创伤的力量。

② "不可靠叙述"是当代西方叙事理论的"一个中心话题"[Nunning，A. Reconceptualizing Unreliable Narrator：Synthesizing Cognitive and Rhetorical Approaches. In Phelan，J. & Rabinowitz，P. J. （eds.）. *A Companion to Narrative Theory*. Oxford：Blackwell，2005：92.]，关于"不可靠叙述"的界定，学界意见不一，各有其标准。韦恩·C. 布思（Wayne C. Booth）衡量不可靠叙述的标准是作品的规范（norm）。所谓规范是作品中事件、人物、文体、语气和技巧等各种成分体现出来的作品的伦理、信念、情感和艺术等各方面的标准（Booth，W. C. *The Rhetoric of Fiction*. Chicago：The University of Chicago Press，1961：73-74.）。布思同时还指出，作品的规范就是"隐含作者"的规范。在布思看来，倘若叙述者的言行与隐含作者的规范保持一致，那么叙述者就是可靠的，倘若不一致，则是不可靠的。布思聚焦于两种类型的不可靠叙述，一种涉及故事事实，另一种涉及价值判断。美国叙事理论学者詹姆斯·费伦（James Phelan）发展了布思的理论，他区分了第一人称叙述中"我"发挥人物功能和发挥叙述者功能时的不同作用，并在布思的两类不可靠叙述之上增加了一类认知或感知上的错误解读或不充分解读（费伦. 作为修辞的叙事. 陈永国，译. 北京：北京大学出版社，2002.）。鉴于西方学者在讨论不可靠叙述时只关注了第一人称的叙述，我国学者申丹指出了费伦等学者的研究盲点：其一是"无论在第一人称还是在第三人称叙述中，人物的眼光均可导致叙述话语的不可靠，而这种'不可靠叙述'又可对塑造人物起重要作用"；其二是回顾性叙述中，"人物功能往往是'我'过去经历事件时的功能，这与'我'目前叙述往事的功能具有时间上的距离"[申丹. 何为"不可靠叙述"？. 外国文学评论，2006(4)：136，141.]。

（二）景：瓦砾中的家愁国伤

石黑一雄从个人创伤的角度再现战争的创伤。小说虽然将叙事的主体聚焦于经历原子弹破坏之后的日本长崎，但是作家并没有直接描写战争的破坏和创伤的影响。景子之死是整个叙事的起因。在悦子的叙述中，景子在英国的生活一直郁郁寡欢、离群索居。无论是继父还是生母都未能帮助景子适应在英国的生活。直到景子在自己独居的曼彻斯特公寓自杀之后，悦子才意识到女儿在迁居英国之后的痛苦生活以及自己对女儿关爱的缺失。即使在潜意识中，悦子承认了自己对景子之死所负的责任，悦子在叙述中仍然试图为自己的行为辩解。为了遮掩心中的愧疚之情，悦子特别比较了景子出生时的日本废墟和之后在英国的田园居所，以此证明自己离开日本的决定是正确的。与此同时，战争对日本的重创也在悦子对长崎街景的描绘中逐一彰显。

悦子在回忆开始时说"那时最坏的日子已经过去了"（6）。悦子所未言明的"最坏的日子"即指长崎被投放原子弹的那个时候。即使距离亲身经历那场原子弹爆炸已过了二三十年，即使悦子早已远离创伤之地，在田园般的英国南部居住已久，但是她从未从当年的创伤中平复。悦子隐晦的叙事方式成为她意图规避创伤的有力佐证。悦子对自己在景子之死中所担负的责任无法释怀，她试图将一切归咎于自己无法控制客观环境。在悦子的叙述中，英国的田园风光与日本的破败废墟之间形成强烈的对比。

悦子对战后日本生活的回忆一直极力强调人们在战争重创之下积极恢复生产、乐观面向未来的决心。藤原太太每次见到悦子都鼓励她向前看。"'可是这些都已经过去了，'藤原太太说。'我们都应该把以前的事放在身后。你也是，悦子，我记得以前你难过极了。可是你挺过来了，继续生活。'"（94）悦子也极力让自己认同藤原太太的观点："我决定从今往后要乐观。我以后一定要过得幸福。藤原太太一直对我说往前看是多么重要。"（140）但是，在悦子主观愿望的背后，现实往往是事与愿违的。不管是藤原太太还是悦子，战争的伤痛总会在她们毫无防备的时候入侵她们的日常生活。

"要是绪方先生没有收留我，我真不知道我现在会怎样。不过我可以理解他是多么伤心——我是指您的儿子。即使是我，我有时也会想起中村君。我忍不住。有时候我醒过来，忘了自己在哪里。我以为我还在这里，在中川……"

"好了，悦子，别说了。"藤原太太看了我好一会儿，然后叹了口气。"不过我也是。像你说的，早上，醒来的时候，这事趁你不注意的时候就会找上你。我常常醒过来，心想我得赶快起来给大家准备早饭。"(95)

藤原太太、悦子以及曾经历过战争创伤的人们，即使他们一直勉励自己向前看，他们想要忘却伤痛的过去，但是过去仍然盘亘在他们的生活中，难以磨灭。悦子所居住的新居，虽是在废墟中拔地而起的，但仍然不能抹去废墟的痕迹。

悦子的回忆始于战后自己在长崎居住的公寓，那是在原子弹造成的废墟上重建的新居所，它既象征着新生活的开始，同时也是那场爆炸的有力见证：

我和丈夫住在东边的城郊，离市中心有一小段电车的距离。旁边有一条河，我听说战前河边有一个小村庄。然而炸弹扔下来以后就只剩下烧焦的废墟。人们开始重建家园，不久，四栋混凝土大楼拔地而起，每栋有四十间左右的独立公寓。这四栋楼里，我们这一栋是最后建的，也宣告重建计划暂告一段落；公寓楼和小河之间是一片好几英亩废弃不用的空地，尽是污泥和臭水沟。很多人抱怨这会危害健康，确实，那里的污水很吓人。一年到头死水积满土坑，到了夏天还有让人受不了的蚊子。时不时看见有公务人员来丈量土地、在本子上写写画画，但是好几个月过去，没有任何动静。(6)

尽管悦子强调战后人们在废墟上重建家园，展开新的生活，但是战争的废墟仍然随处可见，它一直留在那里。就如同人们内心的创伤，虽然创伤事件已然过去，但是其影响却始终留存。因此，在石黑一雄的叙事中，废墟成为创伤的代名词，它烙印在日本民族的记忆中，也深深地刻印在悦子的心中。与此同时，废墟的存在也成为日本战败耻辱的象征，也是悦子逃脱景子之死责任的有力借口。

一方面，悦子接受了藤原太太的观点，要忘记创伤的历史，一切向前看；另一方面，在悦子的回忆中，战后的日本仍然是一片破败的景象——到处都是废墟。

然而,当有机会离开日本移居英国时,英国的田园风光成为日本废墟的鲜明对照。她告诉小女儿妮基:"一整片都是原野,你从这里就可以看见房子。你父亲刚带我到这里来的时候,妮基,我记得我觉得这里的一切都那么像英国。原野啊,房子啊。正是我一直以来想象中的英国的样子,我高兴极了。"(238)她喜欢自己在英国的居所,"这些年来,我越来越喜欢这些小路带来的平静和安详"(55)。尽管她知道,带着七岁的景子离乡背井,离开自己的生父会对孩子产生严重的影响,但是她仍然为自己的决定辩解,即使她的辩解是那么无力,既不能说服自己也无法取悦读者。"不管在最后的那段日子里,我如何说服自己,我从不假装景子不会想念他。不过这些事情都已经过去了,我不愿再去想它们。我离开日本的动机是正当的,而且我知道我时刻把景子的利益放在心上。再想这些也没什么用了。"(114-115)

(三)物:和平纪念雕像铭记的伤痛耻辱

石黑一雄在记录日本民族的创伤经验之时,也表达了对日本军国主义的批判,然而这些批判并不是通过小说人物直接地表述出来的,而是围绕着长崎赫赫有名的和平纪念雕像来表述的。

日本是战争的发起者,同时也是战争的失败者。小说中,战争的伤痛是日本人民无法摆脱的梦魇。在痛定思痛之时,人们不禁反思是什么造就了今日的痛苦。叙述者悦子在反思自己在景子自杀中的责任之时(即使悦子的叙述总是试图为自己辩护,或逃避其中的责任),也通过回忆自己的公公绪方先生的往事,反思了日本军国主义对日本人民的伤害。

绪方先生既是悦子婚前的养父,又是悦子婚后的公公,而且作为一名在长崎颇有影响的中学校长,绪方先生曾在学校里鼓吹日本军国主义。战后,当日本人民在美国政府的影响下,彻底反驳批判军国主义思想的时候,绪方先生陷入了困惑与愧疚之中。

悦子在回忆中特别强调了绪方先生在战后离开长崎多年,之后又再次到访此地的动机之一是他过去的学生松田重夫公开发表的一篇文章,文中严厉抨击了绪方先生在战时宣传军国主义思想的行为。和悦子对景子之死的态度一样,绪方先生一方面极力想为自己战时的行为辩护,但另一方面又为战争造成的伤害深感愧疚。

绪方先生的矛盾心理体现于他对寻找松田重夫为自己辩护的事情一直迟疑不决。绪方先生来到悦子与丈夫的新居后,于一次吃早餐时故意装作若无其事地提起了松田重夫。他原本希望儿子二郎作为松田重夫的同学可以代替自己致信松田,并为自己辩护。但是,二郎作为战后逐渐成长的一代,他和松田一样认同美国的民主,反对日本的军国主义。因此二郎在此事上几番推诿,并未按照父亲的意愿去做。绪方先生也想过亲自去拜访松田,但是在做出这个决定之前,绪方先生仍然犹豫不决。他在悦子的家中找到了悦子从前的小提琴,忆起了原子弹被投放在长崎后不久,失去所有亲人沦为孤儿的悦子初次来到他的家里,那时悲伤难以自抑的悦子经常在半夜拉起自己的小提琴的场景。多年之后,当绪方先生希望悦子再次演奏一首门德尔松乐曲的时候,悦子拿起了琴,几秒后又放下了,"我现在拉不出来"(69)。对于悦子来说,即使战争已经结束,自己也已开始了崭新的生活,但是那段伤痛的记忆却无法被抹去。当她把小提琴夹在下巴下的时候,创伤记忆又会再次涌现,使她无法面对,因此她无法拉琴。绪方先生也意识到了战争对人们造成的持久的伤害,但是他仍然希望能在此事上轻描淡写:"你被吓坏了,这是很自然的事。大家都吓坏了,我们这些幸存下来的人。现在,悦子,忘了这些事吧。我很抱歉提起这件事。"(69)绪方先生对战争中死去和幸存的人怀有愧疚之情,这使得他在面对松田重夫的指责一事上显得更加畏缩。

在决定前往松田重夫的住所之前,绪方先生参观了长崎著名的和平纪念雕像。在石黑一雄笔下,这座纪念雕像成了被嘲讽的对象:

> 雕像貌似一位希腊男神,伸开双臂坐着。他的右手指向天空,炸弹掉下来的地方;另一只手向左侧伸展开去,意喻挡住邪恶势力。他双眼紧闭,在祈祷。
>
> 我一直觉得那尊雕像长得很丑,而且我无法将它和炸弹掉下来那天发生的事以及随后的可怕的日子联系起来。远远看近乎可笑,像个警察在指挥交通。我一直觉得它就只是一尊雕像,虽然大多数长崎人似乎把它当作一种象征,但我怀疑大家的感觉和我一样。(176)

在创伤研究中,纪念雕像因其以固有的形式和宏大叙事的话语而掩盖了创伤事件尤其是战争等集体创伤事件的残酷本质。在作家笔下,这座和平纪念雕像也不能铭刻那颗原子弹对长崎人民造成的伤害。当绪方先生以一名游客的身份参观和平纪念雕像并购买了一张雕像的明信片时,他似乎已将自己置身于那件惨痛的创伤事件之外。和平公园内祥和平静的田园氛围和那座"可笑的"雕像帮助绪方先生减轻了自己心中对战争的愧疚,他最终决定前往松田重夫的住处,即使一路上他仍然游移不定,"走出电车,绪方先生站了一会儿,摸着下巴。很难说他是在品味重回这里的滋味,还是只是在想松田重夫家怎么走"(181)。为了坚定自己的决心,绪方先生还特意避开了自己和悦子一家曾经居住的地方,"我们既没有经过绪方先生的老房子,也没有经过以前我和父母住在一起的房子。事实上,我怀疑绪方先生是不是故意选了一条避开它们的路"(182)。他在松田面前为自己辩驳道:

> "我们也许是打了败仗,"绪方先生打断他说,"但不能因此而照搬敌人的那一套。我们打败仗是因为我们没有足够的枪和坦克,不是因为我们的人民胆小,不是因为我们的社会浮浅。重夫,你不知道我们多么辛勤地工作,我们这些人,像我,像远藤老师,你在文章里也侮辱了他。我们深切地关心我们的国家,辛勤工作让正确的价值观保留下来,并传承下去。"(189)

尽管绪方先生仍然试图证明自己在战时所宣扬的价值观是正确的,但是正如松田随后指出的,绪方先生在潜意识中早已对自己战时的行为深感羞愧,只是在情感上无法接受——"绪方先生,坦诚一些吧。您一定心知肚明我说的都是真的。而且说句公道话,不应该责备您没有认识到您的行为的真正后果。当时很少有人认识到局势发展的方向,而那些少数认清时局的人却因直抒己见而被投进监狱"(189)。因此,当悦子为绪方先生开脱,说这"都是些可耻的话。我觉得您根本不用在意,爸爸"(191)之时,绪方先生笑了笑,但没有回答。

(四)人:他者成为个体创伤的投射

很多学者在讨论《远山淡影》的叙事时都特别指出,悦子叙事中的佐知子和其女儿万里子的故事,实际上是悦子自己和景子故事的投射。因为愧疚和创伤的双重打击,悦子试图将创伤的记忆转移到他人的故事叙述之中。石黑一雄在一次访谈中也承认,佐知子的故事"几乎完全是悦子故事的翻版",因为"其实是悦子在讲述她自己的故事","悦子在叙述中赋予佐知子人生故事的意义很显然是和悦子自己的人生相关的"。[①] 也有学者直接认为佐知子和万里子就是"悦子和景子的另一面(alter ego)"[②]。

悦子想要摆脱景子自杀之事对她的影响,然而正如心理学者指出的,当自责难以释怀之时,个体的自我防御机制会在个体之外寻找释放的出口。"当个体对自身的愤怒冲动产生畏惧的时候,他会通过将他人描述为暴躁易怒的,从而获得安慰。"[③]因此,悦子在潜意识中承认她为了自己的幸福而牺牲了女儿,导致女儿在英国一直郁郁寡欢,最终选择了自杀的道路。但是,悦子仍然不能直面内心的愧疚,而是在叙事中借用了自己曾经的日本邻居佐知子和其女儿万里子的故事,"通过不在场或编造合理的借口,以逃避惩罚和自我责备"[④]。

首先,在悦子关于佐知子的叙述中,佐知子是一位口口声声说以女儿利益为第一,但实际上对女儿毫不关心的母亲。当悦子得知佐知子决定跟随一位美国酒鬼离开日本时,她曾表达了对万里子背井离乡生活的忧虑,但是佐知子曾反复向悦子表露,她的决定正是为万里子着想:

> 万里子在美国也会过得更好。美国更适合女孩子成长。在那里,她可以做各种各样的事。她可以成为女商人。她可以进大学学画画,然后成为一个艺术家。所有这些事情在美国要容易得多,悦子。日本不适合女孩子成长。在这里她能有什么指望呢?(220)

但是,当那个美国酒鬼弗兰克骗走了她所有的积蓄,突然消失的时候,佐知

---

① Mason, G. An Interview with Kazuo Ishiguro. *Contemporary Literature*, 1989(30): 337.

② Yoshioka, F. Beyond the Division of East and West: Kazuo Ishiguro's *A Pale View of Hills*. *Studies in English Literature*, 1988(3): 75.

③ Hall, C. S. *A Primer of Freudian Psychology*. New York: New American Library, 1954: 89.

④ Hall, C. S. *A Primer of Freudian Psychology*. New York: New American Library, 1954: 91.

子又表达了截然相反的观点：

> 想象一下我女儿会多么的不习惯，突然发现自己在一个都是老外的地方，一个都是老美的地方。突然有一个老美做爸爸，想象一下她会多么不知所措。你明白我说的话吗，悦子？她这辈子已经有太多的动荡不安了，她应该找个地方安顿下来。事情变成这个样子也好。(109)

佐知子言行的自相矛盾还表现在其他一些方面。例如，她言之凿凿地说："悦子，我跟你说过很多次了，对我来说最重要的是我女儿的幸福。这是我优先考虑的。毕竟我是个母亲。我不是什么不懂得自重的年轻酒吧女郎。我是个母亲，我女儿的利益是第一位的。"(108)但是，她经常整日整夜地将万里子独自留在家中，自己去和弗兰克约会。她可以狠心地淹死女儿心爱的小猫，只因为它们会妨碍她们前往美国的计划。已有学者在分析中指出，佐知子溺猫的情节恰恰是佐知子与万里子关系的投射。"佐知子在潜意识中想要杀死万里子的欲望清晰地显示于佐知子对万里子的猫咪的处置上，那些猫咪是万里子仅有的朋友，也是她最心爱之物。"[1]

这一情节虽然表面上看不出与悦子及景子之间的关系，但是在悦子随后的叙述中，读者仍能捕捉到佐知子在潜意识中对女儿的谋杀冲动仍然是悦子与景子关系的投射。悦子在叙述关于英国的生活时，提到了自己花园里的西红柿，那些幼小的西红柿被暴露在风雨中，几乎全要被毁掉了："'我想那些西红柿今年是不行了，'我说。'我都没怎么去管它们。'"(115)西红柿的凋败象征了大女儿景子在英国的命运——被无视直至生命凋零。悦子与西红柿、悦子与景子、佐知子与万里子、佐知子与万里子的猫咪，这几组关系相互交织、相互映射，共同成为悦子叙事的策略，由此间接地表明她对景子的忽视，以及在景子悲惨命运中不可推卸的责任。

其次，悦子既转述了佐知子的自我辩护，同时也在叙述中为自己辩护，并且通过小女儿妮基之口为自己申诉。在谈及自己前往美国的决定时，佐知子总会提及自己在战前的生活——外交官之女，从小精通英语。佐知子会向悦子控诉

---

[1]　Shaffer，B. W. *Understanding Kazuo Ishiguro*. Columbia：University of South Carolina Press，1998：32.

是战争摧毁了她和万里子的生活,她失去了所有的亲人,失去了原本养尊处优的生活。"但是我们现在比较困难,悦子。要不是战争,要是我丈夫还活着,万里子就能过上我们这种地位的家庭应有的生活。"(51)在悦子的回忆中,身怀六甲的她对战后日本的未来充满希望,"至于我自己,我再心满意足不过了。二郎的工作很顺利,现在又在我们想要的时候有了孩子"(52)。然而,佐知子成为悦子所有美好憧憬的对立面,佐知子认为女人在日本只能成为男人的附庸,女人在日本是没有希望的,"在美国女人的生活要好得多"(52)。悦子利用佐知子的辩护捍卫自己离开日本这一决定的合理性。

用合理性来掩盖情感上的谬误,用合理性为自己的行为辩护还体现在悦子借小女儿妮基之口表达类似的观点。在景子去世后,小女儿妮基前来探望母亲,她从理性的角度表达理解母亲当年的行为,希望母亲不要为当年的决定介怀:

> "很多女人,"她说,"被孩子和讨厌的丈夫捆住手脚,过得很不开心。可是她们没有勇气改变一切。就这么过完一生。"
> "嗯哼。所以你是说她们应该抛弃孩子,是吗,妮基?"
> "你知道我的意思。人浪费生命是悲惨的。"
> 我没有做声,虽然我女儿停了下来,像是在等着我回答。
> "一定很不容易,你做的那些,妈妈。你应该为你所做的感到自豪。"
> (113)

在这段母女对话中,显然,悦子已认同了妮基的观点。即使她仍然对景子的死感到难过和愧疚,她也试图从理性的角度为自己的决定开脱:

> 如今的我无限追悔以前对景子的态度。毕竟在这个国家,像她那个年纪的年轻女孩想离开家不是想不到的。我做成的事似乎就是让她在最后真的离开家时——事情已经过去快六年了——切断了和我的所有关系。可是我怎么也想不到她这么快就消失得无影无踪;我所能预见的是待在家里不开心的女儿会发现承受不了外面的世界。我是为了她好才一直强烈反对她的。(111)

总体而言,石黑一雄通过悦子的回忆和叙述展现了战后日本人民所遭受的创伤。创伤作为突如其来的冲击,总是超越了人们的认知能力,叙事是人们在面对难以理解的现实时形成的,以此获取作为理解现实存在的媒介。然而,传统的宏大历史叙事已被认为是"神话"的制造者,它无法表现创伤的本质。因此,作家借用小说人物之口,通过个人的叙事,将集体创伤与个人创伤融合在一起。不仅如此,日本作为战败国的创伤中还隐含着日本民众对军国主义曾犯下的罪行的悔恨。因此在石黑一雄的笔下,创伤包含了伤痛和悔恨的双层内涵。为了将两种交织的情感恰如其分地表达出来,小说通过曾经的战争幸存者悦子回忆了当时战后人们的艰难生活,而促发悦子回忆的导火索是其大女儿景子的自杀事件。悦子对女儿之死的痛与悔同日本民族战后的痛与悔完美地二合为一,见微知著,因小见大,创伤的历史在个体的叙述中得以呈现。

第二节　性别主体与创伤经验
——《爱无可忍》与《橘子不是唯一的水果》中的性别认同与创伤书写

(一)在创伤中消解的男性主体
——《爱无可忍》中的创伤书写

随着 20 世纪心理学、结构主义和后结构主义理论的发展,有关"主体性的消解""主体性的危机"等各种讨论也甚嚣尘上。当人们逐渐认识到意识形态等所代表的权力话语在主体建构中的作用时,创伤研究的学者则断言"主体性的理论深植于创伤理论之中"①。与传统的主体性观点类似,传统的创伤理论也倾向于将创伤事件独立于个体之外,从而暗示了主体的自足性和自我主权。但是当代创伤理论呼应了后结构主义对主体性的分析,指出了在过往创伤的影响下,主体难以实现个体自治或个体主权。因为创伤事件的冲击,个体难以重建过往的记忆,因而难以建构对自我的完整认识。当代创伤理论的研究者克鲁斯在重读弗

---

① Radstone, S. Trauma Theory: Contexts, Politics, Ethics. *Paragraph*, 2007, 30(1): 13.

洛伊德时即指出,"对个体而言,创伤并不是发生在过去的直接的暴力事件,创伤不是指事件本身,而是它难以接受、难以归化的本质——它无法被及时认知——而后却反复缠绕着受害者"①。因此,无法被个体认知完全吸纳的创伤记忆成为主体建构中难以逾越的障碍,不同的创伤事件也造成了主体遭遇不同程度和不同形式的危机。当代英国小说家麦克尤恩在其小说《爱无可忍》中即描述了一次创伤事件对小说叙述者乔·罗斯的男性主体的冲击。

在麦克尤恩看来,《爱无可忍》延续了其自《时间之子》(The Child in Time)以来常用的叙事手法,即生活中的某一偶然事件改变了事件中人物的一生,它们都属于"一种类型的小说,关于危机和转型"②。整个叙事以回溯的方式记述了乔人生中戏剧性的转折,小说开篇常常被评论者们津津乐道。《爱无可忍》像许多悬疑小说一样,一开始即通过细致入微的描写为那场热气球事件营造了各种悬念和紧张的氛围。小说叙述者乔与妻子克拉莉莎在外野餐时遇到一个失控的热气球,乔和其他几个在场的陌生男士试图营救被困在其中的一个孩子,但强风迫使他们放开了绳索,除了约翰·洛根没有松手。洛根被气球带到天空中,最终坠落身亡。当所有的悬念都在第一章结尾处尘埃落定时,小说的叙事从极力渲染的热气球事件转向了叙述者的日常生活,但此后的日常生活与往昔截然不同,乔称其为"余波"(aftermath)。

在创伤研究中,"余波"是指创伤事件所带来的长久而深远的影响。对于小说中的乔而言,热气球事件业已成为一次难以释怀的创伤经历。乔在叙述中屡次称其为"一场灾难"③。因为约翰·洛根的坠亡发生得突然而又惨烈,它超越了乔的认知能力,他说当时的他狂乱不已,恐惧在一瞬间席卷了他。在乔眼中,"坠落时,他仍保持着悬在绳子上的那副姿势,就像一根坚硬的黑色小棍。我从未见过比这个坠落中的活人更恐怖的景象"(20)。洛根的坠亡及其坠落后变形扭曲的尸体成为乔在事后极力摆脱的梦魇。在洛根坠地的那一两秒钟里,乔在

---

① Caruth, C. *Unclaimed Experience: Trauma, Narrative, and History*. Baltimore: Johns Hopkins University Press, 1996: 4.

② Type, B. Interview with Ian McEwan. [2005-10-13]. http://www.randomhouse.com/boldtype/1298/mcewan/interview.html.

③ 麦克尤恩. 爱无可忍. 郭国良,郭贤路,译. 上海:上海译文出版社,2011:4. 本书中对该小说的引用均出自此版本,后文将直接在文中标明页码,不再具体加注。

脑海中勾起了"二三十岁时偶尔会做的噩梦，……它们的背景各不相同，但基本要素却完全一致。我梦见自己站在一处突出的位置上，目睹着远方正在发生的一场灾难——地震，摩天楼大火，沉船，火山爆发。"(22)

乔与妻子克拉莉莎在灾难发生之后曾尝试着反复讨论那场灾难，希冀在语言的叙述中获得情感的宣泄，以期安度创伤：

> 现在，我们一口气倾泻了出来，就像进行事后的检讨，在想象中重新经历这桩事件，对情况进行详细盘问，将悲伤再次排演，以驱散心中的恐惧。那天晚上，我们无休止地重复谈论着这些事件，重复着我们的看法，重复着那些我们斟酌再三以与事实相符的话语和字眼。我们重复的次数如此之多，以至于让人只能这样猜想：这是在上演一场仪式，这些话不仅仅是一份叙述，也是一种咒语。不断的重复有种抚慰人心的效果……(34)

乔认为反复地叙述帮助他和克拉莉莎逐渐适应了灾难事件的影响，然而他不能预估也无法阻止创伤持久而深远的影响。

在乔的叙述中，洛根坠亡事件是故事的开端，是创伤的源头。他力图在自己的记忆叙事中回到创伤事件本身，通过自己的叙述重新建构在创伤中瓦解的主体性，尤其是创伤事件对其男性身份的威胁。在对《爱无可忍》的研究中，一些学者已经指出小说暴露了男性气概危机。有学者认为，"是'一个需要帮助的孤独的孩子'的呼喊召唤了乔冒着生命危险前去营救。这是对他的男性实力和父亲本能的召唤，所以当他放开绳子让自己免于危险的时候，他觉得作为一个男人，他在这两方面都失败了"[1]。在重构创伤后男性主体的叙事中，乔一方面试图从科学的角度为自己的行为开脱，以安抚自己内心的愧疚；另一方面借助了传统的男性话语，以此证明自己的男性气概。

首先，乔无法摆脱作为灾难的幸存者对洛根的愧疚。有学者在讨论愧疚(guilt)时指出，"在一些案例中，那些本身没有显著的过错却深怀愧疚的人往往被认为是不理智的。在另一些案例中，错误行径确实存在，但并不是某个人的

---

① Ryan，K. After the Fall. In Childs，P.（ed.）. *Ian McEwan's "Enduring Love"*. London：Routeledge，2007：50.

错，然而此人却与犯错者或错误行径在道德上有着重要联系"①。因此哲学家赫伯特·莫里斯(Herbert Morris)归纳了这种"无须责怪的愧疚"，其中之一即是"幸存者愧疚"(survivor guilt)——"在非自愿的情况下从他人的不幸中获得裨益"②。这种愧疚在创伤事件发生之后一直缠绕着乔。在事件发生之时，他感到了"它对我感情上的冲击——恐惧、负疚和无助"(23)。在事件发生之后数日，当他去拜访死者的遗孀洛根太太时也坦言："我到这里来，不是为了告诉洛根太太她丈夫有多勇敢。我到这里来，是为了向她解释，是为了确认自己无罪，确认自己不用为他的死内疚自咎。"(132)乔总是想要极力逃避内心的愧疚，克拉莉莎却一针见血地指出："你非常苦恼，因为你觉得有可能是你最先放手松开了绳子。很明显，你需要面对这种想法，驱走这一念头，让自己心安理得。"(270-271)

为了摆脱内心的愧疚，乔援引了"新达尔文主义"的论点，试图以理性方式来诠释洛根坠亡的灾难。在《论人类的来源》(*The Descent of Man*)中，查尔斯·达尔文(Charles Darwin)对人类道德做了进化论意义上的阐释，即沿用他在《物种起源》(*On the Origin of Species*)中解释生物利他主义的群体选择模式来诠释道德的进化。他指出，道德——与生物利他主义一样——也是在群体间的竞争中，以道德成员对自身优势的自我牺牲为代价而进化出来的："毫无疑问，一个拥有许多道德成员的部落将胜于其他部落——这就是自然选择……随时随地，都会发生部落间的相互取代。由于道德是决胜因素之一，所以道德的标准和优秀道德资质者的数量在任何地方都趋向提高和增加。"③在达尔文进化论的基础上，社会学家爱德华·O.威尔逊(Edward O. Wilson)在他的巨著《社会生物学：新的综合》(*Sociobiology：The New Synthesis*)中对将社会学与生物学相融合的研究目标给出了如下推测："社会学和其他社会科学以及人文科学都是生物学的最新分支，亟待被列入这种现代的综合体之中。因此，社会生物学的职能之

① Card，C. *The Atrocity Paradigm：A Theory of Evil*. Oxford：Oxford University Press，2002：202.

② Morris，H. Nonmoral Guilt. In Schoeman，F.（ed.）. *Responsibility，Character，and the Emotions：New Essays in Moral Psychology*. Cambridge：Cambridge University Press，1987：220.

③ 转引自：赵妍妍. 群体选择理论与道德的普遍性. 道德与文明，2011(6)：123.

一是要吸收这些学科到现代综合体来重新奠定社会科学的基础。"①

作为科普栏目作家,乔在叙述中多次表达了自己对达尔文、威尔逊等提出的社会进化论,以及在此基础上发展的基因决定论的认同。洛根坠亡的铺垫叙事中,乔着重描绘了他在机场接机处感受到的基因决定性影响。他告诉读者,"达尔文认为,人类表达情感的方式有许多都是共通的,铭刻于基因之中。如果有谁想要证明这一点,他只要在希思罗机场四号候机楼的下机门前待上几分钟就足够了"(5)。随后,乔为一本美国科学杂志撰写了一篇关于微笑的长文,他认为"生物学家和进化心理学家们正在重塑社会科学。标准社会科学模式这一大战后的共识正在不断分崩离析,人的本性需要重新考量"(85)。在讨论婴儿的微笑时,乔直接援引了威尔逊的原话:"爱德华·O. 威尔逊曾绝妙地说道,它'促成了对父母之爱和亲密感情的更丰富的分享'。然后他接着说,'在动物学术语中,它是一种社会行为释放器,是与生俱来、相对恒定的信号,作为媒介引导着一种基本的社会关系'。"(86)

乔对心理进化论的笃信决定了他无法从移情的角度理解他所遭遇的创伤事件,反之仅仅只能以进化论的科学视角诠释整个灾难。

> 我当时不知道,后来也从未发现到底是谁先放了手。我不愿相信那个人就是我,不过每个人都说自己不是第一个。可以确定的是,如果我们谁也没有松手,那么再过几秒钟,等那股阵风平息下来,我们几个人的体重应该可以把气球带到斜坡下四分之一的地方着陆。然而,就像我所说的,我们没有形成一个团队,没有任何计划,也没有任何可以打破的共识——失败也就无从谈起。所以我们就可以说——没错,人不为己天诛地灭?日后回想此事,我们都会因为这种做法合理而感到高兴吗?我们从未得到那份宽慰,因为在骨子里,我们受着一条更深刻、更自然的古老传统的约束。合作——我们人类早期狩猎成功的基础,它是人类语言能力进化背后的动力,也是产生社会凝聚力的黏合剂。事后我们所感受到的痛苦证明:我们心里清楚,我们已经辜负了自己。不过,放弃也是人的本性之一。自私同样是刻在骨子里

---

① Wilson, E. O. *Sociobiology: The New Synthesis*. Cambridge, MA: Harvard University Press, 1975: 4.

的。这就是我们作为哺乳动物的矛盾所在——把什么献给别人,把什么留给自己。脚踏这一路线,人人相互制衡,这就是所谓的道德。在奇特恩斯的陡坡上方数英尺高的空中,我们这群人陷入了旷古以恒、进退两难、无法解脱的道德困境:是我们,还是我自己。(18)

在乔看来,道德也是遵从自然选择定律的。自私是人的本性,它已由人的基因所决定。因此,当互不相识的人们在他人的呼救声下伸出援手时,他们的利他主义行为呼应了社会进化论中促进群体发展的本能。然而,当一阵狂风刮过,个体的生命因此受到威胁的时候,人们相继松掉了手中的绳子,与拯救吊篮中的他人之子相比,个体的生存显得更为重要。因此社会生物学家理查德·道金斯(Richard Dawkins)指出这是我们与生俱来的自私的基因,小说中的乔也理所当然地认为,“明智的选择变成了保全自己。那男孩又不是我的孩子,我可不会去为他搭上一条命”(18-19)。他为自己辩解:“我松开了绳索。我成了杀害洛根的帮凶。但即便我心中感到内疚和憎恶,我仍试图让自己相信,我松手是对的。”(39)

尽管事件发生之时及之后,乔都试图通过社会生物学来解释自己松掉绳子的行为,但是在妻子克拉莉莎面前他仍感到了自己作为男人的失败。妻子克拉莉莎引用约翰·弥尔顿(John Milton)《失乐园》(*Paradise Lost*)中的诗句赞美洛根,称其为天使,“不是弥尔顿笔下被抛出天堂的堕落天使,而是象征着全部美好与正义的化身”(37-38)。克拉莉莎反复强调,“他是个好人。……他自己也有孩子。他是个好人”(37-38)。洛根的坚持及最后的坠亡成为乔良心拷问的关卡。为什么洛根没有松手?为什么他愿意为了拯救一个素不相识的孩子而牺牲自己的性命?为什么自己不能像洛根一样呢?这些问题始终萦绕着乔,影响了他对自己的判断、他的日常行为,以及他与妻子克拉莉莎的关系。死者洛根成为乔自我审视的一面镜子,他从中看到了自己在成功中年男士的表象下,业已岌岌可危的男性身份。在妻子的话语中,乔逐渐意识到自己身份的缺失,且试图通过叙事重塑自己的身份。

“洛根事件”诱发了乔与克拉莉莎夫妻生活中一直规避的创伤事件。克拉莉莎年轻时遭遇的一场医疗事故导致其失去生育能力,乔也因此失去了做父亲的机会。在乔的叙述中,孩子的缺失并没有影响他们的夫妻关系。然而,在营救热气球里的儿童的过程中,乔再次感到了自己作为父亲的本能与渴望。乔的松手与洛根的坚持似乎再次印证了乔内心的恐惧——没有成为父亲的资格。为此,他需要在语言上反复为自己辩解,以遮掩创伤对自己的影响,并通过语言建构自己的男性主体。因此,在乔的叙述中,对过去无法释怀的是克拉莉莎,而不是他自己。在他看来"洛根事件"激发了她的过往创伤,"从约翰·洛根身上,她看到一个男人为了不让她自己所承受的悲剧重演而准备英勇赴死。……他的这份爱意突破了克拉莉莎的心理防线,带着那种央求的口气——'他是个好人'——她正在请求她的过去和那无法出世的孩子原谅自己"(39)。

乔由于洛根的英勇行为而感到相形见绌,为此乔在叙事中特意将性别描写类型化。一方面强调自己的硬汉形象,另一方面凸显克拉莉莎的感性阴柔。在性别研究中,传统的支配型男性气质往往被认为是男性气概的标志,硬汉形象常常出现于各类大众媒体和通俗文化的宣传之中。它强调了男性的"权力、影响力和控制力"[①],同时暗示"压抑感情使之不轻易外泄也成为构建男性气概的重要元素"[②]。因此,乔在灾难事件发生之后,反复地援引科学话语,凸显自己的理性智力和对突发事件的控制力。在描述灾难发生的过程时,乔把紧张的救援行动描绘成几何图形,"六个聚集的身影在平坦的绿色田野中构成了一幅赏心的几何图形,很显然,这块田野就像空间有限的斯诺克台球桌面。最初的摆放位置、力的大小和力的方向,决定了接下来所有球滚动的方向、所有的碰撞和回转的角度"(3)。在事件发生之后,当众人仍处在震惊恐惧中时,乔炫耀自己"是自洛根坠地后第一个开口说话的人"(23),并且"叫了警察和救护车,清晰简洁地描述了这场事故、搭载着孩子飘走的气球、我们的方位以及到达这里的捷径"(25)。

为了践行传统的性别角色划分,乔在为自己塑造理性果敢的男性气概的同时也极力渲染了克拉莉莎柔弱善感的女性形象。在众人目睹约翰·洛根坠亡的瞬间,克拉莉莎因恐惧和悲伤而哭了起来,而乔却不屑地认为"对我来说,悲伤似乎还离着老远呢"(23)。以乔的第一人称视角占统治地位的整个叙事中,只有两

① Edwards, T. *Cultures of Masculinity*. London: Routledge, 2006: 2.
② Middleton, P. *The Inward Gaze: Masculinity and Subjectivity in Modern Culture*. New York: Routledge, 1992: 180.

章插入了克拉莉莎的叙事;第九章以克拉莉莎的第三人称进行有限视角叙述;第二十三章插入了克拉莉莎写给乔的一封信。第九章的有限视角事实上是由乔转述的,展现了克拉莉莎内心软弱感性的一面:在工作压力面前极易情绪失控,"她已经无理性到了极点"(100),且放弃了理性的倾诉,转而求助男性的肢体安慰——"克拉莉莎一心想说的是:我的吻在哪儿?抱住我!照顾我!"(101)乔所建构的男性与女性的二元对立还体现在,"她只想静静地躺在满是泡沫的热水里思考,而他则想着手改变自己的命运"(103)。

乔的语言特点也意在凸显自己的男性气概,体现了米德尔顿在《向内的凝视:现代文化中的男性气概与主体性》(*The Inward Gaze：Masculinity and Subjectivity in Modern Culture*)中关于"失去情感的语言"的分析。米德尔顿阐述了创伤经验如何威胁了一个安全、稳定的男性身份建构,并揭示了面对创伤时男性常常使用的策略。[1] 乔在叙述中刻意使用理性的、客观的、科学的话语,以显示自己的情感中立。例如,在描述热气球中的男孩哈利因为气球失控而被单独留在气球中的恐惧时,乔说:"他已经意志麻痹,处于一种被称作'习得性无助'的状态中,这种状态在处于异常压力下的实验动物身上往往表现明显:所有解决问题的冲动都没了,连求生的本能都丧失了。"(14)此外,小说结尾处的附录一中,麦克尤恩让乔伪造了一篇医学论文《带有宗教色彩的同性色情妄想——德·克莱拉鲍特综合征的一种临床变体》。在这篇以假乱真的医学论文中,帕里对乔的偏执爱慕进行了科学论证。乔的生活曾因为帕里的介入而陷入混乱,他与克拉莉莎也因为帕里的频繁骚扰而多次发生争执,那么以这篇论文作为小说的结尾也体现了乔希望以理性、科学的方式重建有序的生活世界,通过科学话语建构自己的男性主体性。有学者犀利地指出,"一旦乔把帕里的疾病放在德·克莱拉鲍特综合征的界定范围内,他就感到放心、高兴,甚至是快乐。由帕里疾病带来的可怕的混乱(既是疾病的意义上,也是指他对乔的世界造成的破坏)因而可以被圈禁于疾病的描述及其可能的发展中"[2]。

---

[1] Middleton, P. *The Inward Gaze：Masculinity and Subjectivity in Modern Culture*. New York：Routledge, 1992：180.

[2] Malcolm, D. *Understanding Ian McEwan*. Columbia：University of South Carolina Press, 2002：165.

其次,乔在叙事中试图建构"邦德式叙事"①以彰显自己的英雄气概。在小说临近尾声的时候,求爱不得的帕里闯入乔的家中,以克拉莉莎的生命安全相威胁。乔在叙述中描述了自己英雄救美的场景:

> 我瞄准他的右侧身体,避开了克拉莉莎。在这个封闭的空间中,剧烈的枪声似乎抹除了所有的感官知觉,房间里如同空白的电视屏幕那样闪着光芒。随后,我看见刀落在地板上,而帕里朝后瘫倒过去,一手按着另一侧被子弹击得粉碎的手肘,他脸色苍白,惊愕得嘴巴大张。(266)

在这样一个传统的"邦德式"情节中,乔似乎重拾了自己的男性气概。他早已向克拉莉莎分析过帕里可能造成的威胁,但是他的担忧曾被克拉莉莎认为是庸人自扰,甚至被怀疑是他因为精神紧张而凭空捏造的。现在,乔的担忧被证实了,曾经因为在"洛根事件"中放手而受到折损的男性自尊现在也得以重新树立。乔似乎以自己的英勇行为肯定了自己作为男性所具有的智力优势和身体优势。

由此,麦克尤恩的男性叙述者借用了传统支配性男性气概的话语策略重构了创伤中受到质疑的主体身份。

(二)创伤中的自我身份建构
——《橘子不是唯一的水果》中的个体创伤

在个体的成长过程中,创伤事件的发生有时会让人感觉整个世界都被改变了。然而,创伤研究者已经告诉我们,不是我们周围的世界发生了改变,而是我们对世界的认识改变了。创伤事件,尤其是在儿童时期发生的事件,会同时破坏和重塑个体的自我认知。也就是说,创伤也参与到了主体身份建构的过程之中,因此经历创伤后"分崩离析的主体性将会被转变成所谓的'受创的主体'(traumatized subject)"②。当然,"受创的主体"同时也不得不接受创伤记忆在有意识或无意识中的不断重复、回返。恰如弗洛伊德曾指出的,任何创伤经历有着

---

① 邦德是"007"系列小说及其衍生电影的主角,"邦德式叙事"即指其系列小说中使用的叙事结构,以凸显邦德在危难中拯救世界的超级英雄形象。

② Luckhurst, R. Traumaculture. *New Formations*,2003(50):28.

记忆、重复展演和安度的过程,但是安度往往难以实现,因为安度同时也意味着颠覆在创伤中或创伤后建构的主体性,形成了全新的主体认同。因此,创伤研究者称之为创伤文化中"不能恢复到原初完整状态的诱因"①。

鉴于创伤事件最重要的影响之一是主体性危机,但创伤同时又吊诡地成为身份建构的出发点,因此拉卡普拉曾提出过一种叫作"创始创伤"(founding trauma)②的概念。拉卡普拉在讨论大屠杀在历史中的独特性时曾指出:

> 名字是否应该是唯一的与事件是否唯一密切相关,而所有这些唯一性和命名的问题都不可避免地被牵引到一种神学的矩阵中,因为这是一个负面神圣化的问题。唯一性的问题与大屠杀在多大程度上成为某种民间宗教的一部分,以及至少在多大程度上具有一种消极的神圣性有关——大屠杀成为我最近所说的"创始创伤"——这种创伤应该而且(在最好的情况下)确实提出了身份认同这个非常棘手的问题,但作为一种创始创伤,它本身就成为身份认同的基础。
>
> 这是一个极端和有趣的悖论,即人们生活中某种创伤性的、破坏性的和迷惑性的事件可以成为身份形成的基础。如果你想到这一点,这或多或少可能发生在所有人的生活中。所有神话的起源都类似于创始创伤,人们通过神话传递和强化他们的身份认同,至少他们经受了创始创伤的考验。美国的内战、法国的大革命,当然还有在以色列发生的大屠杀(也包括全世界其他针对犹太人的迫害),(这些战争或灾难中的人)都可被视为在安度创伤的过程中找到了一种身份,它是集体身份,同时也是个体身份。③

---

① Luckhurst,R. Traumaculture. *New Formations*,2003(50):47.

② 在拉卡普拉的著作《书写历史,书写创伤》中,作者提出了"创始创伤"这个概念,意指一种创伤被转化或转换为具有合法性的承载着起源的神话,即"扰乱和伤害集体或个人的危机或灾难可能会奇迹般地成为神话的起源或更新的起源,并在授权行为或政策方面发挥意识形态的作用,只因这些行为或政策通过诉诸这个危机或灾难而获得合法性"(LaCapra,D. *Writing History*,*Writing Trauma*. Baltimore:Johns Hopkins University Press,2000:xii.)。

③ LaCapra,D. *Writing History*,*Writing Trauma*. Baltimore:Johns Hopkins University Press,2000:161.

拉卡普拉所提出的"创始创伤"理论对于研究创伤在个体成长中的影响也同样有着启示性。创伤也不再仅仅是破坏性的,它同样参与到了主体身份的建构之中。在文学作品中,创伤后叙述者的各种叙述也不仅仅是创伤叙事或记忆叙事,它是叙述者在经历创伤后重塑主体性的过程。当代英国女作家温特森的处女作《橘子不是唯一的水果》就是这样一部作品。

　　《橘子不是唯一的水果》作为温特森的处女作一直受到学界的关注和好评,评论者往往从小说的后现代叙事手法和小说的女性主义立场展开讨论。小说以女主人公珍妮特的第一人称视角叙述,通过回忆的方式讲述了珍妮特作为养女从小被宗教偏执狂母亲培养训练,以便在长大后成为牧师的经历。在珍妮特的成长过程中,她与母亲为她设定的宗教道路之间经历了从开始时的认同,到逐渐怀疑,到最终她选择离开家庭、离开教会。在这个过程中,珍妮特既经历了成长的创伤,同时又在创伤中建构了自己的身份。因此,从拉卡普拉的角度审视珍妮特的叙事,我们可以将其视为一部受创主体身份建构的创伤叙事。

　　和很多自传体小说一样,小说从叙述者的出生开始。珍妮特从出生开始接受养母的宗教教育,在进入学校之前,《圣经》是她唯一接触过的读物。宗教形塑了她的人生观和世界观,但是小说在叙述珍妮特的成长过程时,逐步揭示了宗教的权力话语对个体的伤害,以及珍妮特通过建构与宗教叙事截然不同的个人叙事,实现安度创伤的愿望。小说中珍妮特的"创始创伤"是她早年无意中得知自己被收养的事实,以及那位宗教狂养母的冷漠。母爱的缺失和偏执的家庭教育成为珍妮特难以言说的伤痛,贯穿了小说叙事的始终。

　　弗洛伊德在其 1914 年发表的论文《记忆、重复和安度》("Remembering, Repeating and Working-Through")中写道:心理创伤中尤其难以言说的部分,往往以重复展演的方式侵入受创者的大脑,而非主动地被记忆。[①] 在关于幼年生活的回忆中,珍妮特对于具体的创伤事件只主动提及过一次。心理上的创伤防御机制使她想要逃避直面痛苦的回忆。更多时候,她以童话、寓言、传说等虚构故事的形式影射内心的痛苦挣扎。

---

① Freud, S. Remembering, Repeating and Working-Through. In Strachey, J. & Freud, A. (eds.). *The Standard Edition of the Complete Psychological Works of Sigmund Freud (Vol. 12)*. London: The Hogarth Press, 1958: 148.

珍妮特以幽默的口吻将幼年时的创伤事件描述为"尴尬场面"[①]。虽然事件发生于珍妮特更年幼的时候，但是当她第一次体验到对同性的不同寻常的感情，心里想着梅兰妮时，她将两种不安等同在一起：

　　　　不确定，这种状况对我来说很陌生，就像很多人觉得土豚很陌生一样。这让我充满好奇，却无从得知，只能凭二手资讯道听途说，知道个大概。现在我头脑中、胃囊里的知觉就像"尴尬场面"那天一样……（136）

　　　　"尴尬场面"说的是我的生身母亲曾来认领我的事。我有过某种猜测：我的出身肯定有什么蹊跷，后来无意间在节假日用品专用抽屉的法兰绒夹层下发现了认养我的文件。"例行公事的手续罢了。"我母亲轻描淡写地把我打发了，"你一直就是我的，是上帝把你给我的。"我也没再多想什么，直到那个周六有人敲门。我母亲比我早到门口，因为她正在客厅里作祷告。我跟着她走到门厅。（137）

　　尽管她的养母刻意回避，但是珍妮特还是偷听到了她们之间的对话。"每句话我都能听得清。五分钟后，我把酒杯收起来，抱起我家的狗哭了。"（138）珍妮特质问养母：

　　　　"我知道她是谁，你为什么不告诉我？"
　　　　"这和你没有关系。"
　　　　"她是我母亲。"
　　　　刚说完，我就劈头盖脑地被打了一顿。我躺在油毡地毯上，仰头看着她的脸。
　　　　…………
　　　　我无法思考，也无法呼吸，便只能撒腿跑走。（138）

　　珍妮特告诉读者，关于这件事，她和养母之间再也没人提过，但是它粉碎了

[①] 温特森．橘子不是唯一的水果．于是，译．北京：新星出版社，2010：137．本书中对该小说的引用均出自此版本，后文将直接在文中标明页码，不再具体加注。

养母一心为珍妮特建构的自我认知——"上帝之子"。母亲成为珍妮特生命中永远缺失的存在,珍妮特曾试图从宗教中获得自我救赎与心理安慰,但是宗教话语的压迫性仍然束缚着她。

珍妮特在七岁的时候第一次对宗教产生了怀疑。教会里的芬奇牧师对她的年龄公开布道,尽管珍妮特因为牧师对其年龄的宗教诠释而感到尴尬,她依然敏感地发现宗教教义的含义往往并不是固定绝对的,它取决于人的诠释。于是,少年珍妮特在玩魔毡小人游戏时任意篡改了"但以理在狮子坑中的故事",更改了故事的结局,使但以理最终被狮子吃掉了。这种结局暗示了珍妮特意识到,宗教并不是创伤的安慰剂。

珍妮特在自己的虚构幻想叙事中重新建构创伤后的个体身份认同。正如佩吉·邓恩·贝利(Peggy Dunn Bailey)所言:"当珍妮特越过那堵墙选择了她自己(她的思想和感情,而不是外部强加的),她必须建构另一种生活、另一种叙事,以此给养自己。"① 正是当珍妮特开始以自己的方式讲述故事,那堵束缚着她早年人生的墙壁倒塌了。"墙的本性注定了它们终该颓倒。一旦吹响你自己的号角,四壁势必应声倒塌。"(155)"墙壁"成为小说中最重要的象征之一,以墙的倒塌为界限,珍妮特叙述了幼年的创伤经历以及成年后自我安度创伤的经过。艾尔西是珍妮特在教会结识的朋友,也是帮助珍妮特突破宗教束缚的导师。她曾告诉珍妮特:"'有这个世界,'她敲敲墙壁,活灵活现的,'还有这个世界。'又砰砰地拍了拍胸膛。'如果两个世界你都想搞明白,你就必须留意两个世界。'"(44)艾尔西在珍妮特幼时已经向她暗示了内心世界与外部世界的冲突。回述幼年的创伤时,珍妮特以充满寓言特色的童话和虚构故事对抗着外部世界的创伤。

小说中第一个偏离叙事的幻想故事展现了珍妮特早年被困于墙中的生活。在这个故事中,聪慧美丽的公主因为过于多愁善感而一直一事无成,直至其遇到一位通晓魔法的驼背老妇。老妇将照料一个小村庄的职责交给公主,包括:"1. 挤山羊奶;2. 教育村民;3. 为村民的庆典谱写歌谣。"(12)公主与驼背老妇的故事直接映射了珍妮特与其养母之间的关系。公主接替老妇执行照料村庄的职责,珍妮特的养母也在她幼时为她规划了未来的人生,"她会训练她,塑造她,把

---

① Bailey, P. G. Writing "Herstory": Narrating Reconstruction in Jeanette Winterson's *Oranges Are Not the Only Fruit. The Philological Review*, 2006, 32(6): 75.

她献给上帝：一个传教之子，一个上帝的仆人，一个祝福"(13)。这种对比关系也暗示了珍妮特与养母之间缺乏真实的母女之爱。对母爱的渴求而不得贯穿了小说的整个叙事，同时也成为珍妮特一生都挥之不去的创伤。

珍妮特将她早年对宗教的质疑和反抗映射入"王子寻找完美女子"的童话故事中。这个故事是对《灰姑娘》童话的改写。一位正值适婚年龄的王子一心要寻找完美无瑕的女子为妻，经过三年的追寻仍一无所获。为此，王子写了一本题为《关于完美的神圣奥秘》的书，以此指引朝中的谋士寻找完美的女子。然而，当朝臣们终于在森林深处找到那位"完美女子"时，故事的结局却不是传统童话中的大团圆——王子与公主从此幸福地生活在一起。令所有人震惊的是，"完美"的女子拒绝嫁给王子。不仅如此，女子用三天三夜的时间使王子明白他对完美的理解是错误的，完美并非没有瑕疵，"对完美的追求其实就是对平衡、和谐的追求"(87)。恍然大悟的王子为了维护自己的权威，在面对所有臣民时，依然违背良心，坚持自己错误的言论，并且亲手斩杀了反驳他的"完美女子"。

在这个故事中，珍妮特化身为那位具有反抗意识的"完美女子"。在她的家庭和教会中，珍妮特一直被作为"上帝之子"培养长大，母亲偏执地为她摒弃了所有世俗的教育，仅仅灌输宗教教义。在珍妮特的幼年世界里，没有正常儿童的喜怒哀乐，没有母亲的宠爱与亲情，只有一条条的宗教教义。在学校里，她因为狂热的宗教言论而受到同学和老师的孤立，她为此饱尝了各种不公平的待遇。她将苦恼与困惑告诉母亲，而母亲只是冷冷地用宗教话语回复她。在母亲眼中只有上帝的事情是最重要的，即使珍妮特因为淋巴腺炎而耳聋三个月，她的母亲仍未有所重视，甚至将其视为"主的意愿"(30)。后来在裘波丽小姐的帮助下，珍妮特来到医院接受手术治疗，幼小的珍妮特觉得"维多利亚医院又大又吓人"(36)，面对未知的手术心里充满了恐惧。然而她的母亲仅仅为她从家里带来睡衣，她在医院整整一周都没有见到母亲，只有艾尔西陪伴着她。

随着个人的成长，珍妮特对宗教和母亲的反抗意识暗暗滋生。阴冷的雨天，母亲要求她在大街上分发宗教传单，并且母亲只关心她完成任务的数量，完全不理会他人对珍妮特的恶言恶语，看不到珍妮特为了发传单而淋得湿透了。当母亲眼中的异教徒阿克莱特夫人可怜珍妮特，为她提供遮雨棚避雨时，她告诉珍妮特，"你妈妈疯了，你知道的"(81)。对此，珍妮特表示认同——"她大概说得对，但我对此毫无办法"(81)。在随后以"完美"为主题的布道中,珍妮特"有生以来第一次萌生了对神学的不同意见"(82)。与珍妮特创作的童话故事中的王子一样,牧师当众宣布,完美"就是毫无瑕疵"(82)。珍妮特在自己的虚构叙事中,以"完美女子"的智慧和行为反抗了母亲笃信的唯一正确的宗教教义。

　　背叛是加于幼年珍妮特心灵创伤上的一把盐。母亲以及教会曾是她生命中的全部。她对自我的认识、对世界的认识完全来自母亲和教会。但是母亲、教会、她喜欢上的第一位女孩梅兰妮都纷纷背叛了她。最终珍妮特选择了逃离家庭以安度所有的创伤。在小说叙事中,珍妮特更多地在回忆叙事中插入童话、传奇等虚构故事,以此规避那段创伤的过往。

　　母女之间正常交流的缺失,使珍妮特所有的人生困惑都缺少母亲的关心和指引。母女间的冲突在珍妮特初次被发现是同性恋者时达到激化程度。珍妮特曾经因为自己对梅兰妮的爱意感到苦恼,她寻求母亲的帮助:

　　　　那之后没多久,我就决定把心底的感受告诉她。我解释了一遍,自己是多么想和梅兰妮待在一起,我可以和她畅所欲言,而我是多么需要这样一个朋友。还有……还有……可是,还有什么我始终无法说出口……我母亲一直保持静默,时不时地点点头,我以为她多少听懂了些。(140)

　　然而,她的母亲却在教会告发她,使珍妮特在毫不知情的情况下,在教会的公众集会上遭受牧师的鞭挞和指责:

　　　　"要不是你白费劲地跟你妈瞎解释,决不可能有人发现。"
　　　　"她挺好的。"我像个机器人似的喃喃自语。
　　　　"她就是疯了。"裘波丽小姐言之凿凿。(145)

　　母亲的无情背叛,一次又一次粉碎了珍妮特对母爱的幻想。母亲与教会的人一直认为珍妮特和梅兰妮之间的关系是"不正常的激情、魔鬼的标志"(144)。母亲将她锁在黑暗的客厅里:

就在我浑身发抖地躺在客厅里的时候,她带了一把细齿梳子去我的房间,翻出了所有的信件、所有的卡片和我所有的私人笔记,然后找了一个晚上,在后院里把它们烧毁了。教导的方式有千万种,但背叛永远是背叛,无论何时何地。那个晚上,她在后院烧掉的不只是那些信件。我怀疑她自己都不知道。在她的头脑里,她依然是王后,但不再是我的王后了,也不再是光明正义的王后了。墙是庇护,也是局限。墙的本性注定了它们终该颓倒。一旦吹响你自己的号角,四壁势必应声倒塌。(155)

母亲的背叛使珍妮特开始学会用自己独立的冷静的眼光审视周围的世界。她的母亲和教会的人认为她是被魔鬼附体,他们用软禁等方式为她驱魔。但是珍妮特知道"挨过驱魔仪式之后,我试图用另一个完全相似的世界取代我自己的世界,但终究没能办到……我开始用越来越复杂的眼光看待这一切"(177)。

所爱之人的伤害和背叛摧毁了珍妮特原有的世界。她将伤痛融入了儿歌的改写中:

> 石头的本性就是让骨头皈依。
>
> 此时或彼时,总会有一种选择:你,还是墙。
>
> 矮胖子坐在墙上。
>
> 矮胖子跌得好惨。
>
> 错失良机城里,全是那些选择墙的人。
>
> 任凭国王所有的骏马、所有的手下,都无法让矮胖子重生。
>
> 那么,有没有必要全无庇护地在国土里周游?
>
> 有必要的是,把石墙和魔圈分清楚。
>
> ···········
>
> 一道墙给身体,一个圈给灵魂。(156)

《矮胖子》("Humpty Dumpty")是英语国家中最广为流传的儿歌之一。在珍妮特的改写中,矮胖子象征了她曾经的信仰世界。在她看来,选择墙即是要放弃真实的内心欲望,违心地迎合母亲和教会的教条道义。但是,母亲和教会的背叛让珍妮特意识到了他们的虚伪与冷漠。在所谓的驱魔仪式之后,饱受病痛之苦的珍妮特领悟到了母亲与教会是墙一样的存在,他们以所谓的正义与强权剥夺了珍妮特的思想和生活。因此,在所谓驱魔仪式之后,珍妮特在自己的幻想叙事中拥有了一颗"粗粝的褐色小卵石"。这颗卵石在珍妮特的虚构叙事中反复出现——它是"魔鬼"留给她的东西,象征着她走向独立而自我认同的决心。珍妮特在驱魔仪式后毅然选择了遵从内心,她的旧世界从高墙上跌落,从此再也无可复原。

矮胖子从高墙上跌落,从此粉身碎骨,再也无法复原。珍妮特在接受了母亲、教会和喜欢的人的背叛之后,内心所受的创伤好似高墙上跌落的矮胖子般。但是与儿歌不同的是,珍妮特被创伤所击碎的是母亲为之建构的身份,受到创伤后她才开始了自我身份建构的过程,创伤成为珍妮特身份建构的基础。但与此同时,创伤是珍妮特在叙事中竭力规避的事件,她无法阻止创伤记忆的返回造访,于是她将创伤融入了虚构的传奇故事之中,用他人的故事书写自己的创伤。

小说的最后两个故事——亚瑟王的柏士浮骑士的故事和温妮特的故事——帮助珍妮特度过了她人生中最困难最痛苦的经历。这两个虚构故事与小说前半部分叙述中插入的一些虚构故事不同,它们在结构上更加复杂,情节更加完整,而且虚构故事与珍妮特的自传叙事之间的契合愈来愈紧密。柏士浮骑士和温妮特这两个故事的复杂化超越了早期的叙述。虽然早期的一些虚构故事帮助珍妮特面对了生活中一些具体问题,如与教会的冲突等,小说中的最后两个故事达到了现实和幻想的自由混合。与此同时,柏士浮骑士与温妮特这两个故事在小说叙事的各章间跳跃,且两个故事相互交织在一起,成为珍妮特创伤后主体建构的有力见证。在最后两个故事中,珍妮特赋予了虚构故事中的主人公具体的姓名——柏士浮骑士和温妮特·司东佳,而不再只是抽象的人物——王子、公主、女人、男人等。早期故事中那些抽象的原型式的人物暗示了他们的故事具有普适性意义,作为寓言故事可以指引所有人的人生。然而,最后两个故事中具体姓名的出现则意在使故事含义表达具体的所指。当虚构故事中的情节与珍妮特自传叙事逐渐重叠的时候,柏士浮骑士和温妮特也逐渐清晰地表现为珍妮特的另一个自我。

在柏士浮的故事中,珍妮特尝试了性别的转变。有学者也曾指出柏士浮骑士为珍妮特提供了"一种混杂的性别建构的愿景,它隔离于政治上和后现代非此即彼的话语之外"①。柏士浮骑士寻求圣杯的动机是重新发现平衡:"他曾在转瞬即逝的幻象中目睹完美无瑕的英雄业绩和完美无瑕的平静。他再度渴求那幻象,期望那能令他身心安定。他是个渴望种植草药的勇士。"(230)在圣杯中,柏士浮骑士想要寻找自己缺失的部分,希望能够平衡两相对立的欲望——英雄主义与和平——并帮助他实现梦想。同样,珍妮特也在寻求她欲望的平衡,她既希望能成为牧师,又希望教会能够理解她的同性恋倾向。

此外,珍妮特在被迫离开家之后仍然经常怀念过去的生活。珍妮特将自己对过去简单美好生活的怀旧融入了柏士浮骑士的故事中。在荒野的森林里跋涉了数天后,伤痕累累的柏士浮"梦到了亚瑟王宫,在那里,他曾是最得宠的骑士。他梦到了自己的猎狗、猎鹰、马场,还有他忠实的挚友们"(186)。在珍妮特的自传中,她被母亲赶出家门——"'魔鬼会自己照顾自己的。'她丢出这么一句话,把我推出门外"(188)。

温妮特的故事成为珍妮特现实生活的翻版。珍妮特在故事中既重述了幼年的创伤,也坚定了她离开束缚她成长的家庭,建构自我主体性的决心——"她会驾着她的船驶到大海的另一边,也一定会靠岸。航行继续,太阳下山。陪伴她的只有海水。有一件事是确凿无疑的了:她已没有退路,不能回头"(221)。

"过去。为什么我非得牢记?在旧世界里,任何人都可能重生,过去被洗刷得一干二净。为什么新世界也这么好奇?"(221)在珍妮特的叙述中,她仍然拒绝过去的创伤。但是在小说结尾,珍妮特还是在多年后回到了曾经的家中。学者们对珍妮特的归家有着不同的争论。贝利认为珍妮特的回归表明她已建立新的自信,她相信自己能"回到不被母亲约束的现实中"②,回归也是珍妮特成长的见证。劳雷尔·波林格(Laurel Bollinger)则认为珍妮特的回家显示她最终选择了

① Doan,L. Jeanette Winterson's Sexing the Postmodern. In Doan,L. (ed.). *The Lesbian Postmodern*. New York:Columbia University Press,1994:154.

② Bailey,P. G. Writing "Herstory": Narrating Reconstruction in Jeanette Winterson's *Oranges Are Not the Only Fruit*. *The Philological Review*,2006,32(6):75.

女性忠诚。①波林格还认为珍妮特能够表达她对教会和母亲的不满是归家的先决条件:"女孩(像珍妮特)精确地叙述她们所关心的问题,以便那些问题不会破坏家庭关系。"②无论评论者如何争论,他们都认同珍妮特的归家是她个人成长的见证。从创伤的角度而言,珍妮特通过建构自传体叙事和虚构叙事回溯了自己的创伤经历,在受到创伤后重建了自我身份认同,形成了更加稳固独立的主体性。

由此,温特森通过珍妮特的故事展现了个人创伤与主体成长之间的复杂关系。不管是麦克尤恩小说中的男性叙述者乔,还是温特森笔下的珍妮特,创伤既是主体性的破坏者,也可以成为主体身份建构的始源。小说叙事恰恰成为创伤主体身份重构的见证。

第三节 向死而生的悲哀
——《别让我走》中的创伤书写

以隐忍克制的方式叙述创伤,成为石黑一雄小说叙事的特点之一。无论是《长日留痕》(*The Remains of the Day*)中的史蒂文斯,还是《无可慰藉》(*The Unconsoled*)中的莱德,创伤都被压抑在叙述者的叙事之下。作为一种自传体叙事,《别让我走》无可避免地触及了生命历程中的创伤事件。创伤研究学者卢克赫斯特曾指出:"在 20 世纪 90 年代,回忆录文体的盛行是有关创伤的再建构的结果。如果想要收获读者认同,那些经历就必须跨越道道门槛,让创伤经验区别于日常生活。"③正是在此意义上,凯茜的叙事虽则平淡无奇,充满了日常生活的细小琐碎,但是她仍然绕不开人生中的创伤事件——死亡,尤其是挚爱的死去。

---

① Bollinger, L. Models for Female Loyalty: The Biblical Ruth in Jeanette Winterson's *Oranges Are Not the Only Fruit*. *Tulsa Studies in Women's Literature*,1994,13(2): 371.

② Bollinger, L. Models for Female Loyalty: The Biblical Ruth in Jeanette Winterson's *Oranges Are Not the Only Fruit*. *Tulsa Studies in Women's Literature*,1994,13(2): 363.

③ Luckhurst, R. Traumaculture. *New Formations*,2003(50): 36.

作为具有医学用途的克隆人,凯茜既要面对自己无法掌控的生命,又叙述了自己好友、爱人作为器官捐献者陆续逝去的悲痛。忧郁的气息弥散在整个叙事之中,它融入了凯茜自己的故事和有关他人的故事的叙述中。学者朱迪斯·巴特勒(Judith Butler)在讨论"忧郁"时曾指出:

> 失去的对象与主体本身相黏合。事实上,人们可以得出结论,忧郁症的自我认同允许对象在外部世界消失,正是因为它提供了一种方式来保存对象作为自我的一部分,并因此避免损失成为一个完全的损失。……放弃对象只有在忧郁症内化的情况下才有可能,或者对于我们的目的来说更重要的是一种忧郁的融合。①

在《别让我走》中,凯茜的叙事成为巴特勒所说的"内化忧郁",即走出个体创伤的宣泄方式。凯茜的回忆录成为创伤的证词,读者是创伤事件展开的见证。茱莉亚·克里斯蒂娃(Julia Kristeva)曾经将生命写作描述为一种反抗肉体衰落和解体的斗争。作家作为战士,面临即将到来的死亡:"审美,特别是文学创作成为一种方式,其简洁的韵律、人物的互动和隐含的象征主义构成一个非常忠实的符号学载体,由此再现了主体与象征性崩溃的战斗。"②

作为一部创伤叙事,在《别让我走》中,凯茜将痛苦的经验放入语言中,以此疗愈创伤。道斯总结了这一观点,说:"将身体或心理伤害融入语言之中,意在将创伤从身体或心灵转入外部世界,在那里创伤可以被修复,或至少被放逐。将伤痛转化为语言是为了掌控它,消除伤痛对主体自主权最初的盗取。"③在这种观点中,将创伤组织为语言的行为允许个体重拾主体性,并对他们的生活恢复加以一定程度的控制。但仍有学者对此持不同意见,这种语言行为本身包含了一些问题。如克鲁斯认为,"创伤转变为叙事记忆……可能丧失表征创伤的精确度和

---

① Butler, J. Melancholy Gender/Refused Identification. In Salih, S. (ed.). *The Judith Butler Reader*. London: Blackwell, 2004: 246-247.

② Kristeva, J. *Black Sun: Depression and Melancholia*. Roudiez, L. S. (trans.). New York: Columbia University Press, 1987: 35.

③ Dawes, J. Human Rights in Literary Studies. *Human Rights Quarterly*, 2009, 31(2), 2009: 408.

力度……然而，除了精确度的损失之外，更严重的是事件的根本不可理解性的丧失"①。

关于创伤书写的困境，其他学者也表达了类似的观点。雷·吉尔默（Leigh Gilmore）曾指出一个作家再现创伤时容易掉落的陷阱：

> 因为证词要求主体将一件私密的、难以忍受的痛苦陈述出来，以作见证，同时与公众分享。他们进入一个法律框架，其中他们的努力可以迅速超越其解释和控制，变得暴露和模糊，等待他人来判断其真实性和价值。②

在吉尔默看来，为了摆脱自我创伤叙事的困境，一些作家放弃了自传体叙事，而是以一种间接地方式叙述人生中的创伤。凯茜在《别让我走》中虽然在讲述自己的生平经历，但是她却避免直接描述自己所受的苦难，而是以第三者的视角讲述露丝、汤米的离世，陈述作为克隆人的悲惨命运，甚至有学者认为凯茜关于克隆人被迫捐献器官而致身亡的叙述更像是一篇"病理学报告"③。这种间接叙述在石黑一雄笔下并没有削弱创伤的痛感，不仅如此，作家通过凯茜等克隆人的故事影射了人类在现代社会的生存状况。

（一）克隆人的悲惨命运

> 我的名字叫凯茜·H.。我现在三十一岁，当看护员已经十一年多了。我知道，这听起来时间够长的了，但是事实上他们希望我再做八个月，干到今年年底。那样的话就差不多是整整十二年了。现在我才明白，我当了这么久的看护员，未必就是因为他们觉得我干这个特别棒。有一些真的很好的看护员，只做了两三年就被通知不用干下去了。我至少想到一个人，当看护员整整十四年，尽管完全是白白占着一个职位。所以我并不是在极力自

① Caruth，C. Recapturing the Past：Introduction. In Caruth，C. （ed.）. *Trauma：Explorations in Memory*. Baltimore：Johns Hopkins University Press，1995：153-154.

② Gilmore，L. *The Limits of Autobiography：Trauma and Testimony*. Ithaca：Cornell University Press，2001：7.

③ McDonald，K. Days of Past Futures：Kazuo Ishiguro's *Never Let Me Go* as "Speculative Memoir". *Biography*，2007，31(1)：80.

夸。不过我的确知道,实际上,他们对我的工作一直颇为满意,大体上我自己也觉得不错。[①]

这一段是石黑一雄的小说《别让我走》的开篇。小说故事发生在20世纪90年代的英格兰,叙述者是凯茜,时年31岁。用她自己的说法,她做看护工作已经11年多了。她看护的对象皆是向人类提供健康器官的克隆人,而她自己也是克隆人的一员。在凯茜的叙述中,每一个克隆人在成年后将会向患病的人类提供三至四次器官,而克隆人们将会在三或四次器官捐献后完成自己的使命,即生命结束。在小说的叙事中,凯茜告诉读者,8个月后,她也即将开始捐献自己的器官,她生命中所剩的日子已经屈指可数。在生命即将走到尽头的时候,凯茜回顾了自己短暂的一生,尤其是幼年时在黑尔舍姆寄宿学校的生活。黑尔舍姆寄宿学校是一所人类创办的教育克隆人的地方。在那里被克隆出来的孩子从小学习绘画、诗歌、音乐和文学等和艺术有关的一切。学校的创办人埃米莉小姐希望通过她的努力向世人证明,克隆的孩子和一般人类没有区别,他们也可以有情感,有灵魂,有审美能力。小说的主人公汤米和凯茜成为埃米莉小姐想要向世人证明的最好成果。他们在黑尔舍姆长大,他们感情真挚,热爱生活,他们试图为了爱情改变自己的命运。但是讽刺的是,他们无法摆脱作为克隆人的命运——提供健康的器官以用于人类命运的延续。

围绕着自己、汤米和露丝等克隆孩子的成长,小说成为凯茜在生命终止前的人生回忆录,而且是一部创伤回忆录。因此,有学者视之为"精神成长小说"(dissensual Bildungsroman)[②],因为它叙述了主人公在被压迫的社会环境中逐渐适应社会规范的过程。但是,和传统的成长小说不同,叙述者凯茜作为克隆人接受并适应了自己边缘人的身份,在无怨无悔地接受主流社会的利用和盘剥之后,她的生活在本质上并未有任何改进或所谓的"成长"。与此相反,她无法改变作为克隆人被牺牲的命运。凯茜的叙述一直平铺直叙,几乎没有任何情感的波

① 石黑一雄. 别让我走. 朱去疾,译. 南京,译林出版社,2001:3. 本书中对该小说的引用均出自此版本,后文将直接在文中标明页码,不再具体加注。

② Slaughter, J. R. *Human Rights*, *Inc.*: *The World Novel*, *Narrative Form*, *and International Law*. New York: Fordham University Press, 2007:181.

澜,即使在叙述自己的爱人汤米、好友露丝一次一次地进行器官捐献,直至生命终结,凯茜仍然在述说时极其克制。小说结尾处,汤米在几周前离开了这个世界,凯茜再次来到诺福克(他们共同来过的地方)。汤米离世带来的哀伤弥散在她的叙述中,但是"虽然泪水滚下了我的脸庞,我并没有哭泣,也没有失去控制。我只是等了一会儿,然后转身回到车上,朝不管哪个我该去的地方疾驰而去"(264)。

小说的第一部分中,凯茜的故事似乎不包含创伤的任何形式。她回顾了幼年和少年时期在黑尔舍姆寄宿学校的日常逸事,以及其他看似无害的关于教师和朋友的回忆,它们似乎不符合人们对原型创伤叙述的观念,那种叙述通常涉及对虐待、掠夺和疤痕暴力等的惊人回忆。但是正如赫曼提醒人们的,创伤不仅仅是单一的重大事件的产物。"创伤事件是非凡的,"她说,"不是因为它们很少发生,而是因为它们压倒了普通的人类对生活的适应。"[①]赫曼提倡将创伤理解为一个困扰日常生活的令人不安的幽灵。创伤不仅可以位于极端的环境中,而且在普通的或看似普通的经验中,在表面正常的生活之下也隐藏着黑暗恐怖,它们共同构成日常生活的结构。随着凯茜故事的展开,她叙事中的创伤经验变得愈发可怕、清楚:她所有的朋友和同学陆续死了或正迅速走向死亡,他们的器官以痛苦的方式被摘取;而凯茜自己也在叙事时深知自己的捐献时刻已来临。

首先,黑尔舍姆为凯茜等克隆孩子提供了良好的生活和学习环境,但是他们仍然要接受来自人类的歧视。恰如他们的监护人埃米莉小姐——黑尔舍姆的教师在小说最后坦诚的那样:"我们都害怕你们。我在黑尔舍姆的时候,我自己几乎每天都要强忍对你们的恐惧。有好几次当我从书房窗口向下看你们的时候,我会感到那样的厌恶……"(247)凯茜、露丝等几个女孩为了验证"夫人"(黑尔舍姆的创立者)是否真的怕她们,便向"夫人"迎面走去,她们都看到"夫人""僵站着等我们过去。她没有尖叫,甚至连大气都没喘一声"(32)。孩子们意识到,"她似乎在竭力压抑那种真正的恐惧,唯恐我们之中的一个人会意外地触碰到她"(32)。对于 8 岁的孩子来说,"我们尚未准备好面对这样一种情况。我们从来没有想过,被人当成蜘蛛看待,我们该作何感想"(32)。

①　Herman, J. *Trauma and Recovery: The Aftermath of Violence—From Domestic Abuse to Political Terror*. New York: Basic Books, 1992: 33.

就像夫人,他们不恨我们,也不希望我们受到任何伤害,可是他们一想到我们,想到我们为了什么和怎样来到这个世界的,仍旧会不寒而栗,一想到你的手触碰他们就感到恐惧。当你第一次从这样一个人的眼中看到自己的时候,这会是一个让你心底发寒的时刻。就好像你从每天都要经过的一面镜子前走过,突然镜子里映出的你是其他什么东西,是一件令人烦心和陌生的东西。(33)

歧视如影随形地伴随着他们成长,即使他们在黑尔舍姆的生活无忧无虑,他们仍然无法摆脱歧视。在"夫人"或埃米莉小姐看来,黑尔舍姆是为他们这些克隆孩子提供的庇护所,"我们能够给予你们一些东西,这些东西甚至现在都没人能够剥夺你们,而我们能够那么做主要靠的是给你们提供了庇护所。……在那些年里我们庇护了你们,我们给了你们自己的童年"(246)。毕竟,在整个国家里,"还有学生生存在悲惨的条件下,他们的生存条件是你们黑尔舍姆的学生几乎无法想象的"(239)。但是,在这个所谓的"庇护所"内,克隆或与之相关的话题是被禁止的。孩子们以正常儿童的教育形式被抚养长大,他们却不享有正常人应该有的生存自由。他们没有未来,也不允许有任何与尘世相关的理想。即使在黑尔舍姆,他们也无时无刻不感受到自己与正常孩子的不同,歧视一直如影随形。

其次,石黑一雄在叙事的选词上特意使用"学生""监护人"和"捐献"等词分别指称克隆人、黑尔舍姆寄宿学校的教师和学生们的器官被无偿摘取。这种隐晦的表达方式实则批判了"夫人"或埃米莉小姐所标榜的人道主义,并进一步揭示了克隆人被歧视和剥削的事实。当艾米丽小姐讲述黑尔舍姆设立的缘由时,她说"在那之前,所有的克隆人——或者学生们,我们更愿意这样称呼你们学生们——仅仅是为了满足医疗科学的需要而存在"(240)。整个小说叙事中,克隆人都被隐晦地称为"学生",这实则具有讽刺的意味。因为他们既不是真正意义上的学生,而他们的老师也不被称为老师,而是"监护人"。一个名称一旦发生改变,一旦被频繁地使用,它的不正当性就开始被人们遗忘。因此,对于凯茜和她的朋友们来说,他们真的以为自己是正常意义上的"学生"。他们幻想着未来的生活、各种各样的职业可能，他们逐渐忘记了自己克隆人的身份。这也是为什么黑尔舍姆的监护人之一——露西小姐会不顾一切地向学生们阐明真相：

> "如果没有其他人愿意给你们说，"她继续说道，"那么我来说。我看到的问题是，你们被告知又没有真正被告知。你们虽然被告知，可是你们没有人真正明白，我敢说，有些人很高兴让事情处于这样的局面。可是我不会。如果你们想过体面的生活，那么你们必须了解，不折不扣地了解。你们没有人可以去美国，没有人会成为电影明星。你们也没有人会在超级市场工作，像我前几天听到有人这么说的。你们的一生已经被规划好了。你们会长大成人，然后在你们衰老之前，在你们甚至人到中年以前，你们就要开始捐献自己的主要器官。这就是你们每个人被创造出来要做的事。你们和你们在录像带中看到的演员不同，你们甚至和我都不一样。把你们带到这个世界来有一个目的，而你们的未来，你们所有人的未来，都已定好了。所以你们不要再那样谈论了。不久以后你们就要离开黑尔舍姆，离你们开始准备作第一次捐献的日子就不会很远了。你们需要记住这一点。如果你们想要过体面的生活，你们每一个人都必须明白自己是谁，摆在你们前面的是什么。"
> (73-74)

即使露西小姐愤慨地说了很多有关克隆孩子们的残酷命运，但是她仍有许多真相并未向学生们讲明，以至于黑尔舍姆的学生们在离开学校等待捐献自己的器官时，对未来仍抱有幻想。"我想在那个冬天里，虽然有几个老兵也在谈论，但主要是我们这些新来者在谈论'未来的梦想'话题。有些年纪更大——特别是那些已经开始培训的学生——会在这类谈话开始时悄悄地叹气并离开房间，不过很长一段时间里我们甚至没有注意到这事。"(130)他们还会去寻找自己"可能的原型"，希望由此看到自己的未来。所有的幻想都理所当然地破灭了，他们永远无法摆脱克隆人的命运。露丝曾不无愤慨地说：

> "我们都知道这点。我们是从社会渣滓复制出来的。吸毒者、妓女、酒鬼、流浪汉。也许还有罪犯，只要他们不是精神病人就行。他们就是我们的

原型。……那儿的另外一个女人,她的朋友,画廊里年纪大的那个。学艺术的学生,她以为我们是。你们想想,如果她知道我们的真实身份,她还会那样对我们说话吗? 你们觉得如果我们这么问她:'对不起,但是您知道您的朋友曾经当过克隆人的原型吗?'她会怎么说? 她会把我们扔出去。我们知道这一点,所以我们倒不如把它说出来。如果你想找到可能的原型。如果你想在合适的地方找,那么你就到阴沟里去看看。你就到垃圾桶里去看看。低头看看厕所吧,你在那里就能找到我们来的地方。"(152)

在黑尔舍姆,所有的老师都被称为"监护人"。在传统意义上,一个监护人是对未成年人的福利和教养负有法律责任的人。同样重要的是,"监护人"一词来自柏拉图的《理想国》,小说保留了柏拉图文本中这个词所具有的并不友好的含义——监护人是负责保护他们所照顾的人:确保他们不被攻击而且(或者)不逃脱。"监护人"不可避免地暗示着一种权力或强制力。黑尔舍姆的监护人首先且最重要的是保护捐献,"捐献"一词在小说中似乎并不具有任何歧义,它与人们日常使用的词在意义上是相同——它用以命名器官的捐献。在小说中,学生们在成年后将器官捐献给正常人。但是值得注意的是,在日常意义上,捐献或赠送是主观意愿下进行的行为。但是,在小说中,这些学生从来不曾具有任何自由意志。不管他们是否愿意,他们都必须在规定的时间捐献自己的重要器官,直至生命终结。

因此,小说中最大的讽刺,或者对于凯茜等学生来说最大的悲痛就是黑尔舍姆的存在。黑尔舍姆标榜人道主义,"夫人"说黑尔舍姆的存在是为了向世人证明,通过教育,尤其是文学和艺术教育,克隆人也可以像正常人一样有"人性"。事实确实验证了他们的设想。小说中的克隆人具有和普通人一样的情感和喜怒哀乐。小说的标题《别让我走》来自凯茜珍藏的旧唱片中的一首歌,她因为歌中的一句歌词"宝贝,宝贝,别让我走……"而深受感动:

这首歌有什么如此特别? 嗯,事情是这样的,我通常并不细听所有歌词;我只是等那一小段唱起:"宝贝,宝贝,别让我走……"我所想象的是一个女人被告知不能生育孩子,而她一生中又真的、真的非常想要孩子。接着发生了一个奇迹,她竟然生了一个孩子,她紧紧地抱住这孩子,一边踱来踱去一边唱着:"宝贝,别让我走……"这一方面是因为她太高兴了,而另一方面是因为她生怕有什么事情发生,会让孩子得病,或者从她手里夺走。即使是在那个时候,我明白这种解释一定不对,它与歌词的其余部分不一致。然而那对于我不是一个问题。这首歌对于我就是我所说的,于是,只要我一逮到机会,我就独自一遍又一遍地听它。(64)

凯茜在青春期已被告知克隆人是不能生育的,因此,这句歌词激起了她内心的渴望和哀伤。与此同时,作为小说的标题,这句歌词表达了克隆人渴望改变自己悲惨命运的诉求。就像歌中所描述的,这些克隆人原本对生活一无所知,但是黑尔舍姆的教育赋予了他们对生命的渴望与热爱。当他们也想像普通人一样思考、一样去爱、一样表达求生的渴望时,那些普通人却仅仅视其为医学实验的道具,是"非人"的存在。在凯茜和汤米希望向"夫人"证明他们是真心相爱而希望能推迟捐献的时间时,"夫人"再次粉碎了他们的梦想,并坦诚了残酷的现实:

长久以来,人们宁可相信这些器官是无中生有而来的,或者最多也就是相信它们是在什么真空里培育出来的。……对于一个认为癌症是可治愈的世界,你怎能要求这样一个世界去放弃那种治疗的方法,要求它回到那黑暗的时代?已经没有回头路了。无论人们对你们的存在感到如何地不安,他们压倒一切的考虑就是,他们的孩子、他们的配偶、他们的父母、他们的朋友,能够不因癌症、运动神经元疾病、心脏疾病而丧命。所以有很长一段时间你们被隐匿了起来,人们尽量不去想你们。即使他们想到你们,他们也会竭力说服自己说,你们并不真的像我们一样。你们还不足以成为人类,所以这没关系。(241-242)

"别让我走"是克隆人的悲哀诉求,他们祈求能真正获得作为人的权利和尊严,而不是仅仅被赋予人的躯壳。然而,石黑一雄的小说在描写克隆人的困境之时,也在映射着人类的生存境况。在现代社会中,那些掌控着克隆人的命运、高高在上、自命不凡的人类又何尝真正掌控了自己的人生呢?

(二)向死而生的悲痛

很多学者在讨论《别让我走》时都曾犀利地指出，面对着非人的对待和死亡的威胁，当时这些克隆孩子为什么不反抗或逃走呢？正如哈珀·巴恩斯（Harper Barnes）评论该小说时所指出的那样，"如果你的器官将在任何一天被摘掉，但是在此期间，你已获得许可可以在英国驾车四处游荡，你不会在某个时候意识到，'这是一个非常糟糕的交易，我要搬到法国吗？'"[①]约翰·哈里森（John Harrison）也表达了类似的观点："这部杰出的，而且结局相当可怕的小说不是关于克隆，或者克隆人的。它事实上质疑了为什么我们不爆发，为什么我们仅仅只是一觉醒来，然后哭哭啼啼地走到街上，把所有的东西都踢成粉碎，愤怒而又挫败地感到我们的生活从来没有是它们本来可以的样子。"[②]哈里森所提到的愤怒和挫败感并非克隆人所独有的，每个人在生活中不得不时常面对这种无力的绝望。石黑一雄借助克隆人显在的无助影射了人的生存境况。

石黑一雄在接受采访时承认，他的意图不是写一篇关于科技的科幻小说，而是探索这个死亡主题，以及在有限的时间内能够实现的最佳生活方式。他说：

> 书写《别让我走》时，我觉得，我第一次允许自己专注于人类的积极面。好吧，人们可能有缺陷。他们可能常常陷入嫉妒和卑微等负面情绪。但我想表现这三个人[凯茜、汤米和露丝]基本上是体面的。当他们终于意识到他们的时间有限时，我希望他们不要关心他们的身体或物质财产。我想让他们关心对方，努力纠正过往的错误。所以对我来说，小说展现了人类在"有死性"这个悲惨事实面前的积极面。[③]

① Barnes, H. Review of *Never Let Me Go*, by Kazuo Ishiguro. （2005-04-10）[2020-03-30]. http://www. stltoday. com/stltoday/entertainment/reviews. nsf/book/story/644808753E 65070A86256FDD0072C81E? OpenDocument.

② Harrison, J. M. Clone Alone: Review of *Never Let Me Go*, by Kazuo Ishiguro. （2005-02-25）[2020-03-30]. http://books. guardian. co. uk/reviews/generalfiction/0, 6121, 1425209,00. html.

③ Hunnewell, S. Kazuo Ishiguro, Art of Fiction No. 196. [2020-03-30]. http://www. theparisreview. org/interviews/5829/the-art-of-fiction-no-196-kazuo-ishiguro.

因此《别让我走》以创伤书写的方式记录了个体生存的困境,反思了死亡、自由、人权等社会哲学问题。克隆人必须面对的生命终结,以及他们为自己的权益抗争的无力和挫败感呼应了几百年来哲学家、思想家们对人类存在的反思。

所有人其实和克隆人一样无法摆脱死亡的阴影。这就是马丁·海德格尔(Martin Heidegger)所说的"向死而生"。"死亡是此在本身向来不得不承担下来的存在可能性。"①但是,海德格尔也告诉我们,当此在仅仅按照世界的日常意义生存着,而遗忘了自身的存在的时候,此在就"沉沦"于这个世界。海德格尔在讨论存在时区分了"常人"和"此在"。石黑一雄小说中也恰好描述了两类存在。在克隆人被通知开始器官捐献之前,每个人都会成为"看护员",负责照顾已经捐献器官,正在康复期的克隆伙伴。看护工作的残忍在于它迫使尚未开始器官捐献的克隆人直接面对自己即将经历的痛苦和死亡。因此"有些看护员,他们自己的整体态度令他们自暴自弃。你可以看出来,他们中许多人只是在应付着时日,等着他们被叫停而去作捐献的那一天"(190)。这就如同我们大多数人,虽然深知死亡就在不远的将来,甚至可能发生在自己无法预知的任何时间,但是人们常常会选择忽视它,沉浸于日常烦琐的生活中。因为沉湎于日常是一种安全的生存方式,"被大众包围着,被各种世俗之物吸引着,越来越精于世故,这样的人忘记了他自身,忘记了他在神圣意义上的名字,不敢相信他自身。他发现成为他自身太冒险,而成为与他人类似的存在者,成为一个拷贝、一个数字、一名群众则更容易也更安全"②。

但是,每个人都会在自己的生存中体察到自己的绝望,哪怕他现在表面上生活得很好。正如海德格尔在讨论存在时所说的,按照对我们实际生活现象的描述,只有连贯的生活出现状况的时候,即只有在生活的操劳、筹划中出现被打断的状况之时,生活中的"物"才以研究对象的方式显现出来,才以"客观的"对象凸现在人们面前。人们只有在死亡迫近的时候才会认真思考自己存在的意义。因此中国俗语中有"人之将死,其言也善"的说法。在《别让我走》中,凯茜在面对即

---

① 海德格尔. 存在与时间. 陈嘉映,王庆节,译. 北京:生活·读书·新知三联书店,2006:288.

② 克尔凯郭尔. 致死的疾病. 张祥龙,王建军,译. 北京:商务印书馆,2012:39-40.

将到来的死亡时，开始反思自己过去的岁月——"过去的岁月中，我一次又一次试着把黑尔舍姆抛在脑后，一次又一次告诉自己不应该总是回头看。可是终于有一天，我停止了这种抗拒"(5)。因此，凯茜对人生的反思形成了《别让我走》这样一部回忆录。

作为"有死者"，那么人类的存在注定是悲悯和无助的吗？18世纪伟大的思想家布莱兹·帕斯卡尔(Blaise Pascal)在《思想录》(*Pensées*)中对人类境况的论述时常回荡在人的脑海中：

> 让我们想象有一大群人披枷带锁，都被判了死刑，他们之中天天有一些人在其余人的眼前被处决，那些活下来的人就从他们同伴的境况里看到了自身的境况，他们充满悲痛而又毫无希望地面面相觑，都在等待着轮到自己。这就是人类境况的缩影。①

石黑一雄在《别让我走》中似乎并没有否认帕斯卡尔对人类境况的悲观描述。但是，正如他在访谈中所提及的，他仍然希望肯定人在有限时间中的积极生活。他更倾向于卢梭对人之自由的肯定。在卢梭看来，人的自由并不仅指自然状态下的自由，而是"他认为自己是自由的，可以接受也可以拒绝自然的支配。正是由于他认识到他有这种自由，所以才显示出他心灵的灵性"②。"同情"或"怜悯心"成为卢梭讨论人的生存时最主要的要素：

> 怜悯心是一种自然的感情，它能缓和每一个人只知道顾自己的自爱心，从而有助于整个人类的互相保存。它使我们在看见别人受难时毫不犹豫地去帮助他。在自然状态下，怜悯心不仅可以代替法律、良风美俗和道德，而且还有这样一个优点：它能让每一个人都不可能对它温柔的声音充耳不闻。它能使每一个身强力壮的野蛮人宁可到别处去寻找食物，也不去抢夺身体柔软的孩子或老人费了许多辛苦才获得的东西。在训导人们方面，……采

---

① 帕斯卡尔. 思想录. 何兆武，译. 北京：商务印书馆，1985：111-112.
② 卢梭. 论人与人之间不平等的起因和基础. 李平沤，译. 北京：商务印书馆，2007：57.

用"在谋求你的利益时,要尽可能不损害他人"这样一句出自善良天性的格言。①

自爱和同情怜悯推动人迈入个体和共同的生存领域,但是,人的生存却局限于任何已经获得的现实性,相反,由于其无限的可完善性,生存是向着未来敞开着的,这是人的自由。因此,石黑一雄在作品中着重表现了凯茜、汤米、露丝等克隆人在临终前相互陪伴、相互安慰的各种事件。凯茜是露丝临终前的看护员,她陪伴露丝走完了人生最后一段路,她们共同回忆了在黑尔舍姆和小村舍的生活。无论她们曾经因为嫉妒如何相互伤害,她们都在最后坦白了自己曾经的错误。在露丝去世后,凯茜也成了汤米的看护员,即使推迟捐献变得不可能,他们也未曾放弃彼此的爱情,反而更加珍惜。在叙述结束时,黑尔舍姆被官方取缔,露丝和汤米都离开了人世,但是他们都留在了凯茜的记忆里,"就像是我对汤米和露丝的记忆","无论待在哪个他们把我送去的康复中心里,我的心中都会和黑尔舍姆在一起,让它安全地留在我的脑海里,那将是没人能够抢走的一样东西"(263-264)。

(三)小结

人的存在既可以很渺小也可以很伟大。死亡是悬在人们生活上空的一片阴影,这是我们无法摆脱的可能性。石黑一雄通过《别让我走》再现了"向死而生"的悲哀与崇高。在死亡面前人是无助的、被动的、无选择权的,但是人作为有思想、有记忆的生物,其存在又可以是无限自由的。在叙述结尾处,凯茜、露丝和汤米这些克隆人都即将结束或已经结束了自己的生命,但是凯茜这部回忆录却不仅记录了他们生活的足迹,而且还铭刻了他们的灵魂。因此,他们的存在不再是无意义的"常在",而是被铭记在人类的历史之中的。

---

① 卢梭. 论人与人之间不平等的起因和基础. 李平沤,译. 北京:商务印书馆,2007:75.

第三章　集体创伤的书写

现代创伤理论的奠基人弗洛伊德的著述《摩西与一神教》已经引发了人们对集体创伤的关注，当代创伤研究也并没有停留在对个体创伤经验的探讨上。来自历史学界和社会学界的学者从各个角度探讨了"集体创伤"的理论和研究方法。凯伊·埃里克森(Kai Erikson)在他影响深远的著作《凡事按部就班：布法罗溪洪灾对社区的摧毁》(*Everything in Its Path：Destruction of Community in the Buffalo Creek Flood*)里发展出了开创性的社会学创伤研究模型。虽然这部作品只是描述了一个阿巴拉契亚小社区遭受洪灾后的情况，但是埃里克森的理论创新在于区分了集体与个人创伤概念的差异。

> 所谓的个人创伤，我是指对于心理的一击，非常突然且暴力地穿透了个人的防卫，以致个人无法做出有效反应……另一方面，我所谓的集体创伤，指的是对于社会基本纹理的一击，它损害了将人群联系在一起的纽结，破坏了普遍的共同感受。集体创伤缓慢地，甚至是不知不觉地潜入了为其所苦者的意识里。它不具有通常与"创伤"连在一起的突发性质，但依然是一种震撼。人们逐渐了解到社群不再是有效的支持来源，自我的重要部分消失了……"我们"不再是广大的共同体里有所联结的组合，或是有所关联的细胞。①

虽然埃里克森对集体创伤的界定使创伤研究的范围扩大了，使得人类历史上曾经发生的创伤事件，如非洲黑人的被奴役、两次世界大战、纳粹大屠杀事件

---

① Erikson，K. *Everything in Its Path*：*Destruction of Community in the Buffalo Creek Flood*. New York：Simon and Schuster，1976：153-154.

等历史有了新的更深刻的研究视角和研究方法,但耶鲁大学社会学教授杰夫里·C. 亚历山大(Jeffrey C. Alexander)等人在肯定埃里克森对集体创伤与个人创伤的划分的同时,还特别指出了两种理解集体创伤的谬误:一是启蒙式集体创伤解读;另一是集体创伤的心理学阐释。①

在亚历山大等人看来,阿瑟·尼尔(Arthur Neal)的著作《民族创伤和集体记忆:20 世纪美国的重大事件》(*National Trauma and Collective Memory: Major Events in the American Century*)是启蒙式集体创伤解读的代表。尼尔判定集体创伤的标准是事件的本质。集体创伤是"像火山爆发一样的""非比寻常的"事件,它"撼动了整个社会基础"②,"在较短的时间内产生社会断裂和巨变"③。尼尔还认为"驱散或忽视创伤经验都是不理智的选择",因为明智的人都会意识到,"破坏性的事件已经发生是无可否认的事实",而且它意味着"革新和改变的机遇由此产生"。④ 由此,亚历山大等人认为,当尼尔说"由于内战、经济大萧条和二战等创伤事件的发生,永恒的变革被注入美国民族之中",在启蒙的逻辑下,这种说辞也变得合情合理了。⑤

集体创伤的心理学阐释是在心理分析的基础上,将心理学对个人创伤的分析模式照搬到集体创伤的研究中。⑥ 沿用心理学受创者的分析,集体创伤的心理学派通过挖掘集体创伤被压抑的历史,试图重建健康的社会集体心理。这些学者通过回忆录、档案文件、集体纪念活动、纪念碑等媒介重新展示创伤历史的

① Alexander, J. C., Eyeman, R., Giesen, B. et al. *Cultural Trauma and Collective Identity*. Berkeley: University of California Press, 2004.

② 转引自:Alexander, J. C., Eyeman, R., Giesen, B. et al. *Cultural Trauma and Collective Identity*. Berkeley: University of California Press, 2004: 3-4.

③ Neal, A. *National Trauma and Collective Memory: Major Events in the American Century*. New York: Routledge, 1998: 9-10.

④ Neal, A. *National Trauma and Collective Memory: Major Events in the American Century*. New York: Routledge, 1998: 18.

⑤ Alexander, J. C. Toward a Theory of Cultural Trauma. In Alexander, J. C., Eyeman, R., Giesen, B. et al. (eds.). *Cultural Trauma and Collective Identity*. Berkeley: University of California Press, 2004: 4.

⑥ 近年来,一些社会学家强烈反对集体创伤研究照搬心理学的个人创伤研究方法,代表人物包括莫里斯·哈布瓦赫(Maurice Halbwachs)、保罗·康纳顿(Paul Connerton)、亚历山大。

意义和影响。在此基础上，一些文学作品成为记载集体创伤的有效载体。① 亚历山大在分析中也肯定了这些学者的努力——他们反对那些以历史发展和展望未来为借口，而试图压抑甚至掩盖集体创伤的行为和企图，提醒人们不能忘却那些悲惨的历史。

亚历山大等人认为，无论是从启蒙的角度还是心理学的角度，他们对集体创伤的理解都不可避免地陷入了"自然主义的谬误"（naturalistic fallacy）。在他看来，"集体创伤首先不应由事件本身来界定"，"创伤不是自然存在的，它是由社会建构出来的"。②

总而言之，在亚历山大等学者看来，埃里克森所提出的集体创伤仅仅将创伤的影响从个体扩大到了群体，但无法准确地描述创伤事件对社会文化的深远影响。因此，他们更倾向于使用"文化创伤"的概念来讨论集体创伤。文化创伤即"当某个集体的成员觉得他们经历了可怕的事件，在群体意识上留下难以磨灭的痕迹，成为永久的记忆，根本且无可逆转地改变了对未来的认同，文化创伤就发生了"③。创伤记忆对于群体认同的意义在于，"借由建构文化创伤，各种社会群体、国族社会，有时候甚至是整个文明，不仅在认知上辨认出人类苦难的存在和根源，还会就此担负起一些重责大任。一旦辨认出创伤的缘由，并因此担负了这种道德责任，集体的成员便界定了他们的团结关系，而这种方式原则上让他们得以分担他人的苦难"④。亚历山大等人合编的《文化创伤与集体认同》（*Cultural Trauma and Collective Identity*）分析了非洲黑人横渡大西洋并跨海为奴的惨痛历史、当代两次世界大战、犹太人在二战中遭遇的大屠杀、越南战争和科索沃战争等，探讨了这些创伤性事件中大众和主流意识形态对创伤事件的态度与集体身份认同之间的关系。

① Alexander, J. C., Eyeman, R., Giesen, B. et al. *Cultural Trauma and Collective Identity*. Berkeley：University of California Press，2004：7.

② Alexander, J. C., Eyeman, R., Giesen, B. et al. *Cultural Trauma and Collective Identity*. Berkeley：University of California Press，2004：2, 8.

③ Alexander, J. C., Eyeman, R., Giesen, B. et al. *Cultural Trauma and Collective Identity*. Berkeley：University of California Press，2004：1.

④ Alexander, J. C., Eyeman, R., Giesen, B. et al. *Cultural Trauma and Collective Identity*. Berkeley：University of California Press，2004：2.

但是,形成这样的共同的创伤记忆并非易事。事实上,"社会群体可能会,且经常如此,拒绝承认他人创伤的存在,由于这种拒认,他们无法获得任何道德立场。通过否认他人痛苦的现实,人们不仅推卸了自己对他人痛苦的责任,还经常将自己所受痛苦的责任投射到他人身上。换言之,拒绝加入……创伤建构的过程,社会群体便局限了团结的范围,让他人独自受苦"[①]。对他人的苦难袖手旁观,甚至落井下石,这正是造成苦难的起因之一。

当代英国作家也积极投入到集体创伤历史的书写中,战争、后殖民历史和近年来日益频繁的恐怖袭击都成为他们关注的对象。他们取材于历史事实,却以虚构叙事的方式反思了战争创伤对个体、对社会的影响;他们犀利地描摹当代英国社会中的种族问题,从中透射西方社会与不同宗教团体间的矛盾,并积极地在作品中思考着当代西方如何面对与化解恐怖、暴力的威胁。

第一节 战争创伤的书写
——"重生三部曲"中集体创伤的叙事

在当代英国文学中,一战的创伤一直铭刻在其民族记忆中。1914—1918 年一战的各种影像和图像,今天依旧在人们脑海中回放。战壕、战斗、毒气、带刺铁丝网、罂粟花、无人之地,这些都成为那场战争的文化符号。对那场战争的缅怀一直留存在集体的记忆中。在 1988 年纪念一战停火 70 周年前夕,一大波小说、电影、电视剧、纪录片和新闻不断涌现,其中有评论指出:战壕是烙印在国民精神上的伤疤,那场战争是对现代社会的肢解,它超出了人们的想象。

1995 年布克奖获得者帕特·巴克的"重生三部曲"[《重生》(*Regeneration*,

---

① Alexander, J. C., Eyeman, R., Giesen, B. et al. *Cultural Trauma and Collective Identity*. Berkeley: University of California Press, 2004: 2.

1991)、《门中眼》(*The Eye in the Door*，1993)、《幽灵路》(*The Ghost Road*，1995)][1]从当代精神创伤的视角回溯了那场战争，着重刻画了战争创伤对个体以及整个英国社会的影响，尤其是战争带来的理想幻灭、战争对英国文化各个重要方面的冲击。

三部曲第一部《重生》的故事发生在 1917 年的 7 月至 11 月，故事场景主要集中于苏格兰爱丁堡的克雷格洛克特战时医院。小说以主人公萨松的反战宣言——《一个士兵的宣言》开始整个叙事。小说故事围绕着战时医院里的精神科医师瑞福尔斯和他的那些因弹震症而入院的军官病人们展开。其中主要的病人除了萨松以外，还有萨松的崇拜者欧文，二人后来均成为英国历史上著名的战争诗人。此外小说中还有一位虚构的主要人物——普瑞尔，该人物成为巴克三部曲后两部小说中的主人公。小说里战时医院中发生的故事揭示了一战对前线将士们的心理重创。第一部结尾时萨松返回到了战争前线，而瑞福尔斯医生离开了克雷格洛克特战时医院。

三部曲的第二部《门中眼》的故事发生于 1918 年一战结束前的最后几个月。故事继续围绕着瑞福尔斯医生和他曾经在克雷格洛克特战时医院诊治的病人之一——普瑞尔展开。在书中，普瑞尔成为各种矛盾冲突的综合体，他的精神障碍使他分裂出两个完全不同甚至对立的人格——异性恋和同性恋、工人阶层与中产阶级、清醒与疯狂。他是战时伦敦政府中的间谍，但仍同情反战主义者。三部曲的最后一部《幽灵路》中普瑞尔和欧文都再次回到了前线，且最终死在了战场。瑞福尔斯医生感染了西班牙流感，他在意识模糊中回忆了自己早年在美拉尼西亚的人类学研究工作。

(一)《重生》中的弹震症

巴克在谈及为何以一战作为自己小说创作的主题时说："过去一直萦绕着、困扰着、影响着现在，有时还会在当下重演……索姆河战役和大屠杀一样，它代

---

① Barker，P. *Regeneration*. New York：Penguin，1991；Barker，P. *The Eye in the Door*. New York：Penguin，1993；Barker，P. *The Ghost Road*. New York：Penguin，1995. 本书中对该系列小说的引用均出自以上版本，译文为笔者自译，后文将直接在文中标明页码，且三部作品分别简写为 R、E、G，不再具体加注。

表着一些我们无法释怀、无法忘却的东西，它永远不会成为过去"①；"一战已浓缩了所有战争的痛苦"②。因此，作家在其作品中除了描述了一战士兵们因战争而罹患的弹震症，还进而深刻剖析了战争对英国社会中固有的社会价值观的重创，一战改变了英国的社会认同。巴克的小说成为英国历史中文化创伤的见证。

一战及其带来的巨大伤痛激发了当代精神分析学和创伤理论的发展。一战士兵的弹震症，成为弗洛伊德转向发展"创伤型神经症"（traumatic neurosis）的关键，也是他在《超越快感原则》（*Beyond the Pleasure Principle*）一书中的思考重心。虽然他自己不曾治疗过弹震症的患者，但提出了"重复强制"（repetition compulsion）的概念。弹震症病人会噩梦连连，不断在梦中重返创伤的原初场景，再次体验意外事件的发生。这种不断重回创伤情境的强迫性行为，不仅源于压抑机制的作用（但被压抑的记忆却不断重返，拒绝成为过去），同时也源于创伤经验尚未被同化整合成能够诉诸语言的意义模式。之后在《摩西与一神教》中，弗洛伊德把创伤效应从个人层次提升到用来类比整个民族的历史的层次，将单一个体的心灵创伤转变成集体的文化创伤。

"弹震症"只是一个笼统的说法。它用来指代从战场归来罹患癔症性精神障碍的士兵们的身体上并发的各种生理病症，而在战前这些病症往往多见于女性患者。直到一战开始的一个月后，一批英国士兵被遣返回国，他们都患有不同程度的精神疾病，表现出相似的症状。③ 随后罹患相似精神疾病的士兵越来越多，甚至扩散至整个军队。据史料记载，1916 年 7 月至 12 月在索姆河战役期间，单单英国军队就报告了 16000 例类似的精神病病例。④ 当时众多英国医生加入了对士兵的医疗诊断和治疗之中，却常常感到束手无策，因为"精神分析在当时尚

---

① Jaggi，M. Dispatches from the Front：Review of *Double Vision* by Pat Barker.（2003-08-16）[2020-03-30]. https://www. theguardian. com/books/2003/aug/16/fiction. featuresreviews.

② Westman，K. *Pat Barker's Regeneration*. New York：Continuum，2005：16.

③ Holden，W. *Shell Shock*：*The Psychological Impact of War*. London：Pan Macmillan，2001：13.

④ Howorth，P. The Treatment of Shell-shock：Cognitive Therapy Before Its Time. *Psychiatric Bulletin*，2000（24）：225.

未被正式纳入医疗诊断之中，而且往往充斥着相互矛盾的力量、诊断和治疗方法"①。伊莱恩·肖沃尔特(Elaine Showalter)也曾解释道："战时的精神病学研究的主要目的是让患病者继续战斗，因而对男性歇斯底里和神经症的处理更多是出于功利，而非为了治愈他们。"②在《重生》的结尾处，巴克告诉读者，她的创作参考了埃里克·J. 利德(Eric J. Leed)的著作《无人之地：一战中的战斗与身份》(No Man's Land：Combat and Identity in World War I)。利德在其作品中特别指出，当时在士兵中常见的病症突出表现为："歇斯底里症，并带有生理上的病症，如麻痹、痉挛、失语、失明等。"③总而言之，这些生理病症成为个体表现内心创伤的一种途径。肖沃尔特还特别指出："歇斯底里症的症状——麻痹、失明、失聪、失语、四肢挛缩、行走障碍——主要表现在一般的士兵当中，而在军官当中更多地表现为神经衰弱，如做噩梦、失眠、心率失调、眩晕、抑郁或迷向。"④利德和肖沃尔特提到的这些症状，巴克在小说叙事中都有所关注和展示。

在《重生》中，瑞福尔斯所在的克雷格洛克特战时医院内塞满了各式各样罹患弹震症的军官们。小说主人公二等中尉普瑞尔从前线回来后患上了失忆症和失语症。在"谈话疗法"无法发挥作用的情况下，瑞福尔斯为他进行了催眠治疗，帮助他恢复了那段创伤记忆。恢复记忆的普瑞尔发现他所忘却的只是一个并不那么震撼的事件(和其他受创士兵的经历相比)，他觉得不可思议。但是，瑞福尔斯却告诉他："你以为精神崩溃源于某个单一的创伤事件，但其实不是这样的。创伤的产生更像是一种……腐蚀，是数周甚至数月地承受着你想要逃离却无法摆脱的压力环境。"(R 105)

瑞福尔斯的另一个病人彭斯的情况和普瑞尔的失忆相反。他在战场上的创伤记忆总是缠绕着他，他极力想要摆脱却无可奈何。"炮弹爆炸时他被甩到天空

① Holden，W. *Shell Shock*：*The Psychological Impact of War*. London：Pan Macmillan，2001：13.
② Showalter，E. *The Female Malady*：*Women，Madness and English Culture*，1830—1980. New York：Penguin，1985：176.
③ Leed，E. J. *No Man's Land*：*Combat and Identity in World War I*. Cambridge：Cambridge University Press，1979：163-164.
④ Showalter，E. *The Female Malady*：*Women，Madness and English Culture*，1830—1980. New York：Penguin，1985：174.

中,当他头朝下落地的时候,他刚好落在了一个已死去的德国士兵的肚子上。那原本充满气体的肚皮因为冲击破裂开来。在彭斯完全昏迷之前,他意识到他的口鼻中塞满了腐烂的人肉。现在,不管他想要吃什么,当时的气味和味道都会翻卷而来。那段经历成为他夜夜无法摆脱的噩梦,他在这样的噩梦中惊醒,呕吐不止。"(R 19)

做噩梦在瑞福尔斯看来是创伤中的常见症状。他曾指出,夜晚是他的病人们最难熬的时间,"他们曾经历过的恐怖,在白日里被部分地压抑了,而在夜晚却会加倍地呈现出来,从而形成了战争神经症中最典型的病症——战场噩梦"(R 26)。小说的主人公萨松也对瑞福尔斯坦言,自己每晚都被噩梦缠绕,"只是当我醒来时,噩梦并没有停止。于是我会看到⋯⋯各种尸体,还有被炸掉半边脸的、蜷缩在地上的人"(R 188)。

一战期间,大众对弹震症和战争神经症的关注使得战地经历成为一种创伤事件。[①] 战士们的创伤经验以及对弹震症的治疗是三部曲关注的焦点。但是,巴克的作品并没有停留在对士兵战争创伤的描绘中,作家还特别强调了这种创伤经验是一种集体现象,是社会和政治变化中的一部分。

(二)《重生》中的文化创伤

埃里克森在讨论摧毁社会共同体的文化创伤时,将其分为两类:一类是由自然灾害造成的集体创伤,没有人参与,没有人是施暴者,所有人都是受害者;另一类是人为造成的技术灾难,比如战争,所有人都难以免责。当社会中发生创伤事件时,埃里克森认为我们要理解创伤在两个层面的影响,一是创伤对个体的影响,另一是对个体的影响如何反映在社会关系之中。巴克在其作品中既突出了士兵们在战争中罹患弹震症,身心皆饱受战争的摧残,与此同时也着重突出了战争所造成的集体创伤。凯伦·P. 纳特森(Karen P. Knutsen)在讨论学者拉卡普拉有关创伤的理论时认为,"因为是创伤建构了民族认同,因此创伤遗留的伤口必须一直张开着;忘记创伤中的痛苦,或者治愈伤口常常会被认为是幸存者对死难者和伤者的背叛。由此,人们常常不自觉地或是有意识地执着于历史的创

---

① Alexander, J. C., Eyeman, R., Giesen, B. et al. *Cultural Trauma and Collective Identity*. Berkeley: University of California Press, 2004: 4.

伤。在英国,直到今天有关一战的各种报道都显示出了人们对这一创伤历史事件的强迫症式的迷恋"①。战争形塑了今天的英国社会,而且有关战争的记忆、神话和各种叙事仍持续发挥着应有的社会作用。一战作为集体创伤事件,不仅对个体,而且对整个英国社会产生了持久的影响。巴克的三部曲从当代人的视角,将一战这个历史性的创伤融入了小说叙事。

哈特曼在讨论创伤的论文《限于文学的创伤》("Trauma within the Limits of Literature")中解释道:"如果因为沉默和失语而导致语言无法发挥作用,那么创伤的安度或宣泄则变得不再可能。"②然而,在巴克的小说中,作家描写了创伤患者的失语、口吃或其他语言障碍,但是在强调这些症状是对创伤的压抑和遗忘的同时,作家不但希望借此彰显创伤对个体的影响——对人的话语和身份的侵蚀,而且意在指出其中隐含的社会问题,即创伤中的失语是因为我们的社会对受创者的理解仍然有限,我们的社会往往无法理解受创者在事件发生后对个体和历史认知的扭转。在小说中,巴克借瑞福尔斯医生表达了她对创伤失语症的理解。瑞福尔斯认为,失语症患者并没有放弃言说,失语是因为患者在无意识中害怕言说所造成的后果。小说中,接受瑞福尔斯治疗的第一位失语症患者是军官普瑞尔。瑞福尔斯发现,虽然普瑞尔在清醒时无法说话,但在睡梦中常常因为噩梦而尖叫。因此,普瑞尔并没有生理上的语言障碍,他只是无法使用语言表达自己。瑞福尔斯在"谈话疗法"受到普瑞尔主观抗拒的情形下,选择使用催眠疗法,帮助普瑞尔恢复那段创伤记忆,从而治愈了他的失语症。凯瑟琳·伯纳德(Catherine Bernard)在讨论巴克作品时认为,"作家的目的是揭示历史构成的细微处,展示集体失忆的形成机制,从而使那些被淡忘的回忆重新流动在社会身体的血液中"③。

小说的标题《重生》援引自小说中的历史人物——人类学家、心理学家、医生

① Knutsa, K. P. Memory, War, and Trauma: Acting Out and Working Through in Pat Barker's Regeneration Trilogy. In Troy, M. H. & Wennö, E. (eds.). *Memory, Haunting, Discourse.* Karlstad: Karlstad University Press, 2005: 162.

② Hartman, G. H. Trauma within the Limits of Literature. *European Journal of English Literature*, 2003, 7(3): 259.

③ Bernard, C. Pat Barker's Critical Work of Mourning: Realism with a Difference. *Etudes Anglaises*, 2007, 60(2): 174.

瑞福尔斯曾经进行过的一次神经系统修复实验。瑞福尔斯发现，实验开始后的五年间，被试者海德受伤的拇指和食指之间三角区域的皮肤对温度异常敏感。尽管海德的神经系统在经过生理创伤后已部分恢复，但却不能完好如初了。通过瑞福尔斯和海德多年前曾经进行的神经受创复原实验的结果，巴克暗示了战争所造成的文化创伤具有类似的特点。创伤一旦产生，就会遗留下无法修复的结果。因此，"人们需要一代代记住那段创伤的历史。因为新的一代总会把战争理想化，他们不愿相信战争事实上是无厘头、混乱和野蛮的"[1]。巴克的三部曲借此讽刺了战前和战后英国社会中流行的在战争中重生的观点，强调了历史创伤已铭刻在英国文化之中。

　　巴克揭示了战争是如何摧毁了英国社会固有的性别主体意识，尤其是男性气概如何在战争中受到质疑的。肖沃尔特在"男性歇斯底里症：W. H. R. 瑞福尔斯和弹震症的启示"一章中指出，一战"是男性气概的危机，是对维多利亚时代理想型男性的考验"[2]。当时在英国，不只是步兵们，就连最优秀的军官们在战后回来时都表现出了男性歇斯底里症的种种症状——情感麻痹、失语、做噩梦、抑郁、失眠、眩晕、心率失调、生无可恋等。这迫使英国人重新审视达尔文社会进化论所坚信的男性享有战争或竞争中的"自然"优势。"男人们展现出的情感无力与战前建构的英雄男性气概的幻想形成了鲜明的反差。"[3]在战争初始时，男人们的理想大都是为国王、为国家英勇献身，这种理想被一系列的符号话语长期固化，从而成为男性气概的典型。[4] 历史学者保罗·福塞尔（Paul Fussell）也曾指出，士兵们在参战时遵从了传统的男性气概标准，在战争中"服从"等同于"英勇"，"从不抱怨"被视为"硬汉"的品质。[5] 英国的男性所接受的教育告诉他们压

---

[1]　Smith，W. Of Death and Deadlines：Review of *Double Vision* by Pat Barker. *Publishers Weekly*，2003-12-15(48).

[2]　Showalter，E. *The Female Malady：Women，Madness and English Culture*，1830—1980. New York：Penguin，1985：171.

[3]　Showalter，E. *The Female Malady：Women，Madness and English Culture*，1830—1980. New York：Penguin，1985：169.

[4]　关于这种符号的形成，参见：Fussell，P. *The Great War and Modern Memory*. New York：Oxford University Press，1975：21-22.

[5]　Fussell，P. *The Great War and Modern Memory*. New York：Oxford University Press，1975：22.

抑情感是男子气概的核心,而男性歇斯底里症恰恰是对巷战中长期恶劣环境和被迫屈从的反抗。

历史中的瑞福尔斯曾在《本能与无意识》(*Instinct and the Unconscious*)中写道:"战争精神症是自我保存的本能与某种社会行为思想标准之间发生冲突的结果,其中恐惧及其表现是可受谴责的。"①换句话说,战争精神症是英国的男性气概理想中责任、荣誉、爱国等理念与个人生存的本能之间发生心理妥协的结果。在《幽灵路》中,瑞福尔斯医生的一位罹患弹震症的病人墨菲特军官因为战争创伤而造成心理性瘫痪。尽管经过瑞福尔斯的治疗,他恢复了行动的能力,但是他仍然对治疗的结果不满意。小说暗示,"对于那场难以忍受的战争,他唯一能做出反抗的方式也被禁止了"(G 56)。在此,巴克受肖沃尔特的影响,将墨菲特行动能力的丧失描写成一种反抗的姿态,"如果硬汉的本质是毫无怨言,那么弹震症正是男性表达不满的肢体语言,这不仅是对战争的控诉,同时也在反驳'硬汉'这个概念本身……许许多多的男性无法忍受那些在战时被弘扬的男性气概的符号"②。

巴克通过普瑞尔的案例抨击了男性气概中对情感的压制。"他把头放在双手中,一开始,显得有些困惑,后来他开始哭了起来。瑞福尔斯等了一会,然后绕过书桌向他走去,递给他一块手绢。普瑞尔并没有拿着手绢,而是抱住了瑞福尔斯的手臂,开始用头撞他的胸膛,力量大得足以弄疼对方。瑞福尔斯心里明白,他不是在袭击他,尽管感觉像是,其实这只是普瑞尔能够表达的最亲近的肢体接触方式。"(R 104)瑞福尔斯继而又想到了自己的成长经历,他也和他的病人一样被社会中流行的男性气概的话语所绑架。"而他自己也同样是这个体系的产物,甚至可能是个更加极端的产物。很显然,积极地压制情感和欲望成为他成年生活的主要组成部分。当他建议他的病人们放弃压抑的努力,去感受战争中不可避免带来的怜悯和恐惧的情感时,他也是在挖掘自己安身立命的基础。他向他们和自己要求的这种改变并不简单。恐惧、温情这些被鄙视的情感只有在重新

---

① Rivers, W. H. R. *Instinct and the Unconscious*. Cambridge: Cambridge University Press, 1922: 208.

② 参见:Showalter, E. *The Female Malady*: *Women*, *Madness and English Culture*, *1830—1980*. New York: Penguin, 1985: 172.

界定'男性'这个概念之后才能为人们所接受。"(R 48)

在小说《重生》中,作家试图重新界定男性气概。小说中的瑞福尔斯通过他的心理治疗帮助患者重新建构男性主体认知:"精神崩溃并不是什么可耻的事情,恐惧和害怕是面对战争创伤的自然反应,而且与其压抑回避,不如正视面对,同时对其他男性流露出温情是自然且正常的,眼泪没有什么不可接受的,它反而能帮助人们化解悲伤。为了帮助他的患者理解这些,他以一己之力对抗他们成长中的要义。他们被教导压抑情感是硬汉的本质,那些精神崩溃的、哭泣的、承认害怕的男人都是娘娘腔、懦夫、失败者,都不是男人。"(R 48)巴克在小说中还特别突出了瑞福尔斯遭遇的困境。瑞福尔斯在治愈他的病人萨松时自我反思道:"一旦你承认他的精神崩溃源自他的战争经历而非他内心的软弱,那么战争不可避免地成为一个问题。心理治疗不但可以检验个体症状的真实性,而且可以验证战争对他的要求的合法性。瑞福尔斯通过压抑这种认识而得以继续着自己的工作。但是,当萨松来了之后,对萨松的心理治疗使得战争的合法性持续成为可争辩的话题,之前的回避变得不再可能。"(R 115-116)

巴克通过作品揭示了战争中英国社会固有的传统价值观的崩塌,否定了英国社会在战前所宣传的各种为理想、为民主而战的口号,否定了各种战前宣传中隐含的"牺牲是重生的前提"这样一种思想。塞缪尔·海恩斯(Samuel Hynes)曾这样描述当时的英国社会:"为了让这个世界更加民主,那一代年轻人怀揣着光荣、荣耀和英格兰这些抽象的概念奔赴战场。他们在愚蠢的将军指挥的愚蠢战斗中被屠杀,而那些幸存的人因被战争震慑而变得愤怒且幻灭。他们看清了真正的敌人不是德国人,而是那些对着他们说谎的老一代。幸存的士兵们无法再接受那些曾激励他们去战斗的社会价值观,因此他们这代人与过去以及他们曾继承的文化传统割裂开来了。"①

普瑞尔在接受瑞福尔斯医生的精神治疗时,曾吟诵了阿尔弗雷德·丁尼生(Alfred Tennyson)的诗歌《轻骑兵的冲锋》("The Charge of the Light Brigade")。丁尼生的诗歌旨在纪念克里米亚战争,弘扬维多利亚繁盛时期的基督教自我牺牲精神——"冒着枪林弹雨/英雄与战马倒在血泊之中/他们的搏杀

---

① Hynes, S. *A War Imagined*: *The First World War and English Culture*. New York: Athenaeum, 1990: x.

精彩无穷/闯入死亡的血盆大口/杀入地狱的咽喉要冲……"(R 61)。尽管普瑞尔称此诗是"垃圾",但是他还是承认他曾经非常喜欢它。普瑞尔和他同时代的年轻人一样,怀揣着帝国时期的冒险理想和英雄主义,这成为他应征入伍的原因之一。然而,经历了战争的残酷现实,爱国情结的虚伪性也暴露无遗:"让我来给你讲讲站岗吧。一个军官看到三个人在抽烟,他认为他们的行为太随便了,于是军官没收了三人的刺刀,让他们手无寸铁地去站岗。两个人死了,幸存的一个第二天被施以鞭刑。部队中的观念从未改变,不是吗?人们把被惩罚的人绑在弹药车的前车上。"普瑞尔伸开了双臂说,"就像这样。战地惩罚第一条——'钉死在十字架上'。即使在宣传时,你能想象到有人能愚蠢到要求这样吗?"(R 61)

普瑞尔对战争和英国社会的幻灭同时也体现在他病友兼诗人的萨松和欧文的诗歌中。瑞福尔斯医生在为士兵兼诗人的欧文诊疗期间曾阅读了欧文的讽刺十四行诗《老人与青年的寓言》("The Parable of the Old Man and the Young")。诗歌援引亚伯拉罕和以撒的故事讽喻一战时父亲和儿子的关系。在西方文明的发展中,人们已经放弃了原始的活人献祭,在祭坛上以其他物种取而代之。但是欧文在诗歌中重新诠释了亚伯拉罕和以撒的故事,以此描绘一战中无数年轻的士兵牺牲在战场上。诗中的老人"不愿那样,而要杀了儿子/还有半个欧洲的后代,一个又一个"。欧文的诗歌讽刺了西方文明虽然抛弃了原始的献祭,但是它仍留存在战争中,且其毁灭和恐怖的规模前所未有。

亚伯拉罕和以撒的隐喻还进而出现在瑞福尔斯个人的经历中。瑞福尔斯在离开克雷格洛克特战时医院回到家乡休假时,曾参加了当地的教堂礼拜。当时,他的注意力被教堂窗上的壁画所吸引。画上的两个故事触动了瑞福尔斯。瑞福尔斯觉得它们体现了"文明得以发展而付出的血的代价"(R 133)。在他看来,父权社会正是建立在这样一个协议之下:"如果你年轻而又强壮,但你能够臣服于年老而虚弱的我,甚至愿意为我牺牲生命,那么你将能安全地继承我的一切,而你的后代也会同样顺从于你。"(R 133)与此同时,瑞福尔斯忆起了美拉尼西亚岛上的一个风俗:私生的男孩会由部落的首领抚养,待其长大成人,部落会举行盛大的仪式;观看仪式的人都明白即将发生的事情,即献祭的过程中,和所有的祭品一起,私生男孩的养父将在众人面前用棍棒敲碎男孩的头骨。瑞福尔斯将记忆中的这个故事与亚伯拉罕的故事重叠在一起。在他父亲供职的教堂的窗花上画着一幅画,亚伯拉罕举起刀砍向他的儿子,画面下方是在丛林中捕获的公羊,暗示了故事的结局。小说中瑞福尔斯曾笃信"这两件事划分了野蛮与文明"(G 104)。

但是随着瑞福尔斯的进一步自我反思,尤其是他在这场大战中所扮演的角色,他重新审视了这两则故事之间的关联。在这部小说中,瑞福尔斯逐渐意识到他与受创士兵的关系如同父与子一般,但是军医的职责不仅是为了治愈心理受创的士兵,而是为了最终将他们送回战场,再次接受死亡的威胁。在这种矛盾的情感中,瑞福尔斯觉得"也许因为他近来常常想着父亲与儿子的问题,两种献祭仪式会同时出现在头脑中,但是他多希望这独特的记忆不要在此时出现"(G 104)。瑞福尔斯通过比较基督教传统中和美拉尼西亚岛上不同的献祭仪式,反思了一战时期的英国社会。恰如小说中利兹所指出的,"如果不同神话之间有什么相通的话,那就是神话都能够缓和人们难以接受的文化冲突"(G 119)。在某种意义上,神话为社会体系和风俗,及其为何应被尊重提供了注解。对瑞福尔斯来说,战争暴露了他社会思想中原始的神话的本质。

瑞福尔斯在美拉尼西亚岛的经历帮助他逐渐厘清了内心的矛盾情感,认清了他理想中的英国文化。对此,工人阶级的普瑞尔早已识透——"在每座祭坛背后都是鲜血、痛苦和死亡"(G 531-532)。在《幽灵路》中,普瑞尔在和大伙从公共浴室回来的路上,想起了儿时的教堂——麦肯锡神父的教堂:"在每座祭坛背后都是鲜血、痛苦和死亡。圣约翰的头颅放在盘子上。莎乐美将它献给希罗底[莎乐美的母亲]。女人洁白的臂膀好似牢笼般圈住砍掉的头颅,头颅上是呆滞的眼睛。耶稣被绑在鞭刑架上,他的表情极为熟悉。圣塞巴斯蒂安过火的表演,我的老朋友圣劳伦斯身陷囹圄。麦肯锡神父的声音从教堂法衣室内传来。他是爱我的,这个可怜的东西。我真的是这样以为的。"(G 531-532)

(三)小结

保罗·吉尔罗伊(Paul Gilroy)在描述战时和战后的英国时曾说:"当时的英国社会弥漫着这样一种情绪,勇敢但迷茫的英国民众宁愿像过去一样,即使贫穷、被剥削,但是清楚地知道自己是谁,也不愿像现在这般忍受持续的混乱,甚至曾经有限的确定性也已经被飘忽不定、循环往复的新的变化所取代。"①这种社会传统价值观的崩塌、主体性的丧失和对未来的不确定都在巴克的小说中得到了清晰展示。通过对士兵们所遭受的弹震症的各种症状的再现,进而剖析在个体表面症状之下整个社会在一战中及战后的裂变,巴克的"重生三部曲"成为英国社会一战创伤的有力见证。

第二节　西方的恐怖袭击之痛
——《星期六》中暴力之源的探析

在人类历史的发展过程中,暴力一直被认为是文明的宿敌。人们一直不遗余力地以各种方式探究暴力的发生,寻找终结暴力的方式。在文学中,作家和读者们通过浸淫着暴力的一幅幅画面解读人性、理解社会。当代英国小说家伊恩·麦克尤恩对暴力的书写尤为执着。曾有评论指出,"麦克尤恩的创作贯穿始终的母题之一是那些残忍的、难以逃避的现实猛然浸入了安逸的生活之中"②,在那些残忍的现实中上演的大都是一幕幕暴力镜头。自 20 世纪 70 年代末出道以来,麦克尤恩曾被冠上"恐怖伊恩"的绰号,皆因其早期的作品过多地描写了畸形性爱与血腥暴力以突显人性中的阴暗面。虽然他在 80 年代后期创作风格发生了急剧转型,但是对发生在人类之间的暴力行径及其发生之源的思考贯穿了他的整个创作历程。暴力以各种形态呈现于麦克尤恩的作品中,它是《水泥花园》(The Cement Garden)中的血腥弑亲,是《无辜者》(The Innocent)中的强奸谋杀,是《黑犬》中的纳粹暴行,也是《赎罪》中的残酷战争。麦克尤恩在一部部作品中探究暴力之源:究竟是社会与环境诱发了人们的嗜血与暴力,还是如进化心理学家们所坚持的,暴力是遗传选择的结果? 当一位位代表理性进步的科学研究者成为麦克尤恩小说的主角[《爱无可忍》中的乔、《黑犬》中的伯纳德、《星期六》

①　Gilroy, P. *Postcolonial Melancholia*. New York: Columbia University Press, 2005: 109.

②　Rennison, N. *Contemporary British Novelists*. London: Routledge, 2004: 110.

中的亨利·贝罗安、《追日》(*Solar*)中的别尔德教授]时,作家似乎更倾向于进化心理学家们的观点,认为暴力根植于人性之中,是人类发展中无法避免的社会形态之一,是人类进化的必由途径。① 但是,作家更进一步地思考了对抗暴力的可能形式。麦克尤恩对暴力的思考更多地集中于小说《星期六》之中。

在小说《黑犬》的结尾处,象征纳粹邪恶暴力的两只黑犬在琼的意识中渐行渐远,但是作家这样写道:"它们还会从山里回来,缠绕着我们,在欧洲的某处,在另一时代。"② 也许作家也未曾想到自己竟然一语成谶。2001 年 9 月 11 日,两架被恐怖分子劫持的民航客机分别撞向纽约世贸中心一号楼和二号楼,两幢建筑在撞击后相继倒塌,客机上的所有乘客遇难,很多世贸中心里的人和随后赶来的消防员在此事件中遇难或受重伤。麦克尤恩的小说《星期六》的时间设定于 2003 年 2 月 15 日,这不是一个普通的星期六,那天伦敦出现了声势浩大的反对入侵伊拉克的示威游行。小说的主人公贝罗安在这个星期六的凌晨 3 点 40 分从睡梦中醒来,他在卧室的窗台前目睹了一架着火的飞机缓慢地驶向希思罗机场,这触发了他有关"9·11"的记忆。

> 但即使是置身事外,从远处目睹这场面,感觉也是同样熟悉。因为就在差不多十八个月前③,大半个地球的人们都不断地从电视上目睹了那些素不相识的受害者飞向死亡的一幕,从此每当大家看到任何一架喷气式飞机都会产生不祥的联想。如今人人都有同感,飞机已不再是往日的形象,而是成为潜在的武器或是看起来在劫难逃。④

---

① 已经有多位学者分析了麦克尤恩对进化心理学的认同。有学者认为,在论文集《文学动物》(*The Literary Animal*)的《文学、科学和人性》("Literature, Science and Human Nature")一文中,麦克尤恩"已经将自己归属于科学家的阵营",并"为未来的人文研究建立进化生物学的基础"[Root, C. A. Melodiousness at Odds with Pessimism: Ian McEwan's *Saturday*. *Journal of Modern Literature*, 2011, 35(1): 63.]。有学者将麦克尤恩称为"小说中新达尔文主义的代表"[Mellard, J. "No Ideas but Things": Fiction, Criticism and the New Darwinism. *Style*, 2007, 41(1): 1.]。

② McEwan, I. *Black Dogs*. London: Vintage, 2016: 208.

③ 原文如此,应为"十七个月前"。

④ 麦克尤恩. 星期六. 夏欣茁, 译. 上海: 上海译文出版社, 2011: 16. 本书中对该小说的引用均出自此版本,后文将直接在文中标明页码,不再具体加注。

虽然贝罗安依然井井有条地安排了自己这一日的活动,但是对于伦敦也可能遭受恐怖袭击的不安一直缠绕着他。而且,一次偶然的交通事故打破了他极力维持的平静生活,在他引以为傲的伦敦豪宅中,他被迫与暴力袭击针锋相对。虽然,暴力最终被制服,生活又恢复了原有的平静,但是贝罗安的不安反而越来越强烈。西方学者对这部小说主题的讨论大致分为两个角度:一个角度聚焦于作品中科学与艺术、理性与非理性之争;另一个角度讨论了小说中后"9·11"的西方社会政治。然而,小说围绕着主人公贝罗安一天的不安与困境,对恐怖主义所代表的暴力的恐惧弥散在整个叙事中,麦克尤恩借此既再现了"9·11"事件对西方社会,特别是对普通民众的心理重创,还批判了智识阶层在无所适从中采取的犬儒态度。作品还进一步思考了恐怖主义暴力与西方政治之间的关系,讽刺了当时政府在外交上依附美国的姿态及其新自由主义政治主张对暴力的纵容,批判了恐怖主义所隐含的乌托邦政治是恐怖暴力的合法化依据,肯定了音乐文学等艺术中的移情的力量是对抗暴力的希望。

(一)极权暴力下的犬儒主义

虽然《星期六》以"9·11"之后的英国社会状况以及英美武装入侵伊拉克作为小说故事发生的背景,但是麦克尤恩却避免在作品中表达明确的政治承诺,而是通过细述贝罗安的日常生活、家庭危机及其缓解展现了恐怖主义对西方社会和价值观的影响。在贝罗安看来,以他的儿子西奥为代表的年轻人似乎更易适应"9·11"后的世界:"世贸大厦的土崩瓦解让西奥对现实幡然醒悟,其打击虽然沉重但所幸他适应得很快。"(37)西奥的格言是"眼界越远,失望越多"(41)。为此,西奥这样阐释了他的犬儒主义思想:

> 倘若纵观天下大事的话,例如政治局势、温室效应、贫困人口等等问题,难免会觉得一切都糟糕透顶,毫无进展,前途一片灰暗。但是如果我只顾眼前,只关心自己的境遇,我就会想起刚刚邂逅的女孩、即将和蔡斯一起表演的曲子、下个月的滑雪假期,这么一想反倒发现生活其实不赖。所以从今往后我的座右铭将是:乐做井底之蛙。(41)

这种对恐怖主义、邪恶暴力的不认同的接受和不拒绝的理解成为当代西方社会犬儒主义的表现形态。西奥是一名成功的爵士乐手,贝罗安是位颇负盛名的神经外科专家,他们享有一定的社会地位和相应的经济保障。他们反对恐怖主义,也反对一切邪恶的暴力,但即使他们清醒地认识到恐怖和暴力威胁着人们的生活,为数以万计的人和家庭带来无穷尽的灾难,他们也拒绝为此采取任何行动,他们在外部世界和个人生活之间建立了想象的屏障,并希望借此保护自己精致的生活不受破坏。

麦克尤恩在此也含沙射影地批评了当代英国社会的犬儒主义倾向。曾任约翰·梅杰(John Major)内阁成员的英国政治家迈克尔·波蒂洛(Michael Portillo)于 1994 年在《卫报》上发表文章,认为"犬儒主义已经成为危害英国的最大威胁",而且这种观点常常是由社会精英们散播出来的,"这些人自以为是地决定什么是对我们所有人最好的"。① 波蒂洛更多地是在批评英国政治中的犬儒主义倾向,它源起于大英帝国的衰落和人们对于帝国崛起信心的丧失。然而,在麦克尤恩所处的英国文化圈,也存在着一种"智识犬儒主义"(intellectual cynicism),"奉行者都受过高等以上的教育,有相当的思考和智识能力,拥有学者、教授、专家、作家、记者、媒体人等体面职业","但他们对现实秩序和游戏规则有着一种不拒绝的理解、不反抗的清醒、不认同的接受"。② 在英国,犬儒主义已然成为"一种疏离的文化战略","在文学语境中,犬儒主义是一种技巧,它既刻画了英国从帝国走向岛国的文化和政治变迁,同时又竭力避免陷入怀旧或挣扎的泥沼"。③ 在《星期六》中,西奥秉行"乐做井底之蛙"的原则,只关心自己的音乐,而对于窗外的反战游行缺乏兴趣。"他常常会像浏览邮购目录一样去翻阅报纸上的时事,只要没有新的灾难发生,他就容许自己暂且松一口气。"(37)贝罗安也是这样一位犬儒知识分子。正如一些批评者所指出的,犬儒主义"自觉地把理性

---

① Portillo,M. The New British Disease. (1994-01-16)[2020-03-30]. http://www.theguardian.com/politics/1994/jan/16/conservatives.uk.

② 徐贲. 当代犬儒主义的良心与希望. 读书,2014(7):33-34.

③ Dix,H. *Postmodern Fiction and the Break-Up of Britain*. London:Continuum,2010:25.

视为适应现实的工具的新的意识形态"①。贝罗安在叙述中毫不隐讳地表达了他对理性的推崇。对于西方社会面临的恐怖主义威胁,贝罗安认为,"世界很快就会冷静下来然后恢复正常,矛盾终究会得以化解,因为理智有着不可抗拒的威力,更是唯一的出路"(37)。

通过对智识犬儒主义的批判,作家希望能唤起大众,尤其是文化界在面对恐怖主义等暴力威胁时担起应担负的社会责任。小说全篇都在诉说着暴力无处可逃的观点。一方面在宏观的社会环境中,"9·11"改变了整个世界的政治格局,区域和民族矛盾空前激化。贝罗安也时常感到伦敦随时都有可能成为下一个恐怖袭击的目标。他在小说结尾处坦言,"伦敦其实和他所居住的这个角落一样的脆弱,就像其他上百座城市一样随时都有被投放炸弹的可能。……柏林、巴黎、里斯本这样的城市遭受恐怖袭击是迟早的事"(329-330)。另一方面在微观视域中,贝罗安窗口外的城市广场成了整个社会的缩影,在那里违法犯罪行为总是时时发生;此外,贝罗安原以为暴力离他的生活很远,然而突如其来的暴力威胁却险些毁掉他引以为傲的幸福家庭。因此,贝罗安心生感叹,"也许今天的世界已经从根本上发生了改变,面对这种变革人们手足无措,尤其是美国人无法很好地接受。在世界的某个角落,有些人在有意识、有秩序地组织起来,企图杀掉像贝罗安这样的人,以及他的家人和朋友,来证明自己的某种信念"(96-97)。

麦克尤恩对犬儒主义的批判也从另一个角度印证了他20世纪90年代以来创作主题的转型。他曾在访谈中坦言:"从那时起,我对公共与私人之间的联结关系产生了前所未有的兴趣,我想要探索两者之间的冲突、两者之间互为映照的关系,以及政治空间是如何侵入个人的世界的。"②中国学者、麦克尤恩小说《阿姆斯特丹》(Amsterdam)的译者冯涛在《阿姆斯特丹》的中文译后记中将麦克尤恩的小说分为三期,认为从"恐怖伊恩"时期到"理念伊恩"时期,再到《阿姆斯特丹》之后,他的创作变得更加成熟。作家"厌倦了自己'智识上的野心'",作品中

---

① 汪行福. 理性的病变——对作为"启蒙的虚假意识"的犬儒主义的批判. 现代哲学,2012
(4):3.

② Ross, M. L. On a Darkling Planet: Ian McEwan's *Saturday* and the Condition of England. *Twentieth-Century Literature*,2008,54(1):75-76.

更增添了"敏锐的社会意识"①。

(二)鹰派或鸽派：新自由主义之危害

麦克尤恩在创作《星期六》时，伊拉克战争已爆发，然而作者却将小说时间设置为战争爆发前的一周。即使叙述者贝罗安极力使自己的生活远离政治骚动，他对游行也表现得漠不关心，但是作品仍然通过贝罗安在伊拉克问题上骑墙式的观点，揭示了当时政府的外交滑铁卢和西方信奉的自由主义在恐怖暴力生成中的角色。

麦克尤恩曾声称自己并不是美伊战争的拥护者，但是他也曾像自己笔下的贝罗安一样，对战争的合法合理性摇摆不定：

> 老鹰占据着我的头脑，而鸽子占据我的心脏。必要时我把自己算在后者的阵营中。但是我的心情依然很矛盾。我为之辩护说，无论我们中的任何人说些什么，事情都不会有所改变。我的这种矛盾心理与热情坚定的信念相比，效果不会更差。②

贝罗安在叙述中坦承，"和施特劳斯相比，他还算是鸽派；但和女儿相比，他就成了十足的鹰派"（230）。施特劳斯是一位资深的麻醉师，同时也是贝罗安的同事，他是"贝罗安认识的唯一的一位牺牲了丰厚的工资和舒适的工作条件而来到英国工作的美国医生"（121），他是坚定的战争支持者。贝罗安的女儿黛西作为牛津大学的毕业生、在文坛初露头角的诗人，则是强烈地反对即将发生的战争。"我反对这场战争，是因为我相信可怕的事情即将发生。"（224）在施特劳斯的战争论面前，"贝罗安知道任何一个强大的政权——无论是亚述、罗马还是美国——即使是打着正义的旗号来发动战争，也不会永留青史。贝罗安同时也很

① 冯涛. 麦克尤恩"悬崖撒手"，《阿姆斯特丹》破除"我执"——重估《阿姆斯特丹》在麦克尤恩文学创作中的意义//麦克尤恩. 阿姆斯特丹. 冯涛，译. 上海：上海译文出版社，2018：250-251.

② McEwan, I. Ambivalence on the Brink of War. (2003-01-12)[2020-03-30]. https://www.opendemocracy.net/ian-mcewan/ambivalence-on-brink-of-war.

担心对伊拉克的入侵或者说占领会演变成一场惨剧"(86-87)。但是,面对黛西的指控,贝罗安认为"军事行动毫无疑问会取得胜利。萨达姆要完蛋了,曾经名噪一时的可恶的政体就要解散了,我很高兴"(225)。

在模棱两可的态度中,贝罗安更多地选择了亲战方。贝罗安在他的亲战陈述中隐含了对美国新自由主义政治的认同,而他与施特劳斯之间的关系则暗含了他对英国在政治上依附美国的不满。对于"9·11"事件,一些西方学者斥之为"本质上是当代的法西斯主义,它并非文明的冲突,而是对现代性、西方自由民主制和普适价值观的挑战"①。美国将伊拉克视为基地组织的支持者,是"邪恶轴心国"的一员,并以推翻萨达姆的独裁统治为借口,绕过联合国的合法程序而发动了战争。贝罗安在一定程度上接受了美国的政治理念,他支持美国的战争,支持美国以武力的方式给伊拉克带来民主。他的一位病人朋友——伊拉克古代史教授米瑞·特勒伯曾告诉他,在伊拉克,"是恐惧将这个国家维系在一起,整个体制都是在依靠恐惧而运转……现在美国人要来了,也许他们动机不纯,但至少可以赶走萨达姆和他的社会复兴主义者们"(75)。贝罗安在"目睹了酷刑在他[特勒伯]身上所留下的疤痕,并了解了他的凄惨遭遇之后,他对于这场即将爆发的入侵的看法就发生了变化"(72)。

小说在刻画贝罗安的矛盾心理,揭示他的美国政治倾向之时,也通过贝罗安与施特劳斯之间一场壁球比赛从侧面暗示了英国在外交上对美国的依附地位。星期六这天,贝罗安按照例行的约定与施特劳斯在运动馆打壁球。贝罗安详细叙述了这一天两人壁球比赛的过程,尤其是自己连输两局之后的愤怒,他没有像往常一样在比赛休息的间隙与对手聊天,他意识到自己的反常,与施特劳斯闲聊让他觉得不能忍受,"现在他只想做一件事,其他的一切都不重要——那就是他要打败施特劳斯!"(130)有学者认为,麦克尤恩对贝罗安与施特劳斯之间剑拔弩张气氛的渲染是在"把我们的注意力引向美英关系在受到男性气质中介时内在固有的一种愤恨情绪"②。而且,早在其电影剧本《农夫的午餐》(*The Ploughman's Lunch*)中,麦克尤恩就已经关注了大英帝国的衰落和英国的依附

---

① 周穗明.“9·11”与当代资本主义.当代世界,2002(8):10.

② 奥尔德森.《星期六》的启蒙:资本主义、现代性、帝国主义与左派.许娇娜,译.马克思主义美学研究,2011,14(2):4.

地位。^①《星期六》中,贝罗安特别强调了"今天"的愤恨情绪并非在每次与施特劳斯对垒时都会产生。由此,布莱尔首相在贝罗安面前的电视中不遗余力发表的战争宣言、英国在美伊战争中的跟班角色,以及由此彰显的英国对美国的依附地位,这些都成为贝罗安在与施特劳斯壁球比赛中情绪失控的诱因。贝罗安对战胜施特劳斯的执着,甚至不顾对方指责在比赛中故意犯规以取得胜利,其中就隐含了贝罗安对英美关系不平等的愤怒。

"9·11"事件发生之后,已有学者犀利地指出,"恰恰是美国的新自由主义概念本身……将美国自身的弱点和易受攻击之处奉送于恐怖主义分子面前"^②。然而,美国、英国等西方国家仍然坚持新自由主义的理念,选择以武力的方式推翻伊拉克的集权统治,以期在伊拉克建立西方的民主社会。贝罗安在小说中虽对于入侵战争持模棱两可的态度,但仍对美国为伊拉克带来文明进步持有希望。麦克尤恩在小说中进一步思考了西方民主与恐怖主义的宗教狂热之间的关系,警醒地揭示二者在显而易见的差异对抗之下都危险地隐含着相同的乌托邦理想。

(三)理性民主与极端主义:恐怖的乌托邦

《星期六》中,贝罗安几乎已成为西方民主进步的代言人。评论者迈克尔·德达(Michael Dirda)在《华盛顿邮报》中提到,"很显然,贝罗安一家代表着西方文明的果实——体面、睿智、有教养,且内心善良"^③。学者佐伊·海勒(Zoe Heller)也指出,贝罗安代表着西方文明的核心价值观。^④ 贝罗安是伦敦颇具盛名的神经外科专家,他笃信科学,推崇进化论,赞颂启蒙,是西方文明的热情拥趸。在他看来,"几个世纪以来,绝大多数人的生活水平都在稳步提高,尽管现代

① 奥尔德森.《星期六》的启蒙:资本主义、现代性、帝国主义与左派. 许娇娜,译. 马克思主义美学研究,2011,14(2):4.

② 贝克."9·11"事件后的全球风险社会. 王武龙,编译. 马克思主义与现实,2004(2):78.

③ Dirda, M. Shattered: Review of *Saturday* by Ian McEwan. (2005-03-20)[2020-03-30]. http://www. washingtonpost. com/ac2/wp-dyn/A45066-2005Mar17.

④ Heller, Z. One Day in the Life: Review of *Saturday* by Ian McEwan. (2005-03-20) [2020-03-30]. http://www. nytimes. com/2005/03/20/books/review/020COVERHELLER. html? _r=1&pagewanted=print &position=&oref=slogin.

社会也不乏吸毒者和乞讨者。……大多数人的生活在物质、医疗、文化和享乐等方方面面都在逐渐改善"(92)。对于后现代学者对启蒙和进步的批判，贝罗安觉得难以接受，认为他们对进步的批判"可称得上是荒谬"(92)。他是这样讽刺黛西在牛津大学读书时那里的年轻教授的：

> 年轻的教授喜欢把现代生活戏剧化地描述为一连串的悲剧。这是他们的风格，是他们自以为是的表现。把治愈天花或者民主制度的普及，作为人类进步的一部分，会让他们看起来不够潇洒也不够专业。……然而在那些高等院校的教授眼里，从整个人类的角度看，苦难是更容易谈论的话题，幸福对他们来说太过深奥。(92-93)

贝罗安对文学嗤之以鼻，对科学尊崇备至。"他想起梅达沃①说过的几句话，梅达沃是他非常崇拜的一个人：'嘲笑进步的希望是愚蠢的极致，是思想贫乏的顶点，是见识浅薄的终极。'"(92)对于"9·11"事件以及基地组织的恐怖袭击，他仍然试图从科学的途径寻求解释，"对超自然力量的信仰的开始等同于他的精神病学同事们所谓的病态或者意念的征兆，即过于主观，试图按照自己的意愿塑造世界秩序，却无法意识到自身的渺小。对贝罗安而言，这接近疯狂的极端。"(18)

当贝罗安笃信着民主进步是世界发展的主流，在每日的生活中享受着西方文明的果实的时候，巴克斯特的出现为他沾沾自喜的生活鸣响了警铃。在麦克尤恩笔下，巴克斯特更多地体现了文明的对立面：他的外表像一只"猿猴"，因遗传原因而患有亨廷顿舞蹈症，在身体上已表现出退化的迹象。他曾经想借车辆碰擦敲诈贝罗安，未果后持刀胁持贝罗安的妻子，闯入了贝罗安的家中。为了报复贝罗安，巴克斯特殴打了贝罗安的岳父，强迫他的女儿黛西在众人面前脱光衣衫。虽然最终贝罗安以提供亨廷顿舞蹈症的最新治疗方案为诱饵，诱使巴克斯特跟随他来到二楼书房，然后他与儿子西奥合力将巴克斯特推下楼梯，才让暴力威胁得以化解，但是，这突如其来的暴力行为打破了贝罗安一家期待已久的家庭

---

① 彼得·梅达沃(Peter Medawar，1915—1987)，英国科学家。

晚宴。

　　贝罗安一家与暴徒巴克斯特的交锋也因此具有了引申含义。它不仅仅是一场普通的入室抢劫案，它暗示了文明进步与恐怖暴力之间的对抗。笃信科学的贝罗安曾经断言："从统计学上的角度推断，恐怖分子今晚不太可能会来谋杀他的家人。"(242)然而，数小时后，巴克斯特在他家的出现随即否定了他的判断。在马路上初次遭遇巴克斯特的威胁时，贝罗安通过巴克斯特的行为判断出他罹患的是亨廷顿舞蹈症，并以此化解了自己被困的危机。他因此而妄言道："当人们从自身的感觉上寻找出路的时候，又有谁会想到要从生化酶和氨基酸上寻找道德和伦理的根源？人们还普遍以为这些都是外来因素造成的。"(111)贝罗安再次表达了自己对科学可以解决一切问题的信仰，其中包括社会道德问题也可以在生物学基因研究中找到答案，并且否定了社会科学对道德伦理的研究。很多学者都曾深入剖析巴克斯特的人物形象，然而，当巴克斯特拿刀威胁贝罗安的家人时，"尽管有医学的理论作为依据，贝罗安还是无法让自己相信是单纯的分子变异和基因缺陷使得他和家人面对恐怖的威胁"(253)。

　　麦克尤恩在访谈中也讲述了贝罗安与巴克斯特之间的对抗所具有的象征意义。"我并不是在写寓言。我并没有让贝罗安代表什么。但是，无论如何，贝罗安与贝克斯特之间的对抗则或多或少在表面之下隐藏着富裕、安逸、享乐的西方社会与某些信仰的疯狂一面之间的对立。"[1]麦克尤恩还指出，巴克斯特这个人物"将贝罗安的恐惧具体化了"[2]。评论者伊莱恩·海德利（Elaine Hadley）也认同麦克尤恩的观点，即"巴克斯特的侵犯最终将恐怖主义带入了私人居所"，而"这一行动使得原本停留在想象中个体之外的恐怖成为真实的切肤之痛"[3]。当巴克斯特从象征着文明进步的书房被推下楼梯而陷入昏迷时，小说似乎在宣告着文明对野蛮、理性对非理性的胜利。小说结尾处，贝罗安在手术室内为陷入昏迷的巴克斯特主刀脑部手术，并在手术室里播放着安吉拉·休伊特（Angela

---

① McEwan, I. Interview with Ian McEwan by Robert Birnbaum. (2005-07-20)[2020-03-30]. www. themorningnews. org/archives/birnbaum_v/ian_mcewan. php.

② McEwan, I. Interview with Ian McEwan by Charlie Rose. (2005-03-30)[2020-03-30]. http://www. charlierose. com/view/interview/984.

③ Hadley, E. Light on a Darkling Plain: Victorian Liberalism and the Fantasy of Agency. *Victorian Studies*, 2005, 48(1): 96.

Hewitt)"灵巧而流畅"(297)地演奏的《歌德堡变奏曲》,这似乎进一步赞颂了西方的文明进步。①

即使麦克尤恩在小说中极力渲染了贝罗安与巴克斯特之间的对立,暗示伊斯兰极端主义是对人类文明的背叛,但是作家仍然表达了美国模式的民主与基地组织的"圣战"共同隐含了乌托邦的理想,这恰是暴力合法化的根源。在发生巴克斯特事件之后,他无法继续保持理性的乐观,"他唯一的感觉就是恐惧"(331)。

他不得不认同黛西的辩驳:美国的战争,即使它打着正义的名号,它仍不可避免地是一场杀戮——"伊拉克将可能死于饥饿和轰炸的五十万人口,以及可能涌现的三百万难民,……巴格达将被完全毁掉,……整个地区将狼烟四起"(221-222)。由此可见,美国的新自由主义以及它不遗余力地在他国推行西方民主,也不啻为一种乌托邦理想,而正是这种理想使得恐怖主义的袭击,以及美国的对伊战争变得各自合法化了。

每一场暴力似乎都有着完美的借口,它总是会在抽象的理念中获得其合法性。但是每一次暴力,无论发生时如何合法,它伤害的都是一个个具体的个人和家庭,它给实实在在的个人和家庭带来的是无穷尽的伤痛。为此,麦克尤恩深刻地意识到,真正能够对抗暴力的,不是民主政治,也不是理性的科学,而是感性的艺术,是艺术独有的移情感染力,使得每个暴力行为的实施者的心中产生真正的感化力量,从而减少暴力的发生。

(四)文学艺术的移情对抗邪恶的暴力

近年来,移情成为学者们关注的对象,"并被认为是道德生活的基础"②。理查德·罗蒂(Richard Rorty)指出,道德进步包含了"面对痛苦与屈辱时,能够将越来越多的传统差异(包括部落的、宗教的、种族的、习俗的)而不是相似之处看得不那么重要——能够既在广义上看到他人与我们的差异,同时也能将他人纳

---

① Gauthier, T. "Selective in Your Mercies": Privilege, Vulnerability and the Limits of Empathy in Ian McEwan's *Saturday*. *College Literature*, 2013, 40(2): 25.

② Oxley, J. C. *The Moral Dimensions of Empathy*. London: Palgrave Macmilllan, 2011: 3.

入我们之中"①。麦克尤恩在"9·11"事件发生之后也曾在《卫报》中发表了自己对移情的认同："如果那些劫机者能够站在乘客的角度去思考和感受，他们也许就不会那样做了。一旦你允许自己扮演受害者的角色，你很难再变得残忍。能够将自己想象成他人正是人性的核心，这是同情的本质，也是道德的开端。"②在《星期六》中，尽管贝罗安对文学不屑一顾，但是他对文学的傲慢态度却成为叙事讽刺的对象。

贝罗安在叙述中并不掩饰他对文学的不屑。他认为"小说里充斥了人类的瑕疵、太多的杂乱无章和牵强附会，既没能彰显人类伟大的想象力，也没有激起读者对自然无与伦比的创造力的感叹"（80）。他无法认同女儿黛西所说的"人们脱离小说便无法'生存'"，因为他觉得"自己就是一个活生生的证据"。（81）他无法理解诗歌中的情感，"他难以想象女儿何以能对情感理解得如此透彻，还有那些对他所不认识的男人的身体的生动的描绘"（60）。贝罗安对文学理解能力的缺乏恰恰是其想象力缺乏的表现，而想象力在麦克尤恩看来是"同情与移情的基础"③。因此，作为现代文明化身的贝罗安身上所缺少的恰恰就是移情的能力。

在某种程度上，小说暗示了是贝罗安对巴克斯特自负的态度而非移情的理解才招致巴克斯特最后的报复，这在一定程度上呼应了麦克尤恩在"9·11"后发表在《卫报》上的观点——劫机者缺少的是移情的力量。在第一次与巴克斯特的对峙中，贝罗安充分利用自己的医学知识，迅速判断出巴克斯特罹患亨廷顿舞蹈症，并利用巴克斯特对身患此病的羞耻感，使自己逃脱了后者及其同伴的攻击，同时也使巴克斯特在自己同伴面前丢了面子。但是贝罗安只知道为自己的机智和学识喝彩，却从未想过此事对巴克斯特有怎样的影响。即使事后儿子西奥提醒他，"你让他丢了面子，你应该小心一点"（182），他依旧浑然不觉，直至巴克斯特和其同伴提刀胁迫他的妻子并闯入他的居所，贝罗安才后知后觉地明白了西奥的话。

除了因移情的缺失而招致的暴力袭击，小说还进一步展现了艺术的移情对

① Rorty, R. *Contingency, Irony, and Solidarity*. Cambridge: Cambridge University Press, 1989: 192.

② McEwan, I. Only Love and Then Oblivion. *The Guardian*, 2001-09-15(1).

③ Head, D. *Ian McEwan*. Manchester: Manchester University Press, 2007: 180.

抗暴力的能力。在贝罗安全家受到巴克斯特及其同伴的武力胁迫而无能为力之时，黛西在同为诗人的外祖父约翰的提醒下，背诵了马修·阿诺德（Matthew Arnold）的诗歌《多佛海滩》（"Dover Beach"）。巴克斯特在黛西背诵的诗歌中放弃了对黛西的侮辱，他"从一个蛮横的恐怖主义分子瞬间变成一个惊喜的崇拜者，或者说一个兴奋的孩子"（268）。一场暴力危机就这样被一首诗化解于无形中。即使贝罗安在事件结束之后仍然不知道这首诗的出处，但是他仍能感觉到"诗句就像一句悦耳的魔咒"（267），让巴克斯特想起自己长大的地方。黛西背诵的诗歌唤起了巴克斯特对美的追求，在他心中激起了快乐的情感，让他意识到自己对生命的渴望之热切，从而最终驱散了暴徒心中的愤怒，化解了一场暴力危机。与此同时，贝罗安也首次正视自己的问题，"半生的手术生涯理应让他成为世界上最洞悉人性的人，那为什么他还是无法很好地解读黛西呢？"（288）在事件发生之前，贝罗安仍然认为同情是有限的，过于泛滥的同情是违背进化论的。他觉得，"人类成功主宰世界的秘诀是，要学会有选择地发善心。即使你知道有众多生命需要你去同情，但只有摆在你眼前的才真正会困扰到你。所谓眼不见则心不烦"（150）。但是，在危机解除之后，尤其是当贝罗安成为巴克斯特脑部手术的主刀医生之后，他坐在巴克斯特的病床前，终于体会到了移情的力量——"贝罗安却还握着巴克斯特的手，他正在整理思路，决定接下来该怎样做"（313）。贝罗安决定说服家人，一起放弃对巴克斯特的起诉。因为，他在自身领略到了死亡临近的恐慌之后，面对身患绝症时日无多的巴克斯特时，他有种感同身受的悲伤。贝罗安放弃了对巴克斯特的报复，然而让他忧心的是，美国并没有放弃对基地组织的报复，战争行将爆发。最后，他"唯一的感觉就是恐惧"（331）。

（五）小结

在谈到小说的道德功能时，麦克尤恩曾说："我认为能够深入他人的意识之中是道德追寻的核心，或者说，站在他人的立场去体验是道德的基础。我不认为指引我们如何生活的小说是特别优秀或有趣的，因此我也不认为那样的作品是有教育意义的。但是，可以肯定的是，当小说向我们亲密地展现他人的内心时，那么它确实超越了我们的理性。"①由此,作家肯定了移情是文学的最大价值。在《星期六》中,麦克尤恩向世人展现了"9·11"之后人们不得不面对的暴力威胁,恐怖主义早已不是遥远的彼岸,它进入了以文明进步自诩的西方社会生活的各个角落。就在小说出版的同一年,2005 年 7 月 7 日早高峰时段,4 名恐怖分子在伦敦市区的地铁和公交车上引爆了 4 枚炸弹,造成 52 人死亡,700 多人受伤。《星期六》的预言之准确让人瞠目。然而,和其他一些学者、作家不同,麦克尤恩对恐怖主义和无处不在的暴力并没有采取犬儒主义的态度,他在小说中积极思考了恐怖暴力的发生之源,意识到了恐怖主义与西方民主之间的对抗,同时也犀利地指出了恐怖主义和美国的新自由主义中都蕴含了乌托邦的理想,这充当了暴力得以合法化的凭证。以战争对抗恐怖主义,以暴力对抗暴力,只会使更多的无辜者受到伤害,人类文明也不可能在暴力中得到发展。在麦克尤恩看来,只有文学艺术的移情力量才有终结暴力的可能。正如学者殷企平在对《多佛海滩》的分析中指出的,"阿诺德于失败的牛津运动中看到了一种'照得……丑恶怪诞无处遁迹的强光',这是一种文化之光,它正在'引发秘密的不满大潮'"②,《星期六》的所有危机在阿诺德的诗歌《多佛海滩》中结束,作家借此赞颂了文学与艺术的力量和在悲观的现实中砥砺前行的信念。

---

① McEwan, I. Author Interview: Random House Readers' Group—Reading Guide. [2020-03-30]. http://www. randomhouse. co. uk/readersgroup/readingguide. htm? command＝Search&db＝/catalog/main. txt&eqisbndata＝0099429799.

② 殷企平. 夜尽了,昼将至,《多佛海滩》的文化命题. 外国文学评论,2010(4):91.

第四章　创伤书写的伦理困境

在创伤叙事中，"真实性的危机"一直都存在。创伤幸存者会经由做梦、出现幻觉或是心理影像的重现，不断重返创伤的原初场景。正如克鲁斯在讨论创伤时已指出的，创伤事件在发生的当下并不能完全地被感知和吸收，每次的创伤重复展演都是创伤事件违反受创者意志的"直接回返"①。正因为创伤事件直接回返的梦魇、幻觉或是心理影像是非符号的，无法被吸纳进入有相关性的意义网络，不是幸存者所拥有的知识，从而具有深刻的不确定性。这种不确定性不是单纯的失忆，而是一种不知。然而吊诡的是，正是这种不确定性保存了创伤事件的真实性。克鲁斯承认，正是这种不确定性和真相的难以接近造成了"真实性的危机"，这也成为创伤叙事所必须面临的伦理挑战之一。

创伤叙事的研究者在面对此问题时强调了读者与文本中隐含的伦理关系。创伤文本可以被视为受创者的诉说，而读者可被视为受创者诉说的对象，即创伤历史的聆听者。读者与文本、聆听者与诉说者之间有着两个完全不同的世界的对话——一个是现今的世界，一个是已被残暴摧毁的世界。创伤事件本身无法被吸纳、被完整地认知，因此创伤叙事对于读者来说也是完全陌生的，甚至是难以理解的，为此，学者们一直试图寻找"一种聆听它、接受它，并将其纳入阐释性对话的方式"②。阐释是积极的主体（读者）与消极的客体（文本）之间形成的双向互动，其中伦理责任应先于理性判断，移情先于审视。

与此同时，学者拉卡普拉在讨论创伤叙事的伦理困境时，一方面肯定了移情是创伤叙事对读者提出的伦理责任，但另一方面又强调应避免将移情转化为过

---

① Caruth, C. *Trauma: Explorations in Memory*. Baltimore: Johns Hopkins University Press, 1995: 5.

② Whitehead, A. *Trauma Fiction*. Edinburgh: Edinburgh University Press, 2004: 8.

度认同。"移情的不安"（empathic unsettlement）^①是拉卡普拉在讨论大屠杀创伤历史时提出的一个概念。对于拉卡普拉来说，该术语描述了一种创伤的认同，它避免了创伤的聆听者同化受害者的痛苦经历，同时也能够让我们避免与施暴者一样做出伤害他人的行为。拉卡普拉旨在探讨聆听者面对创伤事件或受创主体时应该具有怎样的伦理姿态。他指出了创伤书写中可能遇到的伦理问题：

> 过去创伤经验的经历者或主体与有着不同经验的关注者或间接见证者（包括现在的历史学家）之间存在着什么联系呢？……如何将实际的与想象的或虚拟的经验相关联呢？……创伤或创伤"经验"如何破坏经验，并提出具体的再现和写作问题？^②

在他看来，移情和自我认同之间应划出清晰的界限。移情是在认同他者不同于"我"的基础上建立的和谐关系，其中强调了"认知和批判性分析"的重要性。自我认同的听者不能够认清我与对方的差异，因而极易导致间接受创。^③

创伤叙事的另一个伦理挑战是大众传媒对创伤事件的传播。在当今社会，除文学之外，报纸、电视、数字媒体都积极地参与了创伤历史的传播过程。它们一方面成为历史创伤再现和记录的有效途径，另一方面在传播创伤的过程中削弱了创伤的影响力。苏珊·桑塔格（Susan Sontag）在批评摄影等传播途径在创伤事件中的作用时曾指出，"现代生活充斥着大量恐怖，它们腐蚀我们，也使我们逐渐习惯它们"^④。这种过量刺激起到一种作用，就是"钝化了心灵的辨识力"并"把它减弱至几乎是野蛮的麻痹状态"^⑤。同样，在文学中，创伤叙事的大量涌现也面临着被划归为某种千篇一律的故事，而忽视了创伤事件对每一个受创者而

①　LaCapra，D. *Writing History，Writing Trauma*. Baltimore：Johns Hopkins University Press，2000：41.

②　LaCapra，D. *Writing History，Writing Trauma*. Baltimore：Johns Hopkins University Press，2000：37.

③　LaCapra，D. *Writing History，Writing Trauma*. Baltimore：Johns Hopkins University Press，2000：8-9.

④　桑塔格. 关于他人的痛苦. 黄灿然，译. 上海：上海译文出版社，2006：97.

⑤　桑塔格. 关于他人的痛苦. 黄灿然，译. 上海：上海译文出版社，2006：97.

言都是超乎一般的痛苦经历。而且,创伤叙事虽然可以激发读者的同情,但同情是一种不稳定的感情。它需要被转化为行动,否则就会枯竭。因此,有学者指出,读者的任务(与难题)便在于必须"以一种不能损失创伤事件的冲击力,不能使它们减弱为陈词滥调,或者将它们全部转变为同一个故事版本的方式,来倾听和做出反应"①。

总而言之,创伤与文学之间隐藏着相互矛盾又相互依存的关系。创伤需要见证而不是遗忘,因此叙事成为创伤记忆的载体。然而,人们对叙事真实性和客观性的质疑,又使创伤历史陷入了见证的危机。因此,创伤叙事首先打开的是一个听到他者的伦理问题,要尊重他者的他异性,要拒绝主体在认知中同化他者的欲望。其次,创伤叙事会激起读者的同情,如何理解同情,尤其是同情与移情之间的关系,也成为创伤研究者面对的伦理挑战。除此之外,创伤历史也面临着被滥用的危机,尤其是在大众传媒中,创伤事件在无意义的重复再现中成为陈词滥调,甚而成为某些政治利益集团利用的工具。

第一节　大屠杀之后的伦理诉求
——《黑犬》中历史创伤的伦理关怀

鲍曼在《现代性与大屠杀》(*Modernity and the Holocaust*)中犀利地指出,关于纳粹大屠杀的研究,往往存在两种倾向。其一,关注大屠杀的德国性和犹太性,也就是将其视为发生在一个有限的空间和一段有限的时间内的独特事件。关注大屠杀的德国性和犹太性往往使人们在探讨大屠杀的原因时,会将恐怖的根源追溯到德国特定的社会背景、德国的历史传统以及欧洲的反犹主义等方面,使大屠杀作为一个历史事件丧失其反思的意义。其二,将纳粹大屠杀看作广泛而常见的一类社会现象中的一个极端,也就是将大屠杀视为普遍的、人人熟悉的那类人种、文化或者种族之间的压迫与迫害中的一项,只不过是较突出的一项。

---

① Whitehead, A. *Trauma Fiction*. Edinburgh: Edinburgh University Press, 2004: 97.

将纳粹大屠杀视为社会现象的方式，使学者们力图从纳粹大屠杀与其他种族屠杀的共同性中寻找原因，因而大屠杀的解释必然牵涉人类一种原始的、在文化上无法磨灭的自然"属性"——比如康拉德·洛伦兹（Konrad Lorenz）提出的本能攻击性等。① 这两种观点虽貌似不相同，而实质上都把大屠杀归结为一次文明化进程的失败，而绝非人类文明进程内的合理产物。然而，鲍曼却认为，大屠杀不只是犹太人历史上的一个悲惨事件，也并非德意志民族的一次反常行为，而是现代性本身固有的可能。鲍曼所批判的两种倾向在麦克尤恩的小说《黑犬》中都有清楚的表现，作家暗示大屠杀所隐含的"邪恶"并不同于一般人性论中讨论的"恶"，它打破了现代性的完美神话，向其幸存者和其后人提出了更高的伦理要求。

　　在当代英国文坛，麦克尤恩的作品无论在学界还是商界都获得了极大的成功。麦克尤恩在作品中通常喜欢关注某个具有戏剧性的瞬间或小说人物生命中的某个转折点。评论者在讨论麦克尤恩小说的叙事时，大都特别指出了作家在建构小说情节时惯于使用的这种技巧。"麦克尤恩的小说大都聚焦于某个特别的瞬间，在那一刻发生的恐怖事件使小说人物的人生彻底改变了。"②"麦克尤恩的小说人物几乎都不得不努力面对一个特别的、重要的瞬间所遗留的影响。他一次又一次地创造了陷入绝境中的人物，在那一刻他们感到时间断裂了，所有的一切，尤其是他们与他人之间的关系全改变了。"③这一特别的"瞬间"所发生的往往是一些创伤性事件，与此同时，作家不仅描写了创伤事件对人物生活的影响，他更关注的是人们在创伤影响下的伦理选择。在 2002 年的一次访谈中，麦克尤恩清楚地表明：

　　　　危机时刻……是了解和考验人物的一种方式。我们如何能够经受住极端的体验，或对此无能为力？它对我们提出了怎样的道德要求和伦理问题？我们如何承担我们的选择所带来的后果？如何面对记忆的折磨？时间有什

① 陈献光. 现代性、大屠杀与道德. 史学理论研究,2003(4):147.

② Gauthier, T. S. *Narrative Desire and Historical Reparations：A. S. Byatt, Ian McEwan and Salman Rushdie.* London：Routledge, 2006：107.

③ Hennessey, C. M. *A Sacred Site：Family in the Novels of Ian McEwan.* Madison：Drew University, 2004：5-6.

么作用？又有什么是我们可以依靠的呢？[①]

相对于再现创伤历史的形式问题，麦克尤恩在作品中更多地探索了创伤对个人道德观提出的挑战，以及当代西方社会在面对大屠杀这样的历史创伤时所表现出的集体失语和伦理困境。1992年出版的作品《黑犬》中，作家通过描写世人面对历史创伤的态度、创伤历史与西方现代理性的关系，表达了面对创伤历史时反思事件中的伦理选择所具有的重要意义。

（一）历史创伤与"平庸的恶"

《黑犬》以传记的形式展开，小说的叙述者杰里米同时也是人物传记的作者，他在自己的叙述中努力建构其岳父伯纳德和岳母琼爱恨纠葛的一生，试图调解两人一生水火不容的价值观。《黑犬》中具有特殊意义的瞬间是琼于1946年在法国南部某个小乡村新婚旅行时遇到两只硕大的黑犬。在荒郊野外、孤立无援的情况下，琼被两只黑犬袭击而奇迹般地逃生了。事后，琼从当地村民口中得知，这两只黑犬曾为盖世太保所有，后者在二战中训练它们吓唬村民。琼在遇到了两只黑犬之后，其人生完全改变了。麦克尤恩在小说《黑犬》中第一次正面触及了大屠杀这样的题材。小说的评论者对纳粹的暴行、纳粹的集中营、纳粹对犹太人的大屠杀这样的素材在作品中的意义论述甚微，而是倾向于将其与麦克尤恩早期作品中对暴力的描写相关联，认为作者在此部作品中仍然表达的是暴力无所不在的思想。[②] 他们的讨论忽略了作家通过描述大屠杀对人们的影响、人们对大屠杀这样的历史创伤的态度而向世人提出的伦理诉求。

小说《黑犬》中的伯纳德面对二战的残酷、二战给人类带来的创伤时感叹道："当遗忘意味着残忍和危险，记忆却是无穷尽的折磨，对于一个已经被战争炮灰

---

① 转引自：Begley，A. Ian McEwan. *The Paris Review*，2002（Summer）：162.

② 例如：有学者在其论文中指出"暴力是麦克尤恩小说中一贯的主题"；也有学者认为《黑犬》通篇都在暗示"暴力衍生暴力"的思想。参见：Wood，A. M. Bring the Past to Heel： History，Identity and Violence in Ian McEwan's *Black Dogs*. *Literature and History* (Third Series)，2004，16（2）：51；Childs，P. "Fascinating Violation"：Ian McEwan's *Children*. In Bentley，N.（ed.）. *British Fiction of the 1990s*. London：Routledge，2005：129.

淹没的欧洲来说,还能有什么好期望的呢?"①麦克尤恩由此揭示了战后西方社会所面对的一个困境:二战虽然结束了,但是它的影响却一直存在,战争的创伤如同鬼魅般盘旋在欧洲上空,挥之不去。对此,人们往往求助于一种简单的创伤疗法,将创痛归于某种特殊的、反常的、不可理喻的力量。就大屠杀而言,它被认为是极为残暴的邪恶之徒所为,纳粹是兽性的、病态的,其残暴与邪恶超出了常人的想象。这样明确与简洁的解释安抚了人们内心的惊恐,事件的"不可思议"气质由此被平息,被接受下来、安置起来,得以使人们转向事件的"不幸悲剧",专心于哀悼与纪念,在眼泪与祷词之中医治创痛。甚至有人认为,一旦我们完全明白了纳粹主义的野蛮及其原因,"那么有可能的是,即使不能治愈,也至少会使纳粹主义在西方文明上留下的创伤不再疼痛"②。然而,麦克尤恩通过他的小说告诫人们:不是难以想象的"残暴与邪恶",而是现代文明中的"冷漠与平庸"才使如此不可思议的野蛮事件得以发生。关注大屠杀的德国性、仅仅视其为人类进步坦途上的一次偏离,"不仅仅是对种族灭绝受害者的无意冒犯",而且可能导致"在道德和政治上失去戒备的可怕危险"。③

《黑犬》通过叙述者杰里米的描述,清晰地呈现了伯纳德与琼所代表的两种截然不同的人生观和价值观。"理性主义者与神秘主义者,政治名人与修行者,入世者与出世者,科学研究者与直觉主义者,伯纳德和琼是两个极端,是一条轴线上的两极。"(14)伯纳德一生致力于英国的政治活动,曾作为英国广播公司(BBC)的政治评论家,在节目中陈述自己的社会改革观,还曾两次作为工党代表参加议会递补选举,并于1964年进入议会。琼虽然曾在1946年与伯纳德共同加入了英国共产党,但是在同年遭遇"黑犬事件"之后,她随即退出了该党,并逐渐开始了她离群索居、避世修行的生活。

"黑犬事件"是使处在蜜月期的琼与伯纳德分道扬镳的直接诱因。琼在"黑犬事件"中感受到了一种难以名状的邪恶。对于琼在"黑犬事件"之后的急剧变化,伯纳德一直难以释怀。他仅仅把它当作一次意外事件,既然琼没有受到什么

---

① McEwan, I. *Black Dogs*. London:Vintage, 2016:197. 本书中对该小说的引用均出自此版本,译文为笔者自译,后文将直接在文中标明页码,不再具体加注。

② Beller, S. Shedding Light on the Nazi Darkness. *Jewish Quarterly*, 1998, 35(4):36.

③ 鲍曼. 现代性与大屠杀. 杨渝东,史建华,译. 南京:译林出版社,2002:5,7.

大的伤害，他们应当依照原定的旅行计划，继续他们甜蜜的蜜月之行。然而，"黑犬事件"对于琼却有着特殊的意义：

> 那天早晨，我与邪恶面对面了。一开始我并没有特别清楚地意识到这一点，但是我在恐惧中感到了——这些动物是有着卑劣的思想和变态的人格的人创造出来的。世间没有一种社会理论能够解释它。我说的这种邪恶存在于我们每个人之中。当这种邪恶占据了某个人，占据了这个人的生活，出现在家庭当中，那么孩子将遭受极大的痛苦。而且，只要有一定的环境，即使是在不同的国家、不同的时代，任何惨绝人寰、惨无人道的事情都会发生，而每个人都会诧异于藏在自己内心的仇恨之深。在那之后，邪恶会退去，伺机而动，但它始终在我们内心深处。（205-206）

琼在知悉黑犬的来历和纳粹的暴行后所感受到的这种邪恶，也正是汉娜·阿伦特（Hannah Arendt）所指出的"平庸的恶"（banality of evil）。阿伦特在她于20世纪50年代初出版的《极权主义之源》（*The Origins of Totalitarianism*）一书中，将纳粹和斯大林主义这样的极权专制界定为"根本的恶"（radical evil）和"全体性的恶"（en masse evil），却没有回答最重要的问题：谁是纳粹？1961年阿伦特见证了对纳粹分子阿道夫·艾希曼在耶路撒冷的审判。艾希曼审判改变了阿伦特原先对邪恶的看法，她看到邪恶的艾希曼并不是另一世界中的"妖魔鬼怪"，而是我们所熟悉的世界中的熟悉人物。她已不再主张"根本的恶"的观点了，她的看法是：

> 恶绝不是根本的东西，它只是一种单纯的极端的东西，并不具有恶魔那种很深的维度，这就是我真正的观点。我曾说过，恶与思想不能相互兼容，因为思想要朝深处去，要追根究底，思想碰到恶，便无所进展，因为恶中空无一物，带来的是思想的挫折感。这就是恶的平庸性。只有善才有深度，才是根本的。①

---

① Arendt，H. *Lectures on Kant's Political Philosophy*. Chicago：The University of Chicago Press，1982：167.

麦克尤恩在《黑犬》的整个叙事中都贯穿了对"平庸的恶"的揭露和批判。

小说的评论者大都着重于讨论黑犬在作品中的象征意义,视其为"邪恶""非理性"的象征。[①]事实上,不是黑犬本身,而是遭遇黑犬袭击并在其后聆听了有关黑犬的故事这一完整的事件在作品中具有特殊的意义。琼多次向杰里米强调:"我没有把这些动物神化。我利用了它们。它们解放了我。我从中发现了一些事。"(62)琼是在听当地村民讲述黑犬的来历时认识到一种"平庸的恶"的。在野外遭遇黑犬袭击之后,琼决定放弃继续旅行而执意要求返回城中。在欧里亚克夫人的旅馆里,琼讲述了她先前的可怕遭遇。欧亚里克夫人听后立即派人请来了该市市长。市长像讲一件轶事一般讲述了纳粹曾用两只黑犬中的一只强奸了当地一名妇女丹妮儿,将纳粹的暴行以传奇故事的形式叙述出来。首先,他一边喝着葡萄酒,品尝着美味的大餐,一边对纳粹的暴行侃侃而谈,好像在讲述某个冒险故事似的。在他的叙述中没有体现出丝毫对受害人的同情,他甚至表示"对于1944年发生的这件可怕的事深表遗憾"(190)。作为事件的目击者之一,他在事件发生时没有伸出援手,而在事件结束两年后,他仍然不顾欧里亚克夫人的阻止,"迫不及待地"(191)将丹妮儿所受的侮辱赤裸裸地呈现在陌生人面前,为其叙事渲染恐怖变态的色彩,以此获得叙述的快感。欧里亚克夫人对市长的叙述愤慨万分,她指责道:

> 简单的事实就是沙维兄弟俩都是酒鬼,你和你的那些老伙计们都不喜欢丹妮儿,因为她漂亮,她独居,她觉得没必要对你或任何什么人做出解释。

---

① 《黑犬》的评论者大都热衷于讨论黑犬的象征意义,认为它们象征了"人类历史上反复出现的破坏性非理性的爆发"[Talese, N. A. Review of *Black Dogs*. *Publishers Weekly*, 1992-09-14(103).];或认为它们是"可怕的邪恶与非理性的体现"[Glover, M. Michael Glover's Pick of Literary Fiction. *Books*, 1992(7):21.];或视其为"20世纪末以来弥散的黑暗和暴力的有形的见证"[Sternlicht, S. And the Walls Came Tumbling Down: *The Innocent* and *Black Dogs*. In Slay, J. Jr. (ed.). *Ian McEwan*. New York: Twayne Publishers, 1996.]。另外,有学者在其著作中特别详细地讨论了黑犬的象征意义,以及黑犬典故的由来(Byrnes, B. C. *The Work of Ian McEwan: A Psychodynamic Approach*. Nottingham: Pauper Press, 2002.)。

当这件可怕的事情发生的时候,你们有谁站出来帮她对抗盖世太保了吗?没有,你们躲在了一边。你们甚至还继续在这件事上抹黑她,杜撰这种诽谤的故事。你们宁愿相信醉鬼的话。越是羞辱丹妮儿,越能给你们带来快感。你们不停地散播这个故事,把那可怜的女孩逼出了村子。然而事实上,丹妮儿比你们更值得尊重。应该感到耻辱的是你们,尤其是作为市长的你。这就是我现在要告诉你的。我再也不想听到这个故事。你明白了吗?再也不!(192)

市长对欧里亚克夫人的斥责不置可否,他向琼许诺会派人猎杀那两只黑犬,但是他并没有这么做。伯纳德对市长的不作为很生气,第二天早饭后意欲亲自找市长解决这件事,他不希望那两只黑犬影响他计划好的蜜月旅行。然而,琼很清楚地告诉伯纳德,即使那两只狗现在死在她面前,她也不愿意再继续旅行了,而是执意要返回英国。从那天开始,琼退出了刚刚加入数月的英国共产党,放弃了身体力行的社会政治活动,致力于常年的内省与反思之中。

琼在这次事件中,不仅是受到了黑犬的惊吓,更重要的是她看到了纳粹灭绝人性的残暴和幸存者对受害人表现出的冷漠,体认到冷漠、残暴和邪恶之间内在一致性的关系。正如欧里亚克夫人所斥责的那样,市长的叙事行为本身就是野蛮残暴的。阿多诺在反思发生在奥斯威辛的暴行时,留下了一句常常被人们引用的名言:"奥斯威辛之后没有诗歌!"在他看来,奥斯威辛的悲剧发生之后,人已经无法平静地生活,除非人将自身置于一种非人的冷漠之中,从而畸变成一种对任何事情都"无关紧要的自我",麻木地认同一切。琼诧异于市长作为创伤事件的见证人在叙事时竟然没有丝毫的同情,她在市长的冷漠中看到了纳粹的身影,因为纳粹在实施暴行时需要面对的最直接的问题就是"如何克服……动物性的同情,这是所有的正常人在看到肉体折磨时都会产生的"[1]。琼意识到邪恶并不只属于施暴者,而是潜藏在每个人心中。纳粹分子并不是什么妖魔鬼怪,他们原本都是普通的常人,"他们的行为跟我们所有的人极其相似。他们有爱妻,有娇

---

① Arendt, H. *Eichmann in Jerusalem*: *A Report on the Banality of Evil*. New York: Viking Press, 1946: 106.

惯的子女,有陷入悲伤而得到他们帮助与劝慰的朋友"①。虽然战争结束了,纳粹战败了,但是引发战争、引发大屠杀这样暴行的邪恶并没有消失,"关于大屠杀最令人恐惧的事情以及我们由此对大屠杀的执行者有所了解的,不是'这'也会发生在我们头上的可能性,而是想到我们也能够去进行屠杀。……我们过去能够那样做,而如果条件合适,我们现在仍然可以"②。琼在事件之后的剧烈转变正是来源于对恶的平庸性的深刻体认,这迫使她无法继续从前的生活。正如阿多诺所感慨的那样,"在奥斯威辛集中营之后你能否继续生活,特别是那种偶然地幸免于难的人、那种依法应被处死的人能否继续生活? 他们的继续存在需要冷漠,需要这种资产阶级主观性的基本原则,没有这一基本原则就不会有奥斯威辛集中营"③。

《黑犬》全书多次描写了琼所体认到的这种"平庸的恶"。在 1989 年的柏林街头,叙述者杰里米陪同岳父伯纳德准备见证柏林墙的倒塌。当他们与众人挤在勃兰登堡门前等待墙被推倒的时候,一名土耳其年轻人高举着革命的红色旗帜在众人面前走过。他的行为与当时的气氛格格不入,杰里米细致地描绘了众人对他的态度:

> 我首先看到的是两位西装革履的男士站在人行道边,他们可能是商人或是律师。当那位年轻人经过的时候,其中一人朝年轻人的下巴上打了一下。说是打,其实更多的是表现一种蔑视。这位浪漫的革命者转身猛地走开了,假装没事发生一样。一位头戴皮帽的老妇人举起了手中的伞,朝他尖叫了一声。她旁边的一位绅士制止了她。举旗的人把旗子举得更高了。另一个律师模样的人向前跨了一步,朝他的耳朵上打了一拳,虽没完全打中,但却让这个年轻人踉跄了一下。(109)

麦克尤恩暗示了人们内心的仇恨和暴力倾向一旦遇到一定的环境和条件,

---

① 鲍曼. 现代性与大屠杀. 杨渝东,史建华,译. 南京:译林出版社,2002:199.
② 鲍曼. 现代性与大屠杀. 杨渝东,史建华,译. 南京:译林出版社,2002:200.
③ 阿多尔诺. 否定的辩证法. 张峰,译. 重庆:重庆出版社,1993:362."阿多尔诺"现多译为"阿多诺"。

竟然可以如此轻易地、合法地、冠冕堂皇地被释放出来，而且施暴的人反而都是所谓的有教养的人。当人们认为举旗者代表着阻碍民主进程的势力时，他们为自己的暴行找到了最合理的解释。为自己的暴力寻找托词，将暴力合法化也是纳粹曾经的做法。通过对几位施暴者穿着的描写，麦克尤恩旨在暗示邪恶与人格没有关系，"如果给予机会的话，很多温文尔雅的人也会变得残酷无情"①。受到律师等人暴力行为的刺激，十几个年轻的德国人意欲向土耳其人挑衅。"他们年龄在 16 到 20 岁左右，两个人的衣领上绣着纳粹十字勋章，一个在手指关节处文了一个纳粹十字文身。"(110)伯纳德意识到事态的严重性，出面想要阻止更严重的暴力的发生。然而，在土耳其人趁机逃走之后，十几个年轻人把年迈的伯纳德当作发泄私愤的对象，几乎要置其于死地。"围观的群众中有不满的嘀咕声，但是没有人动一下。"(112)刚刚打人的那位律师模样的人，"进一步退到了人群中，观望着"(111)。麦克尤恩将世人的冷漠描写得入木三分，正是这种冷漠滋生了令人发指的暴力。麦克尤恩认为，在"9·11"这场灾难中，恐怖袭击者缺乏道德上的移情是灾难发生的原因之一。② 作家引导读者反观大屠杀，提醒读者关注"与大规模屠杀相伴的不是情绪的激越，而是死一般寂静的漠不关心"③。冷漠正在"成为一根无情地围在千千万万个脖子上的套索的加固绳"④，使那些没有转变成暴徒的群众瘫痪了。世人对纳粹暴行的反应冷漠，才使得暴力的实施变得无拘无束。或如鲍曼所指出的，自我保全的理性让人们只要没有被打上死亡的标志，就暂时充当着旁观者和帮凶的角色。

麦克尤恩通过在小说中反复揭示"平庸的恶"，否定了人们通常所假定的绝对的善和绝对的恶的观念。尤其是在面对大屠杀这样的历史创伤时，纳粹这样的行凶者被人们描绘成非人般的邪恶，这在无形中削弱了大屠杀这样的历史创伤所具有的深层意义，抹杀了历史创伤带给世人的警醒感。人们在面对大屠杀

---

① 鲍曼. 现代性与大屠杀. 杨渝东，史建华，译. 南京：译林出版社，2002：202.

② McEwan, I. Only Love and Then Oblivion: Love Was All They Had to Set Against Their Murderers. (2001-09-15) [2020-04-23]. https://www. theguardian. com/world/2001/sep/15/september11. politicsphilosophyandsociety2.

③ 鲍曼. 现代性与大屠杀. 杨渝东，史建华，译. 南京：译林出版社，2002：100.

④ Grunberger, R. *A Social History of the Third Reich*. London: Penguin Books, 1991: 460.

时,应该看到的不仅仅是纳粹的残暴和极端的邪恶,而首先应当扪心自问"谁是纳粹",并审视在整个事件中体现的"平庸的恶"。

(二)现代理性与历史创伤的关系

麦克尤恩在小说中不仅回答了"谁是纳粹"的问题,揭示了"平庸的恶",还进一步回答了促使纳粹及其暴行形成的原因,即大屠杀是现代理性无度发展的结果。大屠杀给西方引以为傲的文明深重的一击,"至今仍在嘲讽着文明的理念"[①]。"大屠杀带来了西方文明本身意义的深刻转变。它挑战了西方文明已经为自己建造了几个世纪的'身份'。面对在科学、理性和秩序的名义下进行的暴行,我们不得不重新思考何为'启蒙'。"[②]麦克尤恩在作品中一方面批评了启蒙理性的创伤观,另一方面揭示了大屠杀与现代性之间的关系。

琼在"黑犬事件"中领悟到"平庸的恶",从而转向自我的修行,以期寻找到能与邪恶对抗的善的力量。伯纳德对此事却不以为然,他对杰里米说道:"与邪恶面对面?我来告诉你她那天面对的究竟是什么——一顿丰盛的午餐和一个心怀不轨的村民的扯淡!"(206)"我告诉你吧,你最好还是忘掉那些'与邪恶面对面'的胡言乱语。……是我告诉她有关丘吉尔的黑犬的典故的。你记得吗?丘吉尔用'黑犬'指代他时不时感到的抑郁。……因此,琼认为一只狗象征了一个人的沮丧,那么两只狗象征了文化的萧条,是文明的最糟糕状态。"(120)伯纳德认为琼是通过对黑犬典故的引申,赋予了黑犬一些象征意义。他承认他也经常用黑犬指代某件不好的、罪恶的事情,当在柏林街头被袭击的时候,"'黑犬'这个词滑过我的脑海"(120)。然而,琼所关注的并不是黑犬的象征意义,她对杰里米说:"我从来没有说过这些动物代表着别的什么东西。不管伯纳德怎么说,我从不认为它们是撒旦的密友、地狱的猎犬、上帝的预言,或其他任何他告诉别人说我所相信的什么东西。下次你见到伯纳德,让他告诉你圣莫里斯的市长所讲述的有关那两只黑犬的故事。"(62)琼在整个事件中感受到的是潜藏在人类之中的"平

---

① Langer, L. L. *Admitting the Holocaust*: *Collected Essays*. Oxford: Oxford University Press, 1995: 183.

② Gauthier, T. S. *Narrative Desire and Historical Reparations*: *A. S. Byatt, Ian McEwan and Salman Rushdie*. London: Routledge, 2006: 103.

庸的恶",它与文明始终共存;伯纳德却仅仅把纳粹的暴行等视为文明进程中偶尔出现的不和谐符。伯纳德总是认为"所有的'邪恶'只是历史的、独特的暴力事件,它会随着社会政治体制的进步而消失"①。伯纳德在琼眼中代表了启蒙理性的思维方式。琼告诉杰里米:"看看伯纳德和他那类人以进步的名义所造成的伤害吧!"(139)

作为启蒙理性的忠实追随者,虽然伯纳德意识到忘却创伤是残忍和危险的,但是他倾向于对创伤做出理性的回应。启蒙的思维在伯纳德心中根深蒂固,对"人类进步"的坚定信念使其愿为之付出任何代价。他一直相信"以赛亚·伯林②所说的,如果我确定如何能为人类带来和平、正义、幸福和无限的创造力,多高的代价是不能付出的呢?……正因为我接受了这样一种观点,即为了百万人的幸福,有千万人不得不为此捐躯,所以我才能尽我的责任做事"(100)。伯纳德这种目的论、进步论的观念根植于17世纪笛卡儿创立的近代主体哲学,是18世纪以来西方启蒙思想的主要内容,并逐渐"成为资产阶级思想的特征"③。在战后的西方社会,启蒙视角也支持了当代有关大屠杀的思考,以及对于20世纪其他大规模死伤事件的反应:

> 启蒙的理解指出,创伤是对于剧烈变化的理性回应,无论那是个人还是社会层次的变化,行动者清楚觉察到引发创伤的物体或事件,他们的反应很清晰,这些反应的效果是解决问题且有所进展。当坏事降临到好人身上,他们会很震惊、愤怒。从启蒙的视角看,非常明显,甚至寻常无奇的是:政治丑闻是愤慨的原因;经济萧条是绝望的原因;自然环境的灾难导致恐慌;人身攻击引发强烈焦虑;技术灾难引起对风险的关切,甚至是惊慌。人们对于这类创伤的反应,则是致力扭转造成创伤的环境。对于过去的记忆,引导人们朝向未来思考。人们会发展出行动方案,个人和集体环境将会重构,最后,

---

① Childs, P. *The Fiction of Ian McEwan*. New York: Palgrave MacMillan, 2006: 96.

② 以赛亚·伯林(Isaiah Berlin, 1909—1997):英国哲学家和政治思想史家,20世纪最著名的自由主义知识分子之一。出生于沙皇俄国时期拉脱维亚里加的一个犹太人家庭,1920年随父母前往英国。

③ 詹明信. 马克思主义与历史主义. 张京媛, 译//詹明信. 晚期资本主义的文化逻辑. 陈清侨, 等译. 北京:生活·读书·新知三联书店,1997:155.

创伤的感觉会平息消退。①

启蒙理性的创伤反应既反对"忘却或忽视创伤经验",又不同意对创伤"保持温和怠慢的态度"或"犬儒般的冷漠",而是力图在"发生破坏性事件的这个事实"中强调其意味着"出现了创新和变迁的新机会"。② 这种貌似合理的反应态度实际上是对受害人的蔑视和否定,对施暴者的忽视和纵容。"通过编织目的论的故事,尤其是通过渐进发展的过程,在叙事中突出展示可以实现的价值观和愿望。"③由此,创伤不再是因"非比寻常"、瓦解主体的经历而受到关注,而仅仅是为了实现某一特定的目标必然经受的苦难,"必要的牺牲""替罪羊"成了被经常使用的词。④

叙述者杰里米和其妻子詹妮在波兰参观马尔德奈克集中营时也意识到了世人对历史创伤的拒绝。据杰里米的介绍,马尔德奈克集中营靠近卢布林市,这个集中营曾经关押了卢布林市所有的犹太人,相当于这个城市四分之三的人口。当他们来到集中营门前时,他们首先看到一块标牌,上面记录了此集中营内过世者的名单,"成千上万的波兰人、立陶宛人、法国人、英国人和美国人在此牺牲"(127)。这个集中营作为向公众开放的、官方设立的历史遗址,其门前的标牌非但没有成为控诉纳粹暴行的有力证据,反而对此讳莫如深:

> "没有提到犹太人。看到了吗?这还在继续。而且是官方的。"随后詹妮又补充了一句,好像是对自己说的,"黑犬。"
>
> 最后几个词我没注意到。而她说的另外几句,可以毫不夸张地说,瞬间改变了我对马尔德奈克的看法,它不再是一处历史遗址,不再是平民百姓体

---

① Alexander, J. C., Eyeman, R., Giesen, B. et al. *Cultural Trauma and Collective Identity*. Berkeley: University of California Press, 2004: 3.

② Alexander, J. C., Eyeman, R., Giesen, B. et al. *Cultural Trauma and Collective Identity*. Berkeley: University of California Press, 2004: 9-10.

③ LaCapra, D. *Representing the Holocaust: History, Theory, Trauma*. Ithaca: Cornell University Press, 1994: 192.

④ LaCapra, D. *Writing History, Writing Trauma*. Baltimore: Johns Hopkins University Press, 2001: 24.

面地拒绝被历史淹没的抗争,而变成了一种病态的思想、一个现实的危机、一种无意识下对邪恶的纵容。(127-128)

集中营门前标牌上对"犹太人"的省略暗示了世人对犹太人的歧视仍然存在,仿佛犹太人作为受害者是可耻的事。现代文明在麦克尤恩的小说里又一次遭到了讥讽。

麦克尤恩的小说中,启蒙思想不仅诱导着人们背向历史创伤,面向心中假定的美好未来,而且启蒙思想对理性的盲目崇拜也是大屠杀这样的悲剧得以产生的诱因之一。如鲍曼所言:"现代文明不是大屠杀的充分条件,但毫无疑问是必要条件。"[①]

琼曾经斥责伯纳德以科学实验的名义屠杀生灵的行为。伯纳德与琼在蜜月旅行中曾偶然遇到一只较为罕见的红蜻蜓,伯纳德捕捉到了这只蜻蜓,意欲将其收集作为标本。琼对伯纳德的行为感到愤怒和恐惧:"你的意思是要杀死它。……因为它很美,所以你要杀死它。"(84)琼将伯纳德的行为与其政治观点联系在了一起,她认为伯纳德"关注的不是社会的不公正,而是不整洁",他想要"不是人人平等友爱的社会,而是有效的组织结构",他"希望这个社会像军营一样整洁,由科学理论来检验验证"。(85-86)伯纳德试图为其行为辩解,认为他所做的是科学研究工作,"将昆虫命名、分类","杀死一些昆虫并没有什么关系。昆虫的数量大得惊人,即使是稀有物种也是如此"。(86)伯纳德的这种科学观在作品中受到了质疑。麦克尤恩通过琼与伯纳德的对话暗示了现代性中工具理性过度发展的结果导致科学挣脱道德的束缚。行动者由追求功利的动机所驱使,行动借助理性达到自己需要的预期目的,行动者纯粹从效果最大化的角度考虑,而漠视人的情感和精神价值。科学家在宣扬追求知识和真理的同时,也在要求价值无涉,并以此为荣。科学如果没有道德的约束,极易成为不道德力量手中温驯的工具。"在使大屠杀得以持续的过程中,科学既直接又间接地扮演了黑暗而不光彩的角色。"[②]

杰里米在参观马尔德奈克集中营时也暗示了工具理性的膨胀所带来的可怕

---

① 鲍曼. 现代性与大屠杀. 杨渝东,史建华,译. 南京:译林出版社,2002:18.

② 鲍曼. 现代性与大屠杀. 杨渝东,史建华,译. 南京:译林出版社,2002:144.

后果：

> 我们漫步在一个个营房间。它们建构得如此之精巧，保存得如此之完整。每个营房门前都有一条整洁的小路与我们所走的道路相连。营房在我们眼前一直延伸开来，一眼望不到尽头。我们所参观的只是一排营房，只是集中营的一部分，而这个集中营只是众多集中营中的一个，而且是规模较小的一个。虽然不合时宜，但我不得不对这些建筑感到钦佩。我讶异于这样一件事是如何被构想出的，这些集中营是如何设计建造的；要花费多少劲来装饰它、管理它和保存它；并从一座座城镇、乡村收集其所需的"人体饲料"（human fuel）。要何等费力，何等敬业。（129）

麦克尤恩以反讽的手法揭示了纳粹大屠杀的行为"不是一个疯狂的恶魔单独构思出来的"①，集中营设计和建筑的精巧、仔细，耗时之长、用工之多体现了这是一次经过深思熟虑的行动。卡尔·A. 施莱恩斯（Karl A. Schleunes）在《通往奥斯威辛的曲折道路》（*The Twisted Road to Auschwitz*）中也指出，从身体上消灭欧洲犹太人的想法经过了周密计划、设计合适的技术和设备、制定预算、计算和动用必要的资源，在大屠杀漫长而曲折的实施过程中没有任何时候与理性的原则发生过冲突。无论在哪个阶段，"最终解决"都不与理性地追求高效和最佳目标的实现相冲突，相反，它由一个忠实于它的形式和目的的官僚体系造就而成。② 在集中营建造的过程中，在合作设计集体屠杀最有效、最迅速的手段的过程中，甚至在构思集中营奴隶制、把它作为进行医学研究的极好机会的过程中，那些建筑师、科学家和医学专家都成了纳粹的帮凶。

当马尔德奈克集中营的参观即将结束的时候，詹妮向杰里米讲述了现代文明与大屠杀不可分割的又一事例。"在我们出来的路上，詹妮在沉默了一个钟头后初次开口说话。她告诉我，1943 年 11 月的一天，德国当局枪杀了 36000 名来自卢布林的犹太人。他们让犹太人躺在巨大的坟墓中，屠杀时还通过扩音器放着舞曲。"（130）那些受过极好的教育、听着古典音乐的法西斯分子通过科学的管

---

① 鲍曼. 现代性与大屠杀. 杨渝东，史建华，译. 南京：译林出版社，2002：21.
② 鲍曼. 现代性与大屠杀. 杨渝东，史建华，译. 南京：译林出版社，2002：24.

理来完成"对数百万人的谋杀",这就"使得死亡成为一件在样子上并不可怕的事情"①。阿多诺曾深刻地指出,大屠杀是西方文明追求同一性原则的最终结果。"奥斯威辛集中营证实纯粹同一性的哲学原理就是死亡!"因为,"种族灭绝是绝对的一体化",这是与资产阶级文明的同一性原则一致的,"没有这一原则就不会有奥斯威辛集中营"②。这种野蛮的同一化或一体化在传统哲学中是被冠以"崇高"之名而被美化着的,正如奥斯威辛集中营的同一化,"从一开始它就具有一种音乐伴奏的性质,党卫队喜欢用这种音乐伴奏来压倒它的受害者的惨叫声"③。法西斯分子正是在追求纯粹的本质(种族)同一性中,听着西方古典音乐来进行恣意杀戮的。这使得"神圣的"死亡成为一种"平静的"实验,一种被科学管理的"除草劳作"。这是对文明最大化的讽刺,对人最大的蔑视。

麦克尤恩在小说《黑犬》中揭示了启蒙思想对创伤历史的拒绝和工具理性在大屠杀事件中不可推卸的责任。对于人类而言,让奥斯威辛成为可能的那些社会条件没有一个真正消失了,人类也没有采取任何有效的措施消除产生类似奥斯威辛集中营这种浩劫的可能性和因果律。在小说的结尾处,琼曾遇到的那两只黑犬仍然逍遥在人世间,两只黑犬的梦魇缠绕了琼40多年,虽然在沉睡中它们会渐渐远去,但是"它们还会从山里回来,缠绕着我们,在欧洲的某处,在另一时代"(208)。就在麦克尤恩《黑犬》出版的当年,欧洲的巴尔干半岛上由于民族冲突又发生了"种族清洗"事件。

(三)大屠杀之后的伦理诉求

小说《黑犬》诠释了大屠杀这样的创伤事件与西方社会信守的现代文明之间千丝万缕的关系,然而,作家并非由此表达了无可作为的虚无主义或悲观的厌世情绪。叙述者杰里米在琼的身上看到了追求善的希望。

在琼临终前,杰里米最后一次到疗养院探访她时,曾看到窗外这样一幅景象:一位年迈的、瘦弱的老妇人在狂风中拄着拐杖蹒跚着来到靠墙的花坛边,小心翼翼地播种了一把种子。杰里米说:"几年前,我看不出在这样一个年纪种花

---

① 阿多尔诺. 否定的辩证法. 张峰,译. 重庆:重庆出版社,1993:362.
② 阿多尔诺. 否定的辩证法. 张峰,译. 重庆:重庆出版社,1993:363.
③ 阿多尔诺. 否定的辩证法. 张峰,译. 重庆:重庆出版社,1993:365.

还有什么意义,我看到这样的景象,只会觉得这是在白费力气。现在,我只能看着。"(43)种花的老人和琼一样都知道自己将不久于人世,她的播种并不是徒劳的,和琼一样,她们内心都有着对未来的希望。

1989 年,在柏林街头,当伯纳德遭遇年轻的新法西斯分子的袭击,而世人只是围观而不愿援助的时候,前来解救伯纳德脱离困境的是一名与琼面貌相仿的年轻女子——格蕾特。虽然伯纳德坚持认为这只是一个巧合,但是杰里米相信是琼的灵魂在保护着他们。麦克尤恩在作品中设计这样的情节并非是在宣扬有神论,而意在表明琼所信赖的上帝并非宗教意义上的神,而是对美德、善的坚守,相信仍然存在着可以约束人们行为的道德力量。当与琼面貌相仿的格蕾特不畏新法西斯分子疯狂的暴力行径,挺身保护伯纳德时,她的行为证实了能与恶相抗衡的善的存在,而对善的追求也正是琼一生修行的宗旨。

在当代西方社会,个人伦理道德行为渐渐失去了原先的束缚,尤其是工具理性的发展,为了功利性的目的而出现道德沦丧的现象屡屡发生。有识之士在愤慨、痛惜之余也在寻求文明发展的出路。面对伯纳德对理性的固执,及其对琼的误解,杰里米告诉他琼之所以退出英国共产党,并拒绝参加任何党派的政治活动,关注自我的修行,并不是消极避世的行为:

> 她不是从一个幻想的乌托邦走向另一个。她是在探索。她不声称有答案。这是追寻的过程,她希望人人都能加入进来,但并不强求。她怎么会强求他人呢?她不做道德评判,对教条或有组织的宗教不感兴趣。这是精神的旅程。不是以赛亚·伯林所说的那些。她的旅程没有为此而要牺牲他人的终极目标。(103-104)

琼一直在寻找善的力量。哪怕在像伯纳德这样异化了的人们眼里,像她这样的人是一群不识时务的"傻瓜",每天淌着血汗使劲向上推着西西弗斯之石,而惰性十足的巨石时时挤压在他们弱小而不屈的肩上。可正是因为还有这些拒斥异化的"傻瓜",这个令人绝望的世界才有了真的希望。

第二节　创伤中的移情困境
——当代英国作家对移情的肯定与质疑

　　文学作品不仅仅是创伤历史的见证，作家们叙述的创伤事件往往还直接或间接地开启了人们接受和面对创伤叙事的伦理质询。文学究竟在多大程度上可以形塑人们的伦理选择呢？石黑一雄的小说《别让我走》中，黑尔舍姆的学生们是作为克隆人被人类杀死的，而不是为人类牺牲的。他们因为器官移除而导致的死亡不会为他们或他们的群体创造任何超然的意义。吉奥乔·阿甘本（Giorgio Agamben）在现代西方社会中确定了这种"赤裸生命"的中心位置，这是一个矛盾的空间，仅仅通过极端排斥而被囊入政治生活之中。有学者将石黑一雄笔下的克隆人和他们生活的环境与二战中被纳粹囚禁和屠杀的犹太人相类比，指出了作品中隐含的对大屠杀历史创伤的回应。《别让我走》对集中营悲惨生活的暗示提醒我们，在大屠杀的余波中，20世纪晚期的艺术创作唤起了对移情的可能性和可取性的焦虑。

（一）何为移情

　　移情是近年来文学研究中兴起的新视角。文学中的移情研究既考虑了作者如何表示共鸣的经验，又关注了作家们如何激发、促进或阻止作品在读者中产生移情。今天，认知、情感和审美经验都是文学移情研究中所要关注的问题。学者梅根·玛丽·哈蒙德（Meghan Marie Hammond）与苏·J. 金（Sue J. Kim）合编了论文集《通过文学再看移情》（*Rethinking Empathy Through Literature*），囊括了近年来在移情研究中涵盖的主要问题。在论文集的引言部分，两位学者梳理归纳了移情理论的历史发展。

　　两位学者认为，对移情所蕴含的"同胞之情"（fellow-feeling）最早的描述可追溯至古希腊时期，古希腊语中的 sumpatheia 意为"共同受苦"（suffering together）。随后，在西方话语中直接讨论"同情"（sympathy）这个概念的是 18

世纪英国的两位哲学家——大卫·休谟（David Hume）与亚当·斯密（Adam Smith）。休谟 1739—1940 年的《人性论》（*A Treatise of Human Nature*）和斯密 1759 年的《道德情操论》（*The Theory of Moral Sentiments*）中有关同情的理论的阐述是有关"同胞之情"理论发展的现代意义与古希腊语意义的历史分水岭。在休谟看来，同情是我们对他人强烈情感的知识判断转变为自我内部经验的过程：

> 当同情注入情感之中，首先只是通过它的效果而被人们认识，即通过面部表情和对话等外部符号传达这种情感。像任何原始的感情一样，对同情的认知立即被转化为一种印象，并获得一定程度的力量和活力，从而成为强烈的情感本身，由此产生平等的情感。①

然而，在斯密的讨论中，我们产生同胞之情是因为"我们假想自己处在受难者的位置"②。

由此可以看出，在休谟和斯密的讨论中，同情是一种富有想象力的能力，它丰富了我们对世界的理解，并允许我们了解以其他方式难以感受到的他人情感，但是他们对同情的讨论也不是完全一样的。正如布里吉德·罗伊（Brigid Lowe）所说的，斯密试图将休谟的同情概念视为主体间交流的重要方式，这种交流是将对"同情"的理解放置于"距离、观察、公正、控制和主体统一"的基础上。③因此，关于同胞之情的本质特性长期以来一直有各种争论：它是一种消除距离的一致性的经验，还是允许一个主体理解另一个主体并同时对自我主体边界保持清晰界定的经验？

随着现代心理学的介入，移情和同情的概念渐渐被显著地区分开来。事实上，现代心理学使移情在人类发展的社会学和生物学叙事中占有重要地位。通

---

① 转引自：Hammond，M. M. & Kim，S. J. *Rethinking Empathy Through Literature*. New York：Routledge，2014：2.

② 转引自：Hammond，M. M. & Kim，S. J. *Rethinking Empathy Through Literature*. New York：Routledge，2014：2.

③ Lowe，B. *Victorian Fiction and the Insights of Sympathy：An Alternative to the Hermeneutics of Suspicion*. London：Anthem Press，2007：10.

过将德语中的美学术语 *Einfühlung* 翻译成英语，美国心理学家 E. B. 铁钦纳（E. B. Tichener）于 1909 年将"移情"这个概念引入英语学界。[①] 铁钦纳使用这个词描述一个物理过程，其中从出生到 10 个月之间的婴儿会逐步模仿周围人的非语言表达[②]，作为一种运动模仿，这种非语言身体行为被用来验证共享情感的本能和生理基础。

移情在 20 世纪初期也逐渐进入了文学批评的视野。苏珊·兰佐尼（Susan Lanzoni）认为，"在 20、21 世纪之交的时候，移情最主要被认为是一种美学理论，它捕捉了观察者对艺术客体的投入与审美感受"[③]。哈蒙德在她的著作《移情与文学现代主义的心理学》（*Empathy and the Psychology of Literary Modernism*）一书中也指出，在铁钦纳的那个时期，文学现代主义的叙事革新为将同情这个概念区分为"对……的感觉"（feel for）和"与……同感"（feel with）奠定了基石。

20 世纪 50 年代，心理分析学派自我心理学的创始人海因兹·科胡特（Heinz Kohut）将移情理解为"替代内省"（vicarious introspection），并产生了深远影响。同一时期，精神分析学家克里斯汀·奥尔登（Christine Olden）认为移情是一体的经验。从那时起，该术语在精神分析中被不同地理解为知识的形式、情感交流、才能、过程、表达、能力，数据收集模式、经验和感知形式[④]，甚至移情也与心灵感应这样神秘的经验关联在一起。[⑤] 斯坦利·L. 奥利尼克（Stanley L. Olinick）认为在心理分析和一般性使用中，同情与移情的含义并非泾渭分明，

① Wispé，L. *The Psychology of Sympathy*. New York：Plenum，1991：78.

② Omdahl，B. V. *Cognitive Appraisal*，*Emotion*，*and Empathy*. Hillsdale：Lawrence Erlbaum，1995：25.

③ Lanzoni，S. Empathy Aesthetics：Experimenting Between Psychology and Poetry. In Hammond，M. M. & Kim，S. J.（eds.）. *Rethinking Empathy Through Literature*. New York：Routledge，2014：34.

④ Reed，G. S. The Antithetical Meaning of the Term "Empathy" in Psychoanalytic Discourse. In Lichtenberg，J.，Bornstein，M. & Silver，D.（eds.）. *Empathy（Vol. 1）*. Hillsdale：Analytic，1984：12-13.

⑤ Reed，G. S. The Antithetical Meaning of the Term "Empathy" in Psychoanalytic Discourse. In Lichtenberg，J.，Bornstein，M. & Silver，D.（eds.）. *Empathy（Vol. 1）*. Hillsdale：Analytic，1984：16.

但是在心理分析中使用更多的是"移情"。

20 世纪 60 年代,人们逐渐区分了"同情"(sympathy)与"移情"(empathy),"同情"的意思是"对……的感觉"或"怜悯",而"移情"意味着"与……同感"或感受另一个人的想法和感觉。因此,移情与伦理思想和行动密切相关,而同情已经大大失去了青睐。南希·艾森伯格(Nancy Eisenberg)很好地总结了两者之间的一般区别:移情是"源于对他人情感状态或状况的担忧或理解而产生的情感反应,并且与其他人已有的感觉或将有的感觉相似",而同情被看作"源于对他人的情感状态或状况的担忧而产生的与此情感不同的情感反应,但是包含了对他人悲伤的关心"[①]。最近几十年来,随着认知科学的发展,科学家们试图以科学实验的方法回答移情的相关问题,尤其是 20 世纪 80 年代后期,镜像神经元的发现使移情具有了科学依据。

在文学等艺术研究领域,以玛莎·努斯鲍姆(Martha Nussbaum)为代表的学者认为移情在文学等艺术形式中打开了读者的想象,它不仅具有审美价值,更代表着伦理意义。她在《诗性正义:文学想象与公共生活》(*Poetic Justice：The Literary Imagination and Public Life*)中指出,"事实上,之所以捍卫文学想象,是因为我觉得它是一种伦理立场的必须要素,一种要求我们在关注自身的同时也要关注那些过着完全不同生活的人们的善的伦理立场"[②]。她进一步强调了小说的社会功用,"进入或者畅想心灵中的伟大慈爱,将会培育一种对世界宽容的理解。就像小说提出的,这种理解不仅更适宜作为一种我们感受到的对人类一般行为的解释,而且这种理解也是更好生活方式的起因"[③]。努斯鲍姆强调,文学要用诗性的想象、同情、丰富性、自由来打破由物质、利益、统一所建立的功利诉求与人性禁锢,还人以本来面目,这是尊重并强调人的自由的表现。

(二)对创伤中移情的肯定

在经历了大屠杀、地缘战争、"9·11"事件等创伤历史之后的西方社会,文学

① Eisenberg, N. Empathy-related Responding and Prosocial Behaviour. In Bock, G. R. & Goode, J. A. (eds.). *Empathy and Fairness*. Chichester：John Wiley, 2007：72.

② 努斯鲍姆. 诗性正义:文学想象与公共生活. 丁晓东,译. 北京:北京大学出版社,2010:7.

③ 努斯鲍姆. 诗性正义:文学想象与公共生活. 丁晓东,译. 北京:北京大学出版社,2010:63.

与艺术似乎承担了更深远的伦理责任。在《诗性正义:文学想象与公共生活》中,努斯鲍姆描绘了她在芝加哥大学法学院课堂上的经历,一位学生在听到童谣后产生了这样的感受:童谣让他回想起那些闪烁的群星、那灿烂的银河,童谣让他以一种全新的视角来看待他的小猎犬,他开始变得"希望注视着这只狗的眼睛,想象这只狗在感受和思考什么,想象它是否会感受到伤感……"[①]我们不难理解,努斯鲍姆之所以不仅仅主张将"人"当作"人"来对待,而且还要将"物"也当作"人"来对待,根本目的在于这种将物"人化"的努力最终能够培养人们对世界丰富性的理解,能够培养人们的同情和感受事物的能力。

麦克尤恩在小说《星期六》中通过一首《多佛海滩》化解了几乎致命的暴力袭击,让诗歌唤醒了暴徒内心的良善。作为当代社会中最惨痛的创伤事件之一,"9·11"事件也是英国小说家扎迪·史密斯于 2005 年出版的小说《美》(On Beauty)的背景。史密斯也认同了努斯鲍姆、麦克尤恩等指出的艺术的移情力量与社会伦理正义之间的积极关系。《美》出版后,在史密斯与麦克尤恩的对话中,史密斯也认为,"真正的移情能够使残忍成为不可能发生的事"[②]。在《美》中,艺术与道德之间的关系贯穿了小说的整个叙事。史密斯曾在小说的致谢中称此部小说是向《霍华德别墅》(Howards End)致敬,"这是一本受了对 E. M. 福斯特[E. M. Forster]之爱的启发而创作的小说,我的整部小说都受了他的恩惠,从任何一个方面来说都是"[③]。《美》是在 21 世纪对 E. M. 福斯特名篇的重写,福斯特作品中的施莱格尔和威尔科克斯在《美》中转换成了自由主义者贝尔西及其家庭和保守主义者基普斯及其家庭。史密斯在小说的致谢中也提到了伊莱恩·斯卡里(Elaine Scarry)的论著《关于美及审美公正》(On Beauty and Being Justice)对自己的影响,"从这本书里,我借来了一个书名、书中一章的标题,还有很多的灵感"(434)。史密斯在 2003 年的一篇关于福斯特的文章中认为,"情感

---

① 努斯鲍姆. 诗性正义:文学想象与公共生活. 丁晓东,译. 北京:北京大学出版社,2010:64.

② Smith, Z. Zadie Smith Talks with Ian McEwan. [2020-03-30]. http://www.believermag. com/issues/200508/? read=interview_mcewan.

③ 史密斯. 美. 姚翠丽,译. 上海:上海译文出版社,2016:434. 本书中对该小说的引用均出自此版本,后文将直接在文中标明页码,不再具体加注。

的训练和改善在我们的道德理解中起着至关重要的作用"①。文学阅读成了完善情感的重要媒介，"当我们仔细阅读时，我们发现自己会关心各种各样的人，充满各种困惑、不确定，完全不像平时的自己（这是好的）"②。也就是说，阅读丰富了我们对生活和世界的体验，使我们可能以他人的方式体验喜怒哀乐。

在《美》中，2001 年 9 月 11 日不仅是美国的国难日，也是小说的主人公霍华德和妻子琪琪的结婚纪念日。在这一天，妻子在结婚纪念日的庆典上发现了丈夫出轨的事实，夫妻关系濒临破裂。小说将霍华德在婚姻上的不忠、在道德上的缺陷与他在艺术上想象力、审美能力的缺乏相关联。霍华德是美国东部一个虚构的惠灵顿大学人文学院 17 世纪艺术史的教授，主要研究对象是伦勃朗。但是他为了能够语出惊人，获得学术界的关注，熟知各种后现代学术话语，在课堂上总是大放厥词，却从未真正关注到绘画本身。在课堂上，面对伦勃朗的绘画，他要求学生去质询（interrogate），以符号学的方式将绘画看作"文本——这些作为叙述载体的图像"（248）。伦勃朗的《坐着的裸女》在霍华德看来，"已经被铭刻在一种明确性别化的等级贬值观念中"（248）。而他的学生在他的指引下，陆续回答道："这是一幅关于它自己内在本质的画""它是一幅关于绘画的画。……那表现的是欲望的力量""我不明白你刚才为什么使用'绘画'？我认为你不能简单地把绘画史，甚至是它的理念刻在'绘画'这一个词里面""你已经假定这幅蚀刻版画只是'贬值的绘画'，因此是你自己成问题的假定在先"（249）。这堂关于绘画的讨论课变成了各种时髦术语之间的辩论，却少有人关注绘画本身。只有一位名叫凯蒂的女孩在看着《雅各与天使摔跤》时，感到"此处所描绘的角力实在是为了一个人尘世的灵魂，为他在这个世界上的人类信仰"，她"觉得这幅画很美，令人难忘，叫人惊叹——但不那么动人"（247），而《坐着的裸女》"却让凯蒂哭了"（247），她"甚至能看到她自己的身体包含在这个躯体中，仿佛伦勃朗在对着她、对着所有的女人说：'既然你属于泥土，就像我的裸体女人一样，那么你也将走到这一点，如果你像她一样，感到少些羞耻多些快乐，你就有福了！'这就是一个女

①　Smith, Z. Love, Actually. (2003-11-01) [2020-03-30]. http://www.guardian.co.uk/books/2003/nov/Ol/classics.zadiesmith.

②　Smith, Z. Love, Actually. (2003-11-01) [2020-03-30]. http://www.guardian.co.uk/books/2003/nov/Ol/classics.zadiesmith.

人的样子：朴实无华，经历过生养孩子、劳动、年岁和经验——这些都是生存的痕迹。凯蒂就是这样感觉的。所有这些都来自剖面线……所有这些都来自一个绘画墨水瓶对于不可能永生的暗示"(248)。

凯蒂对绘画的感受与霍华德的理性批判形成鲜明的对比。作家借此批判了霍华德审美能力的匮乏，正如有学者指出的：

> 如何为艺术做准备，让自己准备接受它？如何面对一幅画的存在？我提这些问题是因为看画的行为需要观看者与绘画之间达成某种形式的和解或适应，观看者要意识到自己在看画。[1]

因此真正的审美需要主体和客体之间积极互动。艺术的移情正是源自观看者或读者对艺术的感受。小说中的女诗人克莱尔也表示她所开设的创意写作课就在"尝试提炼和磨亮一种……感受性"(156)。霍华德所缺乏的正是对艺术的感受性，他看不到绘画中的美，也看不到自己相濡以沫的妻子琪琪的美，进而厚颜无耻地在婚姻中出轨。琪琪是来自海地的美国黑人，在进入更年期后，她的身体发福，失去了年轻时的身体之美；但是在小说开篇，作家以伦勃朗绘画的视角刻画了琪琪的美——"光线照在通往花园的双扇玻璃门上，透进来，滤过那道将厨房隔开的拱门，柔和地落在早餐桌旁琪琪静物画般的身影上：她一动不动，正读着什么。她面前放着一只深红色的葡萄牙陶瓷碗，高高地摞满了苹果"(8)。霍华德的出轨对象之一克莱尔也曾情不自禁地赞美琪琪的美——"你看上去太棒了，琪克斯。你应该在罗马的一个喷泉里"(119)。"9·11"事件之后，美国发动了对伊拉克的战争，克莱尔愤怒地说："战争在继续，总统是个混蛋，我们的诗人们立法未成，世界将走向地狱。"(149)霍华德却在"9·11"之后给每个人发关于鲍德里亚的那封"可笑的电子邮件"(384)。霍华德再次忽略了事件本身，忽略了灾难中受难者的感受，称"9·11"事件为"模拟战争"(384)。为此，琪琪斥责他道："这是真实的。这生活。我们真实地在这里——这是真实发生的。痛苦是真实的。当你伤害别人的时候，那是真实的。当你跟我们一个最好的朋友上床，那

---

[1]　De Bolla, P. *Art Matters*. Cambridge, MA: Harvard University Press, 2001: 24.

也是真实的事情,那伤害了我。"(384)小说通过一连串这样的故事,揭示了霍华德对身边亲人有意或无意的伤害与他自身缺乏移情能力息息相关。

和麦克尤恩的《星期六》相似,史密斯在《美》中也设计了一个戏剧性的结局以彰显移情的力量,尤其是移情在修补破裂的关系、缓解危机中的神秘作用。小说在霍华德以感受式的方式介绍伦勃朗中结束。霍华德在讲座中播放了一张又一张伦勃朗的绘画作品,而不再发表任何无关的评论,他和琪琪,以及其他人共同观看着伦勃朗的《在河边洗澡的亨德里克耶》,他认真看着画中的女子,"一个漂亮的脸庞红润的荷兰女人……霍华德的观众看看她,再看看霍华德,然后再看看那个女人,等待着说明。……霍华德望着琪琪。在她脸上,是他的生命。……霍华德把墙上的图片放大,按照史密斯跟他解释的方法去做。这个女人丰满的肌肤充满了墙面。他又一次望向观众,眼里只有琪琪。霍华德对她微笑。她也笑了"(431)。霍华德在艺术中获得了对生命的启示,他的家庭危机、个人危机也由此顺利化解。

(三)对创伤中移情的质疑

但是在现代生活中,移情是否还具有努斯鲍姆相信的伦理意义呢? 在《移情与小说》(*Empathy and the Novel*)中,苏姗妮·基恩(Suzanne Keen)认为,心理学研究和读者反应实验不能证明观众对艺术的反应实际上导致了代表他人的可测量的行为,她争辩道:"叙事移情与实际读者的亲社会(prosocial)动机之间的关系并不能支撑那些关于移情的鸿篇大论。"①她非常怀疑当前人们对小说阅读具有伦理效应的看法——特别是认为小说阅读中的想象力与认同感能帮助我们成为更敏感和利他的人。关于努斯鲍姆所断言的阅读导致移情、同情和社会正义,基恩直接辩驳道:

> 我从一开始就不认为对小说人物的同情必然转化为……"更好"的人类行为。我不知道是否像乔治·艾略特所相信的那样,想象虚构的生活是否能够训练读者对她现实世界中真实的其他人产生同情,我也想要知道我们

---

① Keen, S. *Empathy and the Novel*. New York: Oxford University Press, 2007: 145.

如何能够判断这是否发生了。我承认,当发现通过阅读亨利·詹姆斯的作品能使我们变成更好的世界公民时,我感到十分愉悦,但我想知道,将共同的情感耗费在虚构的人物身上,是否会将我们对他人的那点关注浪费在不存在的实体上,或者充其量只能说明沉迷于此的读者只是被赋予了移情的倾向。①

文学移情作为一种直接的伦理或政治优点而被浪漫化,不仅有缺陷,而且具有潜在的危险性。简单来说,同情有潜力帮助,也可能带来伤害。文学和文化批评家长期以来一直挑战蔓延至文学中的移情—利他主义假说,特别是在对维多利亚时代文学文化的研究中,同情、移情和慈善话语长期以来一直是质询的中心对象。苏菲·拉特克利夫(Sophie Ratcliffe)批评了当代学界将"同情和移情的观念"与"善良的想法"绑定的倾向。② 她特别质疑了像希拉里·曼特尔(Hilary Mantel)、史密斯和麦克尤恩这样的小说家所宣称的文学通过促进对他人的想象力思考,可以防止憎恨或暴力行为的观点。③

当代英国文坛也有作家在创作中表达了对文学移情作用的怀疑,石黑一雄就是其中之一。怀特海德在其论文中也指出了石黑一雄对文学移情的不信任。④ 怀特海德认为,《别让我走》的叙事隐含了这种逻辑观点,即观看艺术作品至少对于小说中的大部分人物而言似乎并没有培养利他主义精神,而是滋生了狭隘的自我利益关注。在小说情节发展过程中,石黑一雄一方面肯定了努斯鲍姆对移情的辩护和信心,那些学生们(即克隆人们)在黑尔舍姆寄宿学校学习的主要科目就是文学和艺术,他们被培训成为专业的护理员。他们的文学和艺术教育似乎支撑着他们不可否认的亲密情感和他们的利他行为,例如凯茜与汤米之间真挚的爱情、凯茜与露西之间的友谊等。然而,怀特海德在文章中认为,石黑一雄的小说将人文学科对于移情的这个愿景复杂化,并在很大程度上拆解了

---

① Keen, S. *Empathy and the Novel*. New York: Oxford University Press, 2007: xxv.

② Ratcliffe, S. *On Sympathy*. Oxford: Oxford University Press, 2008: 225.

③ Ratcliffe, S. *On Sympathy*. Oxford: Oxford University Press, 2008: 227.

④ Whitehead, A. Writing with Care: Kazuo Ishiguro's *Never Let Me Go*. *Contemporary Literature*, 2011, 52(1): 54-83.

努斯鲍姆建立的阅读、移情、关怀和健康社会之间的联系。石黑一雄笔下的英国社会需要来自克隆人的绝对被动和默认,它们被创造出来完全是为了在成熟之后向人类提供器官。虽然阅读维多利亚时代的小说——特别是努斯鲍姆喜欢的作家乔治·艾略特的作品——可以培养优秀的护理员,但是这个结果需要相当大的代价。因为这些克隆人所阅读的维多利亚时代的小说只是为他们提供了一个不恰当的社会进步的想象模型,他们在这个社会中是被否定的,但是阅读使他们心中滋生了不切实际的希望。从这个角度来看,黑尔舍姆的人文教育最多只是一种欺骗或谎言;最糟糕的是,它与政治压迫系统合谋,共同构成对克隆人的压迫。因此怀特海德说:"我认为石黑一雄在小说中使移情在道德上变得模糊不清,因此移情不再如努斯鲍姆所认为的那样是内在的美德。……换句话说,移情并不是明确有益的,正如它容易激发利他行为一样,它也容易导致剥削和痛苦。"①

　　除了学者怀特海德谈论的《别让我走》,石黑一雄在小说《无可慰藉》中更加直接地探索了创伤历史中艺术的移情作用及其所具有的伦理意义。小说将故事背景设置在一个未命名的中欧或东欧城市。故事没有具体的情节,而更像是主人公瑞德的梦境,由他意识中的各种碎片拼贴而成。② 瑞德是一位著名的古典音乐钢琴家,他受邀来到这个城市表演一场音乐会。在他访问期间,城市的居民异常奇怪地反复强调了他此次访问及演奏的重要性。他的演奏似乎关系着这个城市的兴衰荣辱,似乎能够改变城市的文化生活和恢复其昔日的荣光。他们期望瑞德能纠正另外一位音乐家克里斯托夫在近 20 年来对这个城市造成的破坏性影响。城市居民的语言充斥着对过去美好生活的半自嘲式怀旧。他们希望瑞德能帮他们"扭转整个社会中心的痛苦似螺旋上升愈渐愈猛的势头"③,然而,读者却无从得知他们的悲观和沮丧究竟源自何方。小说由始至终也未清楚地解释居民口中反复提及的"危机"到底是什么,但是通过瑞德与城市居民之间的对话,

① Whitehead, A. Writing with Care: Kazuo Ishiguro's *Never Let Me Go*. *Contemporary Literature*, 2011, 52(1): 57.
② 许多评论者认为小说叙事是在构建或模仿人的梦境。
③ 石黑一雄. 无可慰藉. 郭国良,李杨,译. 上海:上海译文出版社,2013:123.本书中对该小说的引用均出自此版本,后文将直接在文中标明页码,不再具体加注。

小说暗示"危机"是某种深层文化困境或道德困境。他们认为瑞德的音乐能帮他们修补许多破碎的关系,重建和谐的社区群体。但是讽刺的是,不仅瑞德对自己的责任茫然无知,而且瑞德自己也陷在某种破碎的家庭关系中,他尚无法修补自己人生中的问题。无论是音乐会或计划中的任何事情,小说中的瑞德都未能履行,当然城市居民的美好愿望也落空了。

小说在叙事上从多方面体现了创伤小说的美学:碎片化的叙事,拒绝封闭的结构;不连续的、跳跃的时间;再现创伤的代际传递;最重要的是,它表现了创伤作为一个书写的事件,只有通过噩梦和幸存者的重复行为滞后地反复再现。在这部极其晦涩、意义含混不清的作品中,作家却清晰地描绘了每个人的创伤历史。作家在一次访谈中也肯定了这一创作动机,坦诚了小说创作与安度创伤之间的关系:

> 我认识许多许多作家,我会说,他们中的大多数是非常理智和负责的人,但我认为,他们很多人的创作来源于一些深埋的未解决的事情。事实上,现在要解决可能已经太晚了。写作是一种安慰或治疗。很多时候,差的创作来自这种治疗。在某种程度上,艺术家或作家已经接受了为时已晚的事实,在这种情况下,他们才会写出最好的作品。伤口已然造成,它没有被治愈,但它也不会变得更糟;但伤口就在那里。这是一种安慰,即世界虽然不是以你想要的方式运行的,但你可以通过创造自己的世界和自己的版本与它达成和解。[①]

由此可以看出,石黑一雄认为作家的创作诞生于创伤的断裂处,而那个"伤口"即使已不再流血,依然是创伤的见证。创伤造成的裂痕是无法弥补的,但是受创者仍然需要某种方式来获得安慰。因此也有学者认为,"在《无可慰藉》中,石黑一雄书写了两种不同的'伤口'话语:一是作为创伤断裂处的伤口,另一是法

---

① Ishiguro, K. Interview: Stuck on the Margins. In Vorda, A. (ed.). *Face to Face: Interviews with Contemporary Novelists*. Houston: Rice University Press, 1993: 30-31.

国哲学家让-吕克·南希(Jean-Luc Nancy)所称的'社群有限性'的时间间隔"①。正如有评论指出的,"小说中充溢着创伤——个人的、民族的、国际的;小说叙事似乎起源于治愈创伤的欲望"②。

小说中的个人创伤包括瑞德童年时经历的家庭危机,这间接导致了他成年后与家庭成员之间的疏离。小说中另一位音乐家布罗茨基对于自己曾在俄国经历的创伤事件无法释怀(小说未清楚说明具体的事件),这直接重创了他的音乐事业,以及他与爱人柯林斯小姐的关系。小说中其他人物也面临着因为各种创伤事件而导致的家庭关系破裂。因此,在某种程度上,小说中其他人物的创伤事件是瑞德个人创伤的投射。"这些角色虽然是'真实的',但可被理解为瑞德自我主体的扩展、翻版或变体。就像在《远山淡影》中悦子将自己的创伤历史投射在了佐知子的故事中。虽然这些角色并不是主角自我捏造的,但是他们确是瑞德由此回忆、判断和审查他自己的过去的渠道。"③在谈及小说中的人物塑造时,石黑一雄也认同了瑞德与其他人物之间的关系:

> 整个事情应该发生在一个奇怪的世界里,在那里,瑞德挪用了他遇到的每个人,用以解决他的生活问题和他的过去。我用梦境作为模型。所以这部作品是一个人的传记,但不是使用记忆和回溯的方式写的传记。而是让他在梦中徜徉,在梦中碰到早期或更晚的自己。他们不是字面意义上的。他们在某种程度上是其他人……④

① Reitano, N. *Against Redemption: Interrupting the Future in the Fiction of Vladimir Nabokov, Kazuo Ishiguro and W. G. Sebald*. New York: The City University of New York, 2006: 127.

② Waugh, P. Kazuo Ishiguro's Not-Too-Late Modernism. In Groes, S. & Lewis, B. (eds.). *Kazuo Ishiguro: New Critical Visions of the Novels*. London: Palgrave Macmillan, 2011: 16.

③ Shaffer, B. W. *Understanding Kazuo Ishiguro*. Columbia: University of South Carolina Press, 1998: 94-95.

④ Jaggi, M. Kazuo Ishiguro with Maya Jaggi. In Shaffer, B. W. & Wong, C. F. (eds.). *Conversations with Kazuo Ishiguro*. Jackson: University Press of Mississippi, 2008: 114.

后来作家又补充道:"这些瑞德遇到的人,他们在这个城市里,在一定意义上,也有自己的存在价值,但他在叙事中以一种奇怪的方式利用他们来理解自己的生活。"①

瑞德的儿子鲍里斯、酒店经理霍夫曼的儿子斯蒂芬,以及老年音乐家布罗茨基分别映照着瑞德的童年创伤、青年挫折以及可能面对的惨淡未来。鲍里斯是个孤独的男孩,父母关系恶劣,长期无法得到父母的关注和爱护。瑞德看着鲍里斯独自沉迷于人偶足球游戏时,回想起自己童年时的孤独感受。与很多创伤经历者类似,瑞德从未从童年的创伤中恢复。在童年时,他以某种所谓的"训练期"压抑了创伤的影响。

> 一日灰蒙蒙的午后,我独自在小巷里玩耍——沉浸在某种幻想中,在一排杨树和田野中间的干涸沟渠里爬进爬出——我突然感到一阵惊慌,需要父母的陪伴。……惊恐感迅速蔓延,我几乎被一阵冲动所压倒,只想穿过杂草全速跑回家。然而,不知何故——可能我很快将这感觉同不成熟联系了起来——我强迫自己迟些离开。毫无疑问,我脑子里想的还是很快穿越田间,开始奔跑,只是用意志力推迟那一刻的到来,多坚持了几秒。我呆若木鸡地站在那干涸的沟渠里,经历了恐惧与兴奋交织的奇怪感觉,这感觉我在接下来的几周里渐渐熟悉。不到几天工夫,我的"训练期"变成了我生活中一个惯常且重要的部分。日久天长,就形成了一种固定的仪式,所以,一感到想回家的念头冒出头,我就会沿着小路走到一个特别的地方,一棵巨大的橡树下,我会在那儿站上几分钟,击退内心的情感。(191)

因为童年时期家的缺失,成年后的瑞德作为著名的钢琴家周游世界,却始终找不到家的温暖。他与妻子苏菲重复了他父母间的恶劣关系,而他的儿子鲍里斯重复了他童年时的孤独。他在叙述中为自己辩解,"我喜欢孤单"(190),但他对修补糟糕的家庭关系无能为力。瑞德在斯蒂芬的身上看到了自己曾经的努

---

① Oliva, P. Chaos as Metaphor: An Interview with Kazuo Ishiguro. In Shaffer, B. W. & Wong, C. F. (eds.). *Conversations with Kazuo Ishiguro*. Jackson: University Press of Mississippi, 2008: 123.

力,他也曾像斯蒂芬一样努力学习钢琴以获得父母的认可。当斯蒂芬回忆往事,回忆着父母如何对他的演奏不屑一顾时,瑞德叙述道:"每次回忆起那日那时的情景,所带来的伤痛,本已随着时间渐渐消逝,但如今'周四之夜'日日临近,昔日的惊惧再次浮上心头。"(77)在小说结尾处,斯蒂芬的父母仍然否定了他的演出,瑞德也仍然在期待着自己的父母能来观看自己的演奏会。

也有学者认为,《无可慰藉》作为一部创伤叙事,在描绘个体创伤的同时更深层地隐喻了民族的、国际的创伤。有的学者认为,小说讨论了"20 世纪 90 年代早期欧洲边界变更引起的相应政治和伦理诉求"①;有的学者认为,"石黑一雄的小说再现了在全球化时代由后国民和跨文化意识造成的异化"②;也有学者认为,小说中未命名的欧洲城市是维也纳,小说中市民极力想要摆脱的"危机"是他们想要通过沉浸于音乐中"掩盖因积极参与纳粹种族灭绝而产生的内疚"③。与此同时,这个作家刻意未命名的城市中发生的故事,已经具有了一定的寓言性和普适意义。小说人物的创伤和困境,以及他们为此付出的努力,对每一个读者都具有启示作用。

作家石黑一雄在一次访谈中清晰地介绍了小说的主题,尤其是音乐与小说主题之间的关系:

> 小说中蕴含着两个情节。一个是瑞德的故事,这个男人在成长过程中,他的父母一直争吵不休、处在离婚的边缘。他认为让父母和解的唯一方法是实现他们的期望,所以他成了优秀的钢琴家。他认为如果他在这个关键的音乐会上演奏,则一切都可被治愈。当然,到那时为时已晚。他父母的事

---

① Stanton, K. A. *Worldwise*: *Global Change and Ethical Demands in the Cosmopolitan Fictions of Kazuo Ishiguro, Jamaica Kincaid, J. M. Coetzee, and Michael Ondaatje*. Piscataway: The State University of New Jersey, 2003: 18.

② Jarvis, T. "Into Ever Stranger Territories": Kazuo Ishiguro's *The Unconsoled* and Minor Literature. In Groes, S. & Lewis, B. (eds.). *Kazuo Ishiguro: New Critical Visions of the Novels*. London: Palgrave Macmillan, 2011: 159.

③ Brandabur, C. *The Unconsoled*: Piano Virtuoso Lost in Vienna. In Wong, C. F. & Yldiz, H. (eds.). *Kazuo Ishiguro in a Global Context*. Surrey: Ashgate Publishing Limited, 2015: 77.

情距此已经太久远了。小说中另一个故事是关于布罗茨基的。这个老人试图将这次音乐会作为最后的尝试,以修补曾经被他搞砸的各种人际关系。他认为,如果他可以作为指挥家完成这次演奏,他将能够赢回他生命中的挚爱。这两个故事发生在这样一个社会中,在那里人们相信所有的问题都是选择错误的音乐价值的结果。①

因此,石黑一雄通过塑造瑞德和布罗茨基两位在创伤中成长的音乐家,探索了音乐与创伤救赎之间的关系。那个至关重要的音乐会——“周四之夜”——在小说中被每个人物反复提及,每个人都在为“周四之夜”积极准备,似乎所有人都希望通过“周四之夜”的音乐会治愈长久以来的创伤,修补创伤中的裂痕。音乐能够慰藉创伤吗?小说中的所有人在故事开始时似乎都对此充满希望,石黑一雄由此讨论了艺术与创伤、审美与伦理之间的关系。

当这个城市的市长佩德森与瑞德讨论“危机”生成的背景时,他谈到了记忆中城市的孩子们发明的一种游戏。就在音乐会开始之前,所有的孩子们在成年人进入音乐厅之前“东奔西跑,收集满目的落叶”,他们“尽量收集树叶,堆积起来,达到那个污点的高度的时候,大人们就开始鱼贯而入进入音乐厅。如果没达到,整个城市就会炸成碎片,诸如此类”。(105-106)这位年老的市长在絮絮叨叨儿时的记忆时坦诚,“我这个年纪的人很容易怀旧,瑞德先生,但曾几何时,这儿的人无疑都很开心,好似一家人,还有真正长久的友谊。人们互相温暖,温柔以待。这儿曾经是个美好的社区。好多好多年都是这样啊”(106)。通过佩德森的只言片语,小说暗示了瑞德到访的城市所遭遇的某种“危机”。然而,小说在叙事中并未明确点明“危机”的具体内容,却反复通过市民之口强调音乐是解决所有问题的关键。他们首先将城市问题归结于另一位音乐家克里斯托弗的音乐。

市长佩德森告诉瑞德,克里斯托弗在这个城市待了 17 年又 7 个月,他曾经是这个城市竭力追捧的音乐家。佩德森说,那时“是我们鼓励他的,我们赞颂他,奉承他,很明显我们指望他给我们以启发和动力”(106)。然而就在瑞德到访的三年前,佩德森及该市中其他重要人物认为,克里斯托弗的演奏“有点功利”,“有

---

① Hunnewell, S. Kazuo Ishiguro: The Art of Fiction. *Paris Review*, 2008(196): 15.

点单调无力"而且"冷漠"。(110)因此佩德森痛心疾首地对瑞德说:"我们的城市危在旦夕,凄惨一片。反正总得从某个地方开始拨乱反正,从中心开始也未尝不可。我们必须心狠手辣,尽管我为他[克里斯托弗]感到可惜,但我明白舍此别无他途。他以及他所代表的一切,现在必须被抛入我们历史的某个黑暗角落。"(108)

学者格里·史密斯(Gerry Smyth)对石黑一雄的《无可慰藉》和《小夜曲》(Nocturnes)中的音乐进行了分析,指出作品揭示了经典、浪漫和现代主义艺术观念之间的冲突,布罗茨基和克里斯托弗两位音乐家因而分别代表了浪漫主义与现代主义的音乐形式。[①] 克里斯托弗推崇的是现代音乐,他把市民对他的诋毁归结于他们缺乏音乐素养,并对现代音乐缺少理解能力:

> 这些现代音乐太复杂了,什么卡赞、穆莱利、吉本直贵。即便像我这样受过训练的乐师,现在都觉得很难,非常难。冯·温特斯坦、伯爵夫人之流,又怎么可能会懂?完全超出他们的层次了嘛。对他们来说,那简直就是噪声,离奇古怪的节奏,一团糟啊。或许这些年自己骗自己说能听出些名堂来,什么情感啊、意义啊。但事实上,他们一无所得。完全超出了他们的层次,他们根本不懂现代音乐的原理。曾几何时,只有莫扎特、巴赫、柴可夫斯基。那种音乐,大街上随便拉个人都能猜个八九不离十。但是,这是现代音乐啊! 他们这样的人,一帮乡巴佬,没经过任何训练,怎么可能——不管他们觉得对社会怀有一种何等强烈的责任感——他们怎么可能理解这些东西呢? 无可救药啊,瑞德先生。他们搞不清破碎的节奏与令人震撼的主题间的区别,也不懂断裂的拍号和一系列指孔休止之间停顿的不同。而如今还误判了整个形势! 想让事情往相反的方向发展! (207)

克里斯托弗的一番慷慨陈词一方面再现了古典音乐与现代音乐在形式和理

① Smyth, G. "Waiting for the Performance to Begin": Kazuo Ishiguro's Musical Imagination in *The Unconsoled* and *Nocturnes*. In Groes, S. & Lewis, B. (eds.). *Kazuo Ishiguro: New Critical Visions of the Novels*. London: Palgrave Macmillan, 2011: 144-156.

念上的冲突,另一方面也暴露了音乐与移情的关系已渐渐变得不再可能。传统上,音乐代表着和谐与一致性。这座城市显然缺乏这些品质,因此音乐成为一个象征,居民们由此表达他们的希望。音乐家的地位和作用都被看得极其重要,在他们看来城市的物质和精神幸福都依赖于他们在音乐上可能有的成就。瑞德意识到他在"周四之夜"的演奏和现场演讲不仅对于他自己,对于小说中的其他人物,而且对于市民来说都意义重大。

如移情的研究者所指出的,在浪漫主义时期,艺术的审美功能包含着情感涤荡的作用。艺术是深入心灵的教育,不仅仅提供安慰,还更易激起深层次的伦理共鸣。[①] 不管是雪莱的浪漫主义诗歌还是席勒的小说,都弘扬了艺术的想象力价值。雪莱曾宣称:"一个伟大的人,必须强烈地和全面地想象;他必须把自己放在另一个人和许多其他人的位置上;其他人的痛苦和快乐必须成为他自己的。好的道德要有好的想象力;诗歌通过作用于源头而产生作用。"[②]克里斯托弗特别指出的巴赫、莫扎特等古典音乐家的作品长久以来也被赋予了更高的审美和伦理价值。有学者指出,古典时期和浪漫时期的西方音乐因为其较为稳定的形式,如奏鸣曲,曾经被认为是一种"安慰性"话语。例如,学者史密斯在分析奏鸣曲的文化意义时曾指出,"奏鸣曲形式事实上体现了人类经验的两个基本要素或方面:第一,它包含着'主体'的可能性及其'主体'与另一个被指定为'他者'的主体之间的关系(与二元对立的元素,即主要和次要主题有关);第二,它意味着'家'的可能性,以及带着主体远离但最终回到那个家的旅程(与其三段式结构有关)"[③]。史密斯特别强调了这种音乐形式在人类文化发展中的重要意义,因为它"预演了人类一些原始的情感(包括排斥、恐惧、欲望等)"[④]。史密斯着眼于石

---

① Waugh, P. Kazuo Ishiguro's Not-Too-Late Modernism. In Groes, S. & Lewis, B. (eds.). *Kazuo Ishiguro: New Critical Visions of the Novels*. London: Palgrave Macmillan, 2011: 20.

② Shelley, P. S. A Defence of Poetry. In Abrams, M. H. (ed.). *The Norton Anthology of English Literature* (Vol. 2). New York: Norton, 1993: 759.

③ Smyth, G. *Music in Contemporary British Fiction: Listening to the Novel*. London: Palgrave Macmillan, 2008: 45.

④ Smyth, G. *Music in Contemporary British Fiction: Listening to the Novel*. London: Palgrave Macmillan, 2008: 46.

黑一雄对音乐的长期兴趣,指出"'音乐小说'重复使用的主要策略之一是在一系列危机情形中引入音乐作为缓冲",石黑一雄的小说向读者展示了音乐的另一个特点:艺术作为安慰的可能性。[①]

在两种音乐形式的对立中,小说所暗示的危机可以理解为现代社会中人与人之间关系的异化,小说中呈现了数对(数组)情侣关系或家庭关系异化的案例。也如同佩德森感慨的,"我们每人都能详述十来个悲伤的案例:孤独寂寞的生活;好多家庭对曾经视为理所当然的幸福深感绝望"(124),小说中虚构的现代音乐家卡赞、穆莱利等人的作品也在形式上表现了支离破碎的现代生活,就如同后现代文学以各种创新实验的技巧再现当代生活一般。

历史已经发生了变化,创伤也已然产生。对于历史中的人们,他们只有正视变化、正视创伤才能理解当下的生活。但是,无论是瑞德、布罗茨基还是一些市民,他们只知道不断地舔舐、抚慰自己的伤口。在瑞德与布罗茨基为数不多的直接交流中,布罗茨基曾对瑞德说:"您看,我很疼。"(351)瑞德将自己的创伤经历投射在布罗茨基的故事中,认为对方所说的疼痛是情感的创伤(布罗茨基和曾经的爱人柯林斯小姐的决裂);然而布罗茨基却仅仅只强调身体上的伤口,"不,不,我的意思很简单,就是个伤口。我受过伤,非常严重,那是很多年前了。在俄罗斯。医生医术不高,他们没能治好。疼得很厉害。一直未能彻底治好。这么长时间以来一直发作,仍然很痛"(351)。然而,事实上布罗茨基多年来一直以酗酒的方式排解创伤的影响,他甚至希望所有人都和他一样,陷入创伤之中,"来吧。抚慰你的伤口吧。它将永远留在你的生命里。来抚慰它吧,尽管很痛,血流不止。来吧"(425)。因此,在"周四之夜",布罗茨基并没有像市民期望的那样上演"优美"的音乐,而是打破了音乐原有的形式,"他几乎全然无视曲子的外在结构……所有这一切略显龌龊,近乎于裸露癖"(559)。最后布罗茨基没有完成整部乐曲,而是失控摔倒在台上。柯林斯小姐虽然同情他的遭遇,却犀利地指责了他对创伤无法释怀:"你的伤口,你那愚蠢的小伤口!那才是你的真爱,里奥,那伤口,它才是你一生唯一的挚爱!……你的音乐也是这样,不会有丝毫的不

---

① Smyth, G. "Waiting for the Performance to Begin": Kazuo Ishiguro's Musical Imagination in *The Unconsoled* and *Nocturnes*. In Groes, S. & Lewis, B. (eds.). *Kazuo Ishiguro: New Critical Visions of the Novels*. London: Palgrave Macmillan, 2011: 147.

同。……而这都是因为你那个伤口。我也好，音乐也罢，对你来说，我们不过就是你寻求慰藉的情妇罢了。"(566)石黑一雄通过柯林斯小姐之口讽刺了布罗茨基试图通过音乐获得救赎的妄想。更加讽刺的是，在小说结尾处，被期盼已久的瑞德的演奏和演讲却始终没有进行，瑞德躲在一个壁橱内经历了整场晚会，而且他也没有等到父母到场观看他的演出。

瑞德和布罗茨基都希望通过"周四之夜"回到创伤前的美好岁月，市民们则希望通过再次弘扬古典音乐，重建历史变革前的旧的社会制度。他们从未正视历史、正视自己的创伤经历，他们只想寻求某种形式的慰藉。因此瑞德像那些怀旧的市民一样，无法理解现代生活，因此也无法理解现代音乐。石黑一雄曾这样描述瑞德，"我想是时候让他发现你无法修补过去。有时候坏事已经发生且永远无法弥补"[①]。"太迟了"这种氛围笼罩了石黑一雄的小说。即使市长孤注一掷地将音乐视为救赎的良方，但仍有理智的市民坦言"太迟了"；他们这种不合时宜的愿望注定是不能实现的，而音乐在现代社会也无法再成为创伤的救赎物。如学者所指出的，小说中，"音乐，如同其他艺术形式一样，是创造力和艺术家想象力的表现，但只能成为这座城市所有希望的不完美的象征，而不是他们所渴求的灵丹妙药"[②]。小说中所有人将要面对的是"无可慰藉"的人生。

第三节　创伤历史在消费社会中面临的挑战
——《午夜之子》中被消费的印度

迈克尔·罗斯(Michael Roth)在1995年出版的《讥讽者的牢笼——记忆、创伤与历史的建构》(*The Ironist's Cage*：*Memory*，*Trauma and the Construction of History*)中曾指出历史的利用和滥用问题，其中包括福柯对权

---

① Oliva，P. Chaos as Metaphor：An Interview with Kazuo Ishiguro. In Shaffer，B. W. & Wong，C. F. (eds.). *Conversations with Kazuo Ishiguro*. Jackson：University Press of Mississippi，2008：123

② Teo，Y. *Kazuo Ishiguro and Memory*. London：Palgrave Macmillan，2014：102.

力话语在历史中运作的揭示、罗蒂的实用主义历史观、怀特的情节化修辞建构历史叙事等。罗斯认为，怀特等学者的分析想做的恰恰是解开将过去系在一起的叙事结，从而使过去有了重构的可能性，但是罗斯也清楚地认识到罗蒂与怀特的相对主义历史建构应该有一定的限度，否则，相对主义者们会抹杀或淡化像大屠杀这样的历史事件。历史能够被利用，但这种利用是有限度的，而不是滥用。在当代英国小说中，来自前殖民地的流散作家，在作品中叙述了殖民历史中的创伤或者第三世界移民在英国遭遇的后殖民创伤等。但是在当代英国的图书市场，这些作家的作品却面临着被消费的窘境，导致创伤历史并没有得到足够的关注。例如，1981 年英国小说布克奖颁奖仪式第一次借助电视平台向观众直播，获奖者萨曼·鲁西迪和他的《午夜之子》由此一夜爆红，成为严肃文学和大众文化共同追逐的宠儿。在经历了布克奖 10 周年、25 周年的多次"最佳小说"投票筛选之后，英国大众仍然对《午夜之子》情有独钟，使该作品成为当代英国文学的经典之作。《午夜之子》从它获奖之日起，就已无法摆脱商业文化的影子了。

《午夜之子》的成功一方面归功于小说独特的叙事技巧，以及作家在创新实验的同时对东西方经典文学的继承，传统与现代的融合赋予了小说独有的艺术魅力。另一方面，小说中清晰的文化指涉与同时期西方文化的主流话语交相呼应成为作品大获成功的另一主要原因。它顺应了 20 世纪 70—80 年代后殖民运动的蓬勃发展，并成为后殖民理论和后殖民批评话语的示范蓝本。M. 基斯·布克（M. Keith Booker）在其所编纂的《萨曼·鲁西迪批评论文集》（*Critical Essays on Salman Rushdie*）中指出，鲁西迪的作品因其对文化混杂性的讨论尤其受到后殖民学者的关注。[①] 学者们大都认为《午夜之子》几乎囊括了一切后殖民小说的特点。[②] 研究鲁西迪的著名学者艾贾兹·阿赫默德（Aijaz Ahmad）在讨论鲁西迪作品在西方经典地位的确立时曾特别指出：

> 任何经典的形成——即使它一开始是作为反经典而出现的——也遵循
> 这样一个公认的现象，即当一个时期被确定下来或者某种想要的文学类型

① Booker, M. K. *Critical Essays on Salman Rushdie*. New York: G. K. Hall, 1999: 2-3.
② Kunow, R. Architect of the Cosmopolitan Dream: Salman Rushdie. *American Studies*, 2006, 51(3): 372.

被建构出来,推崇经典的机构会由此选取一些作家、文本、体裁和分类评判标准,而舍弃虽是同一时期同一空间内产生的但却不符合其遴选原则的其他作品。也就是说,某种统治地位是被确立或是夺取的,且由此被称为精华的或主流的。①

对于《午夜之子》来说,这个恰当的历史时期不仅指 20 世纪 80 年代后殖民运动开始在西方活跃的时期,作品的成功同时也是资本主义全球化的结果,它见证了消费社会对文学生产和传播的显著影响,小说中的印度已成为英国大众文化消费的对象。

(一)当代英国文坛的商业化运作

在当代英国文坛,商业在文学生产和传播中的作用日益凸显,文学作为商品而被消费的价值已不容忽视。著名评论家洛奇在 1990 年谈到 20 世纪 80 年代以来的英国小说时,也犀利地指出:"很显然,严肃小说在 20 世纪 80 年代取得了新的商业价值,与此相应出现的是人们致力于公司文化、金融巨头的国际化和对金融巨头放松管制等各项活动。……著名作家就像商品市场里的名牌一样变成了有价值的资产,他们的价值远远大于他们实际获得的收入。"②因此,作品从诞生之日起,它的成功与否已经与各种商业运作息息相关,其中以出版商为核心的生产销售链的作用尤为突出。

二战后英国出版业的改革,使得一些独立的小型出版机构纷纷破产或被收购,大型出版集团垄断了出版市场,作家在自主选择出版商方面的话语权越来越小。如今,有声望的小说家不再将手稿直接付梓,而是要先同出版经纪人和出版商谈判。然而,同意出版只是万里长征的第一步,紧接着还有一系列战役要打,这包括制定出版进度、编辑校对、装帧设计、市场推广、图书销售、采访访谈等等,有时还要根据图书获奖情况而收取电影改编版权费等等。③ 不仅作品是否可以出版、出版数量的多少和最终销售情况的好坏依赖于出版商的决策,而且作品能

① Ahmad, A. *In Theory: Class, Nations, Literatures*. London: Verso, 1992: 123.
② Lodge, D. *The Practice of Writing*. London: Penguin, 1996: 12.
③ Lodge, D. *The Practice of Writing*. London: Penguin, 1996: 14.

否参与布克奖的评选也需要出版商的提名。起初，每家出版商可以提名三部作品参选，1996 年布克奖的改革进一步扩大了出版商的权力，至此每家出版商最多可以提名五部作品。因此，出版商在事实上也扮演了大奖评委的角色。[1] 出版商在当代英国文坛的作用，促使当代英国小说"即使是先锋实验派的，也是要讨好读者的"[2]，甚至在最权威的布克奖评审过程中也表现出对"可读性"的青睐，这被认为恰恰表达了普通读者的期待。[3] 与此同时，普通读者的评论或作品的口碑也影响着布克奖的评选[4]，因为他们不仅是读者，也是图书的购买者，是整个图书商业链中至关重要的一环。但评委会的每个决定都是有争议的，因为它需要在大众的良好愿望与严肃文学评论之间取得平衡。布克奖与出版商之间的亲密关系使《午夜之子》这样的经典文学作品也无法摆脱被视为消费品，以迎合读者消费欲望的命运。

在当代英国文坛的商业环境中，20 世纪 80 年代兴起的后殖民主义文学以及它所持有的反抗姿态，都已成为可供人们消费的商品。阿赫默德更是一针见血地批评，"以英语创作的第三世界文学是商品拜物教的载体，是西方都市生产出的欲望对象"[5]。作为一位流散作家，鲁西迪有意识地将自己的创作置于西方主流话语之中，其作品满足了西方读者对第三世界文学的期待，西方的评论者们或推崇作品中显著的东方元素[6]，或赞誉作者对当代印度历史宏大叙事的反驳，以及作品对东方主义刻板形象的批判[7]。因此，《午夜之子》出版之时，《纽约时

---

[1]　Todd，R. *Consuming Fiction：The Booker Prize and Fiction in Britain Today*. London：Bloomsbury Publishing，1996：72.

[2]　Childs，P. *Contemporary Novelists：British Fiction since 1970*. New York：Palgrave Macmillan，2005：18.

[3]　Todd，R. Literary Fiction and the Book Trade. In English，J. F.（ed.）. *A Concise Companion to Contemporary British Fiction*. London：Blackwell Publishing，2006：71.

[4]　Todd，R. Literary Fiction and the Book Trade. In English，J. F.（ed.）. *A Concise Companion to Contemporary British Fiction*. London：Blackwell Publishing，2006：34.

[5]　转引自：Huggan，G. *Postcolonial Exotic：Marketing the Margins*. London：Routledge，2001：65.

[6]　Swann，J. "East is East and West is West"? Salman Rushdie's *Midnight's Children* as an Indian Novel. *World Literature Written in English*，1986，26(2)：353-362.

[7]　Ali，T. *Midnight's Children. New Left Review*，1982(136)：87-95.

报书评》的评论称之为"一个大陆发现了自己的声音"①,而这一赞誉后来也成为斗牛士出版社出版此书时护封上的推荐语。在众多的赞誉声中,学者格雷厄姆·赫根(Graham Huggan)在其著作《后殖民的异国情调:边缘文化的营销》(*Postcolonial Exotic: Marketing the Margins*)中强调了包括《午夜之子》在内的第三世界文学在英国社会的成功离不开作家对异域性的有意识的营销,并在分析中提到鲁西迪小说中充满了极具印度风情的事物和人物,但是赫根并没有细致地解析鲁西迪小说的创作与英国大众文化对印度的消费之间的微妙关系。在赫根有关西方异域性消费的讨论基础上,鲁西迪在《午夜之子》中从叙事手法到人物描摹都有意识地迎合了西方的阅读期待。虽然鲁西迪的小说以民族寓言的形式再现了印度独立前后的历史变迁,尤其是殖民地历史在印度和巴基斯坦人民心中留下的创伤印记,思考了深受西方殖民洗礼的印度民族运动的是非成败和现实困境,但是小说所呈现的印度仍然在作品的传播过程中成为西方读者的消费对象。该书的推介体现了出版商恰如其分地捕捉到了西方读者的消费欲望,即西方对东方长久以来的猎奇心理,以及英国社会在 20 世纪 80 年代流行的帝国怀旧风。

(二)"印度性"及异国情调的消费

《午夜之子》作为 20 世纪 80 年代以来众多以英语写作的印度文学之一,作品中的"'印度性'往往不仅被视为后独立时代的精神特质,而且更多地被视为可无限制、普遍使用的市场工具"②。"印度性"与同时期英国社会致力于探讨的"英国性"相对,它包含了一切与英国特质所不同的异质性和他者性,它在某种程度上成为后殖民话语所批判的"异国情调"的代名词。印度是英国人眼中所熟悉的东方的代表,印度的神秘性和异域性一直是大众文化的营销商们极力推销的卖点。各类旅行指南、畅销小说一直致力于描摹印度的异域风情,"以迎合西方的资本市场"③;严肃文学在后殖民批判话语的影响下,却是在"多元文化"的外

① Blasie, C. A Novel of India's Coming of Age. *New York Times Book Review*, 1981-04-19 (23).

② Huggan, G. *Postcolonial Exotic: Marketing the Margins*. London: Routledge, 2001: 66.

③ Huggan, G. *Postcolonial Exotic: Marketing the Margins*. London: Routledge, 2001: 68.

衣掩盖下消费作品中的"异域性"。如学者休·伊肯（Hugh Eakin）所言，尽管秉持着多元文化的评选标准，布克奖与其说推动了"非西方"或后殖民的文学，"莫若说其鼓励了取悦西方文学市场的猎奇商品的消费"①。尽管后殖民运动在 20 世纪 80 年代的英国社会如火如荼地开展，但是"西方学界仍然参与了他异性话语的炮制，以取代人们所熟悉的异域情调"②。对此，作家鲁西迪也承认，西方的出版商和评论者"对于来自印度的声音越来越着迷；至少在英国，作家们常因为作品中缺乏印度格调而被评论者苛责。这看起来好像是东方在影响着西方，而非其反面"③。

《午夜之子》恰恰因其浓郁的印度风情而饱受出版商和读者的青睐，即使作家所言称的创作初衷并非如此。如学者伊肯所言，当鲁西迪的作品被西方主流社会接受的时候，作品中的抵抗力量（反帝国主义的力量）势必会被削弱，他的作品会被视为当代的"异国风情小说"，即使有所创新，但仍是人们所熟悉的"神秘东方"的组成部分。④ 作家本人对此多有抱怨：

> 小说的成功——获得布克奖等——开始使小说的阅读偏离了原有的方向。许多读者希望这是一部历史，甚至是指南，这绝不是此部小说的本意。其他的人批评它的不完整，并指出我没有在小说中提及乌尔都诗歌的辉煌，没有描写印度贫民或贱民的艰辛，也没有涉及一些人所指出的将印地语在南印度的使用视为新的帝国主义。这些各式各样的失望的读者并没有把这本书看作一部小说，而是看作了某个不完整的参考书或百科全书。⑤

---

① 转引自：Huggan, G. *Postcolonial Exotic*：*Marketing the Margins*. London：Routledge，2001：71.

② Suleri, S. *The Rhetoric of English India*. Chicago：The University of Chicago Press，1992：12.

③ Rushdie, S. & West, E. *The Vintage of Book of Indian Writing*，1947—1997. New York：Vintage，1997：xiv.

④ 转引自：Huggan, G. *Postcolonial Exotic*：*Marketing the Margins*. London：Routledge，2001：5.

⑤ Rushdie, S. *Imaginary Homelands*：*Essays and Criticism*，1981—1991. London：Granta Books，1991：25.

然而,在普通读者的阅读过程中,《午夜之子》无法逃脱地被视为旅行指南或百科全书的替代品。"虽然作品批评将具有东方特质的印度商品化,但是它恰恰从那些具有商业效应的东方主义神话中获利颇多。"①

鲁西迪小说中所呈现的"印度性"或印度的异国情调并不是西方读者完全陌生的他异性,而是在描摹异域性的同时又迎合了西方社会的阅读期待。根据赫根对异域性的分析,"异域性并不像人们平时所认为的那样,是某人、某些特别的东西或具体某些地方所具有的本质特征;异域性事实上指的是某种独特的审美观念——它使得那些人、物和地方看起来奇怪陌生,即使它们已被同化;而且这种审美观念能有效地生产出他者性,即使它同时宣称自己被其固有的神秘而折服"②。赫根特别指出了所谓异域性不是本质上的差异,而是在全球化消费语境中被建构的话语。③ 鲁西迪笔下的印度不仅因为作家融入了印度的宗教故事、神话传说、预言、征兆、特异功能等离奇的内容,使故事蒙上了印度传统文化中常见的神秘色彩,更重要的是,作家所援引的印度传统对于西方读者而言并不陌生,无论是作家在叙事上对东方民间故事《一千零一夜》的模仿,还是其笔下面纱后的印度妇女,都满足了大众市场对印度的消费欲望。

《午夜之子》杰出的叙事技巧、丰富的想象力在广受西方评论者赞誉的同时,也使该书成为彰显印度异域性、供大众文化市场消费的对象。《午夜之子》问世伊始,魔幻现实主义就成为学者们讨论小说叙事的老生常谈。这种叙事手法虽然使鲁西迪成了西方人眼中的加西亚·马尔克斯(Garcia Márquez),但却未能使小说摆脱向西方人推销印度的沉疴。魔幻现实主义作为一种叙事手法,在20世纪后期随着后殖民运动的发展,被学者们逐渐视作后殖民文学的有效文体。在史蒂芬·斯莱蒙(Stephen Slemon)颇有影响的文章《作为后殖民话语的魔幻现实主义》("Magic Realism as Postcolonial Discourse")中,他清晰地将魔幻现实主义的叙事结构与反殖民文学创作联系在一起。④ 随后,很多学者回应了斯

① Huggan, G. *Postcolonial Exotic*: *Marketing the Margins*. London: Routledge, 2001: 25.

② Huggan, G. *Postcolonial Exotic*: *Marketing the Margins*. London: Routledge, 2001: 13.

③ Huggan, G. *Postcolonial Exotic*: *Marketing the Margins*. London: Routledge, 2001: viii.

④ Slemon, S. Magic Realism as Postcolonial Discourse. In Zamora, L. P. & Faris, W. B. (eds.). *Magical Realism*: *Theory*, *History*, *Community*. Durham: Duke University Press, 1995: 407-426.

莱蒙的观点。温迪·B.法里斯(Wendy B. Faris)称魔幻现实主义"是这样一种叙事,它把话语权力从殖民者手中转到被殖民者手中,为书写殖民和历史提供了新的叙事视野"①。鲁西迪小说中的魔幻叙事"反抗了已有的秩序,魔幻的使用最终强化了小说中叙述的历史暴行"②。然而,因魔幻现实主义叙事将第三世界(如东方和拉美)的传统神话融入民族历史的书写中,在一定程度上又迎合了西方对东方的神秘幻想,西方读者在这种阅读体验中难免会加固其已有的类型化东方形象。当《午夜之子》在西方大受欢迎之时,当后殖民学者纷纷视其为经典之时,当魔幻的叙事在控诉英国的殖民统治之时,东方的神秘性和异质性又再一次呈现于西方读者面前。

鲁西迪的魔幻现实主义叙事根植于印度的叙事传统,然而鲁西迪所继承的印度传统并没有超越西方人的期待视野,而是重复印证了西方对印度异域性的固有理解。虽然很多学者在讨论小说的叙事时都指出了作品与东西方文学经典之间的关系,尤其是作家对西方经典文学的借鉴,是作品备受好评的原因之一,③然而,作品中突出的叙事元素和让读者感受最深的叙事风格均来自作家对印度民间传统叙事的继承。当评论者纷纷将史学元小说等后现代主义叙事的标

---

① Faris, W. B. *Ordinary Enchantments*: *Magical Realism and the Remystification of Narrative*. London: Eurospan, 2004: 136.

② Faris, W. B. *Ordinary Enchantments*: *Magical Realism and the Remystification of Narrative*. London: Eurospan, 2004: 140.

③ 已有学者指出了该作品与西方文学经典的互文关系。"在某种程度上,鲁西迪把自己置于西方小说的另一个传统(非现实主义的小说)中——塞万提斯、拉伯雷、斯特恩、斯威夫特、麦尔维尔、果戈理、格拉斯、博尔赫斯和马尔克斯。"(Goonetilleke, D. C. R. A. *Salman Rushdie*. London: Palgrave Macmillan, 2010: 17.)小说在叙事上所采用的传记体叙事方式,以及民间叙事传统所赋予作品的幽默诙谐色彩,使评论者将小说叙事追溯至18世纪的英国小说(Goonetilleke, D. C. R. A. *Salman Rushdie*. London: Palgrave Macmillan, 2010: 21.)。作家本人在访谈中也肯定了18世纪英国小说对其创作的影响(Chauhan, P. S. *Salman Rushdie Interviews*. Westport: Greenwood Press, 2001: 231-242.)。学者彼得·莫雷(Peter Morey)著文详述了鲁西迪与英国文学传统之间的关系(Morey, P. *Salman Rushdie and the English Tradition*. Cambridge: Cambridge University Press, 2007: 29-43.)。也有学者分析了《项狄传》(*Tristram Shandy*)与《午夜之子》之间的互文关系,特别指出两部小说的主人公对其"鼻子"所具有的象征意义的讨论(Gurnah, A. *The Cambridge Companion to Salman Rushdie*. London: Cambridge University Press: 98-99.)。

签赋予该部作品时①，作家特别强调了其作品的叙事手法与印度民间文学，尤其是口述文学的关系：

> 口头叙事（创作《午夜之子》前我特别关注过）的奇特之处在于，你会发现一种有着千年历史的样式却涵盖了现代小说的所有技巧。因为，当有人为你从早到晚地讲故事，故事足有一部小说那么长，在讲述过程中，你自然会允许讲述者走进他的故事中并对其品头论足——讨论故事情节、受故事中某一点触动而跑题，接着再回到故事讲述中。这些当然是口头叙事文学的次要特征，但在文本叙事中却成为奇特的现代创造。对我而言，当你关注古老的叙事并在小说创作中使用它，恰如我试图做的那样，那么你在成为传统作家的同时也成了现代作家。回到悠久的传统，你所做的就变得奇特而现代。②

小说叙述开篇时，作家即通过夸张隐喻的手法将作品与西方人所熟悉的东方民间故事《一千零一夜》联系在一起。小说的叙述者萨利姆以一名叙述者的身份出现在小说中，而他讲述的对象是一名未受过任何教育的本土印度女子博多。萨利姆在叙述开篇就将自己比为《一千零一夜》中的叙述者山鲁佐德："不过，这会儿，时间（已经不再需要我了）快要完了。我很快就要三十一岁了。也许是吧，要是我这使用过度而垮下去的身体能够撑得住的话。但我并没有挽救自己生命的希望，我也不能指望再有一千零一夜。要是我想最终留下一点什么有意义的——是的，有意义的——东西的话，我必须加紧工作，要比山鲁佐德更快。"③

---

① 哈钦在《后现代主义诗学：历史、理论、小说》中认为《午夜之子》是史学元小说的典型。阿赫默德在《詹姆逊的他性修辞和"民族寓言"》（"Jameson's Rhetoric of Otherness and the 'National Allegory'"）一文中认为《午夜之子》在西方大受好评正是因为这部作品在叙事上顺应了西方后现代主义的潮流。[Ahmad, A. Jameson's Rhetoric of Otherness and the "National Allegory". *Social Text*, 1987(17): 5.]

② 转引自：Goonetilleke, D. C. R. A. *Salman Rushdie*. London: Palgrave Macmillan, 2000: 17.

③ 鲁西迪. 午夜之子. 刘凯芳，译. 北京：北京燕山出版社，2015：3-4. 本书中对该小说的引用均出自此版本，后文将直接在文中标明页码，不再具体加注。

这种显在的关联性或作家所言称的继承性却掩盖了《午夜之子》叙述者萨利姆和《一千零一夜》叙述者山鲁佐德并没有太多相似性的事实。萨利姆强调自身叙事的紧迫性,他所有的故事都要尽快讲完,而山鲁佐德则与之恰恰相反,她需要故事可以无限制地延宕。萨利姆需要在生命终止前讲完所有的故事,而山鲁佐德则是要利用一个又一个没有完结的故事延续自己的生命。所以,鲁西迪小说的吊诡之处恰恰在于他将叙述者萨利姆与山鲁佐德作比,却不在两者之间建立可靠的可比性。虽然有评论者强调,《一千零一夜》为《午夜之子》提供了叙事组织规范,为小说叙述者萨里姆效仿山鲁佐德的叙事策略设置故事悬念①,然而与其说《一千零一夜》为小说的叙事手法提供了参照,不如说这种互文关系实则引领了读者的阅读期待。一部旨在叙述印度独立前后历史的小说在开篇援引了阿拉伯中古时代的民间传说,其效果无疑把现代印度的历史书写拉入到中古的民间传说中,既抹去了现代印度文明的印迹,为其再次穿上了神秘的、异域的外衣,同时也迎合了西方认为东方社会"古老、静止、一成不变"这一刻板想法。

　　小说在叙事上沿袭了《一千零一夜》的叙事传统,在一定程度上迎合了西方读者对东方叙事的期待视野。与此同时,小说在人物刻画,尤其是女性人物刻画方面也没有跳出西方社会业已存在的成见。《午夜之子》中女性人物的描写常常引起评论者的诟病,甚至有学者谴责鲁西迪小说叙事中隐含的"厌女情绪"②。然而,作家笔下的印度女性并没有停留在古老的印度神话中,而是在此基础上同时隐含着西方经典文学中形成的巫婆原型。鲁西迪曾在一篇讨论西方社会家喻户晓的电影《绿野仙踪》(The Wizard of Oz)的文章中提到此部电影对其的影响:"我记得《绿野仙踪》是影响我文学创作的第一部电影。不仅如此,我记得当我知道我可以去英国读书的时候,我感觉像到彩虹之上旅行一样兴奋。当时于我而言去英国如同去奥兹国一般奇妙。"③虽然,作家没有明确表示电影与《午夜

①　Batty, N. E. The Art of Suspense: Rushdie's 1001 (Mid-)Nights. In Mukherjee, M. (ed.). *Rushdie's "Midnight's Children": A Book of Reading*. Delhi: Pencraft International, 1999: 95-111.

②　Verma, C. Padma's Tragedy: A Feminist Deconstruction of Rushdie's *Midnight's Children*. In Singh, S. (ed.). *Feminism and Recent Fiction in English*. New Delhi: Prestige Books, 1991: 154.

③　Rushdie, S. *Step Across this Line*. New York: Random House, 2002: 9.

之子》之间的显著关系,但是《午夜之子》中的女性人物却大都流露出《绿野仙踪》中邪恶巫婆——西方巫婆的影子。

《午夜之子》中,叙述者萨利姆的外祖母纳西姆是传统印度妇女的代表,她迎合了英国殖民历史书写中业已形成的印度女性形象。1826 年,詹姆斯·穆勒(James Mill)在《英属印度史》(*The History of British India*)中提出了衡量文明的尺度:"在野蛮的民族中,妇女总是受到羞辱。而在文明的民族当中,她们总是高贵的。"①通过研究印度社会,穆勒根据运用自己提出的尺度认为印度社会最野蛮,因为"再也没有任何民族能够超越印度人对于女人的蔑视了……她们受到了无以复加的羞辱"②。帮助印度妇女解放的"文明使命"成为英国殖民统治合法化的说辞。纳西姆在小说中成了殖民地上"野蛮文明"中成长的女性。她在出嫁前被父亲深锁于闺阁之中,自己的婚姻听由父亲安排;她迷信而无知,拒绝接受新的事物,认为照相是摄魂,并且极力抗拒丈夫向女儿教授新的知识;在结婚之前,她和未婚夫阿达姆·阿齐兹的会面总是隔着巨大的白色床单——如同妇女的面纱,束缚了女性在社会中的自由与权利。在刻画了一位传统的、封闭的、落后的印度妇女形象之时,鲁西迪还赋予了纳西姆西方童话中坏巫婆的形象特征:"她已经过早地显老,身子也发福了,脸上有两个大痣,就像是巫婆的奶头。她生活在她自己建造起来的一个无形的要塞里面,由传统和坚定的信仰构成了铁桶似的堡垒。"(44)在叙述者萨利姆看来,纳西姆这个巫婆一样的人物,以她独有的巫术控制家里人的生活,使所有与之对抗的力量都臣服于她。"她呢,恶狠狠地瞧着说话的,她这种恶毒的眼光已经出了名。她双手握得紧紧地放在膝上,一条平纹细布大围巾把头裹得严严实实,她那没有眼皮的眼睛露出凶光,直直地盯着来人,弄得他们都不敢朝她看。他们说话的声音变得像石头那样冷漠,他们的心也变得冰冷,我外婆独自一人大获全胜。"(48)

纳西姆作为小说中印度女性的代表,还成了印度国家的比喻。她在小说中被称为"母亲大人"(Reverend Mother),作为医生的阿达姆只能通过开着洞的床

---

① 转引自:Thiara, N. W. *Salman Rushdie and Indian Historiography*:*Writing the Nation into Being*. London:Palgrave Macmillan,2009:58.

② 转引自:Thiara, N. W. *Salman Rushdie and Indian Historiography*:*Writing the Nation into Being*. London:Palgrave Macmillan,2009:58.

单观察纳西姆病痛的地方。阿达姆在一个个碎片中拼凑纳西姆的模样，并爱上了自己头脑中建构的纳西姆。通过碎片、拼凑、建构等意象，作家此处暗示了人们对印度的认识就如同阿达姆对纳西姆的理解，是在碎片的基础上想象完整性。印度是个历史悠久的国度，印度作为一个国家整体的概念只是人们在各自片段记忆的基础上想象出来的。"纳西姆代表了印度母亲（Bharat Mata）——她只能以碎片的形式被看到和理解。"①她那被黑痣扭曲的面孔象征着分裂后的印度。当鲁西迪在叙述中将纳西姆与印度联系起来之时，他再一次迎合了西方对东方的已有成见，同时又融入了西方人所熟悉的巫婆原型，加固了西方人眼中野蛮落后的印度形象。

（三）大众文化中的帝国怀旧风

《午夜之子》清晰地捕捉到了英国大众文化中的帝国怀旧风。对于英国大众来说，印度承载着大英帝国最辉煌的历史。在 20 世纪 80 年代，随着撒切尔夫人的上台，英国社会弥散的怀旧之风愈演愈烈。鲁西迪对此种帝国怀旧风颇有微词："最近几个月，人们只要打开电视、去电影院或去书店都会发现，沉寂了 30 多年的大英帝国统治（British Raj）在某种程度上又一次卷土重来了。"②作家谈及此事时是 1984 年，当时理查德·阿滕伯勒（Richard Attenborough）的电影《甘地传》（Gandhi）和大卫·里恩（David Lean）的电影《印度之行》（A Passage to India），保罗·司各特（Paul Scott）的畅销小说《英统四重奏》（Raj Quartet），以及电视剧《远处亭阁》（The Far Pavilions）和《皇冠上的宝石》（The Jewel in the Crown）都受到人们的追捧。在鲁西迪创作《午夜之子》之前，布克奖在 70 年代已三次颁给以印度为背景的作品。③ 它们分别是《克里希纳普围城记》（The Siege of Krishnapur）、《热与尘》（Heat & Dust）和《继续停留》（Staying On）。虽然鲁西迪曾撰文极力反对大众文化与文学创作中日益彰显的"帝国复辟"（Raj

① Goonetilleke, D. C. R. A. *Salman Rushdie*. London：Palgrave Macmillan, 2000：22.

② Rushdie, S. *Imaginary Homelands：Essays and Criticism, 1981—1991*. London：Granta Books：91.

③ 赫根等学者都曾撰文细述布克奖的设立与后殖民/后帝国文学之间的关系，参见：Huggan, G. *Postcolonial Exotic：Marketing the Margins*. London：Routledge, 2001.

revivalism)情怀,尤其是关于英国殖民时期印度历史描写的偏颇,然而读者在阅读《午夜之子》时,仍然可以在字里行间探寻出帝国怀旧的影子,小说中的印度仍无法摆脱被消费的命运。

小说中英国人威廉·梅斯沃德的山庄被作家描述为帝国怀旧的场所。在《午夜之子》的叙述中,印度的独立与殖民帝国的终结是同时展开的。一方面,作家呈现了印度人民对独立后印度的乐观憧憬;另一方面,作家聚焦于末代总督在其宅邸中的告别时光。作家在作品中同时鸣响了国家独立的欢歌与帝国衰落的挽歌。帝国的衰落被浓缩于梅斯沃德的山庄之内。威廉·梅斯沃德背负着他的祖辈、东印度公司的高级职员梅斯沃德于1633年年初到孟买时的愿景——"梦想孟买成为英国的属地,建造城堡"(112),于是,"威廉·梅斯沃德精心建造了他的豪华宫殿"(114)。在叙述者萨利姆的眼中,山庄的建筑契合了居住者的身份——"征服者的房子! 罗马式豪宅,在两层楼高的奥林匹斯山上建造的三层楼的天神住所,是个小小的吉罗娑!"(114-115)除了描述山庄建造的豪华之外,作家还特别强调,山庄中每一栋住宅都被主人赋予了气派不凡的名字,它们分别以欧洲著名宫殿命名——凡尔赛别墅、白金汉别墅、埃斯科里亚尔别墅和逍遥别墅。由此可以看出,梅斯沃德山庄在作者笔下成为大英帝国殖民统治辉煌的见证。此外,这些华丽的山庄也是80年代英国社会盛行的怀旧风尚之一。"庄园和它所承载的那一时期的英国历史文化都被重新发掘和膜拜。由于庄园作为被膜拜物(fetish),它随即变成了文化工艺品、建筑空间的恢宏巨制,人们膜拜它不在于其本身的价值,而在于它满足了人们内心的渴望。"[1]这种庄园的拜物主义恰恰是由于人们将庄园与帝国文化紧密相连,从而赋予了庄园原本所不具有的价值——帝国的象征,也隐含着人们对逝去帝国的怀念与渴求。鲁西迪在对梅斯沃德山庄的描写中,并没有忽略这种庄园的拜物主义,而是特意强调了山庄与帝国之间的关系。作品中,梅斯沃德将山庄的出售和移交过程比喻为印度政权的移交。他将山庄以低廉的价格出售给印度人时附带了两个条件:一是这几幢房子必须连同里面的所有东西一起买下,新房主必须将内部的一切原封不动地保留下来;二是实际移交时间为8月15日午夜,即印度独立之时。与同时代英

---

① Baucom, I. Mournful Histories: Narratives of Postimperial Melancholy. *Modern Fiction Studies*, 1996, 42(2): 261.

国文学文化中呈现的庄园一样,它与辉煌帝国之间千丝万缕的关系成为读者帝国怀旧的媒介物。正如爱德华·W. 萨义德(Edward W. Said)在《文化与帝国主义》(*Culture and Imperialism*)中对《曼斯菲尔德庄园》(*Mansfield Park*)的解读,庄园的意义已超越了它的地域空间,"它同时代表着英国性与帝国,是殖民资本和殖民统治在空间上的外在表现"①。

非比寻常的房屋出售和移交过程也透露着对帝国的怀旧。以叙述者萨利姆的母亲阿米娜为代表的印度购买者对梅斯沃德的出售条件极为不满。他们不得不忍受房屋内英国人的各种摆设和生活习惯。家庭主妇们抱怨污迹斑斑的地毯、斑驳的油漆,担心卧室天花板上的吊扇会掉下来割掉自己的脑袋。在主妇们的抱怨声中,鲁西迪揭示了东西方文化相遇时不可避免的冲突,以及印度人自然的抵抗情绪。但是作家在描写这些冲突时,却隐含着萨义德所批评的西方式的傲慢。作家细述了梅斯沃德山庄所有购房者的身份,他们代表了印度社会中殷实的中产阶级,书中展现了他们狡猾、贪婪、迂腐的一面。因为贪图便宜,他们从梅斯沃德那里购买了山庄内的别墅,并接受了梅斯沃德奇怪的附加条件,但是,他们并没有打算在梅斯沃德移交房屋后履行先前的诺言——"在那之后那房子我想怎样布置就怎样布置了""是啊,在那之后,当然喽,他就走了"(118)。与此同时,鲁西迪还以讽刺的手法描写了这些起初极力反抗梅斯沃德附加条件的印度人在生活上不由自主地被梅斯沃德同化,从而接受了他的英国式生活习惯。"但现在只剩下二十天了,事情逐渐安定下来,那些突出的矛盾也慢慢变得模糊了,因此大家都没有注意到这件事情,那就是这个山庄,梅斯沃德山庄也在改变他们。"(120-121)

这一系列的描写中,作家一方面暗示了英国的殖民统治给印度带来了不可磨灭的影响,另一方面隐藏着他的帝国视角。虽然《午夜之子》被视为后殖民文学的蓝本,但是作家对印度的描述始终透露着东方主义的傲慢。在访谈中,鲁西迪概述了他眼中的印度:

> 在印度这样的国家,你绝不会孤独。孤独是富人享有的奢侈品。对于大多数印度人来说,隐私是极其遥远的。当人们在大庭广众之下满足自己

---

① Baucom, I. Mournful Histories: Narratives of Postimperial Melancholy. *Modern Fiction Studies*, 1996, 42(2): 261.

的自然需求之时,你不会去想什么隐私。因此,在我看来,印度人混居的生活方式是西方人所未有的,而尝试或考虑过一种与他人完全分离的生活也是愚蠢的。①

作家对印度所持有的观点也影响了《午夜之子》的创作,这从梅斯沃德山庄的交易情节中已可见一斑。虽然鲁西迪这种隐藏的东方主义视角对于西方读者来说并不陌生,萨义德在其影响深远的《东方主义》(Orientalism)中已有精辟的分析,然而,正如《东方主义》所揭示的,西方读者已逐渐形成了对于东方的刻板偏见。随着后殖民话语的日益深入,西方话语中的东方主义亦成为众矢之的,西方文学创作已竭力避免落入此窠臼之中。然而,鲁西迪作为来自印度的东方作家,《午夜之子》又在西方世界里被视为第三世界的代表——"一个大陆找到了自己的声音"②,其作品中隐藏的帝国视角不仅使西方读者再次确认他们对东方的已有的成见,当帝国的统治与落后的东方同时呈现在东方作家笔下之时,也勾起了西方读者心中对帝国的怀旧之情。

(四)小结

《午夜之子》成功地捕捉到了当代英国文学市场上的脉搏,书中充满"异域风情"的印度和那个能勾起读者心中帝国怀旧情结的印度成为出版商推销的卖点和大众消费的欲望所在。当文学评论家们对《午夜之子》中描写的印度历史争论不休之时③,当代英国文坛却在《午夜之子》的影响下掀起了一股印度文学风潮。

---

① Durix, J.-P. Salman Rushdie. In Reder, M. R. (ed.). *Conversation with Salman Rushdie*. Jackson: University Press of Mississippi, 2000: 13.

② Islam, S. M. Writing the Postcolonial Event: Salman Rushdie's August 15th 1947. *Textual Practice*, 1999, 13(1): 119.

③ 当一些学者赞颂鲁西迪对印度历史的书写,使其成为后殖民文学的代表时,左翼批评家蒂莫西·布莱南(Timothy Brennan)却认为鲁西迪在对印度民族运动的叙述中刻意保持了中立的立场,把民族运动中的暴力行为与法西斯主义联系在了一起,甚至忽略了印度民族运动中最重要的人物圣雄甘地,因此未能为印度书写出本应属于第三世界的民族史诗。他还认为作家的叙述缺乏对第三世界民众及其遭遇的同情,极易沦为新殖民主义压迫的帮凶。具体参见:Brennan, T. *Salman Rushdie and the Third World: Myths of the Nation*. New York: St. Martin's Press, 1989.

印度再次成为文学消费市场上的宠儿。《午夜之子》的巨大销量也刺激和鼓励了英国文坛大量印度裔作家的创作。学者乔斯娜·E. 瑞格（Josna E. Rege）撰文细述了该作品对印度英语文学的影响。瑞格认为，"《午夜之子》的出版是印度独立后印度英语小说发展的分水岭，以至于其后 10 年出版的小说都明显受到《午夜之子》的影响，这一时代被称为'后鲁西迪'时代"①。直到 21 世纪的今天，印度仍然是英国文坛备受欢迎的消费对象。大众文化对印度的消费成为研究当代印裔英语文学时不可忽视的问题。

---

① Rege，J. E. Victim into Protagonist? *Midnight's Children* and the Post-Rushdie National Narratives of the Eighties. In Bloom，H. （ed.）. *Salman Rushdie*. New York：Chelsea House Publishers，2003：145.

第五章　结　论

20世纪曾带给人类无限的希望,同时也摧毁了人们所有的理想。当代英国历史学家艾瑞克·霍布斯鲍姆(Eric Hobsbawm)的四卷本历史巨著中的第四卷《极端的年代:1914—1991》(*Age of Extremes*:*1914—1991*)在开篇援引了12位文艺界和学术界人士对20世纪的看法:

　　哲学家伯林(Isaiah Berlin):"我的一生——我一定得这么说一句——历经20世纪,却不曾遭逢个人苦难。然而在我的记忆之中,它却是西方史上最可怕的一个世纪。"

　　法国农艺学家暨生态学家杜蒙(Louis Dumont):"我看20世纪,只把它看作一个屠杀、战乱不停的时代。"

　　诺贝尔奖得主、英国作家戈尔丁(William Golding):"我只是止不住地想,这真是人类史上最血腥动荡的一个世纪。"[①]

对于每一个走过20世纪的人来说,这都是一段动荡的历史。恰如霍布斯鲍姆所选择的12人所概述的,人们不能否认在过去的100多年里,我们分享了科学技术的日新月异所带来的成果,我们获益于经济的繁荣和物质生活的改善,但是我们也目睹了战争造成的苦难,见证了惨绝人寰的大屠杀和种族灭绝的发生。霍布斯鲍姆以当代人的身份书写了自己亲身经历的当代历史。在波澜壮阔、浩

---

① 霍布斯鲍姆. 极端的年代:1914—1991. 郑明萱,译. 北京:中信出版社,2014:2-3.

瀚如烟的历史中,历史学家以其专业的精辟洞见为我们呈现了过去的点点滴滴。

　　阿多诺那句经常被引用的著名格言有着不同版本的翻译:"奥斯威辛之后没有诗歌",或是"在奥斯威辛之后写诗是野蛮的"。阿多诺的断言曾引起学者们各种不同的阐释。创伤研究的理论家卢克赫斯特认为阿多诺是基于文化批评的立场,旨在批评传统的西方文明,尤其是以本体论为基础的西方哲学。在阿多诺看来,西方哲学的思辨文化与资本主义的无情剥削,两者既协同合作又互相排斥,此矛盾在奥斯威辛集中营中被激化而爆发。因此,伦理学家列维纳斯犀利指出了本体论哲学中隐含的暴力——"作为第一哲学的本体论是一种权力哲学"[1],其中宣扬的同一性和整体性则是暴力之源。因此,传统的暗含同一性和整体性的诗歌、艺术、文学和思想等都受到了奥斯威辛的挑战。然而,创伤的历史需要见证,因为遗忘将是对受创者最大的背叛。即使奥斯威辛之后没有诗歌,但是奥斯威辛之后必须要有见证。无论是历史学家还是文学家都积极参与了奥斯威辛之后创伤历史的书写。

　　文学创作以独特的叙事方式见证和反思了历史。在 20 世纪末期的英国文坛,创伤历史的书写也是作家们关注的对象。二战后,英国的殖民体系瓦解,英国在国际上的地位和作用进一步削弱。撒切尔夫人执政期间,政府大肆宣传"历史价值观"(经常以维多利亚时代为标准),"遗产、延续性、怀旧、传统在当时是十分流行的词语"。[2] 在 80 年代的英国,当人们沉浸在对辉煌过去的缅怀中时,历史却离人们越来越遥远。"历史经历了大众化的结果:它越是被关注,就越变得不真实或不相关。过去已经不再是被敬畏或害怕的了,它已经被一直扩张的现在所吞噬。"[3]创伤历史见证的迫切需要、人们对历史的利用甚至是滥用、人们与过去关系的变更都构成了 80 年代以来英国文学中历史小说繁荣的社会因素。

　　20 世纪末以来逐渐发展的创伤研究理论是本书的理论基础。关于创伤的

① Levinas, E. *Totality and Infinity: An Essay on Exteriority*. Lingis, A. (trans.). Boston: M. Nijhoff Publishers, 1979: 46.

② Behlmer, G. K. & Leventhal, F. M. (eds.). *Singular Continuities: Tradition, Nostalgia, and Identity in Modern British Culture*. Stanford: Stanford University Press, 2000: 3-4.

③ Lowenthal, D. *Past Is a Foreign Country*. Cambridge: Cambridge University Press, 1985: xvii.

研究近年来卷帙浩繁，方向也相当多元。总体来说，当代创伤理论大致可以分为三类。第一类是创伤的病理学研究。自1980年美国心理学会将创伤后应激障碍纳入医学诊断目录，心理学界由此开启了创伤的个体诊断和治疗。第二类是创伤与主体性理论。学者们基于哲学的主体性讨论，认为创伤是主体存在的基础，是主体性之根源，创伤参与了主体性的建构。针对拉康关于"真实域""想象域"和"象征域"的解读，齐泽克指出，创伤是一种"真实"的经验，"真实"不同于"现实"，"现实"是由想象域和象征域共同作用的结果。真实域既不可能在想象域中被形象化，也不可能被象征域所表征；它是被彻底排斥、完全无法认知的。按拉康的说法，"真实是不可能的"。真实是纯粹的、无差异的和抵制象征化的力量或效果。因此，处于创伤之核心的正是某种真实的经验。第三类是创伤的见证研究，主要以克鲁斯、拉卡普拉、费尔曼等学者的理论为基础。学者们将创伤的病理学研究扩展至社会文化领域。他们主要关心的是如何在历史中书写大屠杀这样的创伤事件，真实地再现创伤是否可能，创伤记忆与叙事记忆的异同，创伤见证的伦理问题，等等。这些学者所开启的创伤研究的新课题，涉及了历史学、叙事学、心理学和社会学等多种学科的理论和研究方法，同时也为创伤的文学叙事研究打开了新的思路。在轰轰烈烈的创伤研究背景下，当代英国小说家也以各自不同的虚构叙事参与创伤历史的书写与反思。

本书从创伤与叙事的吊诡关系、个人创伤与主体成长、集体创伤与社会发展，以及创伤书写的伦理困境等四个角度细致剖析了当代英国小说的创作。首先，在以斯威夫特、巴恩斯为代表的史学元小说叙事中，作家们通过创新的叙事技巧，打破了传统的情节化叙述，既揭示了宏大历史叙事的虚伪性，同时又尝试了历史叙事的多种可能性。抛弃了宏大叙事的小说创作为创伤的书写开辟了新的道路。他们通过碎片化、不及物叙事、中动语态、狂欢化和复调叙事等手法表现了过去的创伤事件在当下生活中重复展演的特质。其次，作家们在作品中也展现了个体创伤与个人成长之间的关系。石黑一雄通过一位原子弹爆炸的幸存者之口讲述了战争创伤对个人生活的持久影响。作家将个人的伤痛与民族创伤、个人的愧疚与民族的愧疚，两两相互交融，通过书写个人的创伤历史反思了二战对日本民众和日本社会的影响。麦克尤恩与温特森两位作家分别在各自的作品中讨论了不同性别的个体在创伤中所遭遇的性别危机。麦克尤恩作品的叙述者乔需要在创伤中重建自己的男性气概,而温特森笔下的珍妮特冲破了传统社会对同性恋的歧视,在经历创伤后获得了自我身份认同。在两位作家笔下,创伤既是主体性的破坏者,同时也成为主体身份之源。与此同时,在哲学讨论的话语中,创伤也可被视为人类的基本存在境况。我们每个人都是"有死者",死亡是我们无法跨越却不得不面对的结局,同时也是无时无刻不悬于顶上的阴影。石黑一雄的一部后人类小说从克隆人的视角讲述了克隆人的无奈和伤痛,却在字里行间影射着我们每一个人无法摆脱的"向死而生"之痛。

虽然小说关注的总是具体人物的具体生活,但是小说家也像历史学家一样在作品中书写了人类和民族的集体创伤。巴克笔下深受弹震症困扰的军官、麦克尤恩刻画的沾沾自喜却被笼罩在恐怖主义阴影下的白人医生,这些由小说家塑造的丰满的人物形象分别从他们各自的创伤经历出发,向人们展示了创伤对群体、社会和族群的影响。巴克揭露了一战摧毁了英国传统的价值体系;麦克尤恩质疑了美国的新自由主义政策是否真的能有效地打击恐怖分子。作家呼唤在大屠杀、"9·11"等创伤历史之后,理性的思辨应当让位于移情的感受。移情的伦理功效再次成为学者们关注的焦点。在当代英国文坛,史密斯和麦克尤恩都坚定地相信文学与艺术所具有的移情力量,它们能安抚创伤、化解暴力。但是对移情质疑的声音也随着对移情的肯定此起彼伏,石黑一雄在多部作品中都质疑了现代社会中文学与艺术的伦理作用。鲍曼提出的后现代伦理学也得到了英国文坛的回应。麦克尤恩在其作品中探讨了工具理性与大屠杀之间的关系,并进一步反思了"平庸的恶"。无论是创伤的幸存者,还是虚构的小说家,创伤文学在20世纪末喷薄而出,一时间收获了大量的读者群体。大众文化和大众传媒也加入了创伤历史的再现和讨论,创伤书写面临着被商业化和滥用的危险。鲁西迪的小说可被视为利用后殖民创伤的书写获得商业成功的案例。因此,创伤历史的书写也要警惕被功利化、被大众化需求所驱使的危险。

由此可以看出,本书以创伤的视角重新审视20世纪80年代以来英国小说家的代表性作品,以创伤的视角和创伤研究的方法深入研究当代英国小说创作,可以更准确细致地了解作家是如何刻画和剖析20世纪后半叶以来的英国社会的。以创伤历史的书写作为切入口,本书融合了叙事学、历史学、伦理学的视角,多层次、多维度地展现了当代英国小说创作的思想主题。此外,通过细致剖析英国作家作品中的创伤书写,作家们对创伤中伦理选择的思考也可以对中国读者有一些借鉴启迪作用。本书希望通过讨论英国小说中创伤历史的书写,揭示人们在创伤中暴露出的人性弱点,强调审视现在的生活,珍视存在的意义。

犹太诗人保罗·策兰(Paul Celan)曾用一首《死亡赋格》("Death Fugue")反驳了阿多诺那句"奥斯威辛之后没有诗歌"的论断。然而,不可否认的是,奥斯威辛之后,创伤的叙事呈现出了自己独有的特点,并形成了所谓的创伤美学。在西方的话语中,从弗洛伊德的心理学伊始,创伤表现出不可知、非比寻常、重复展演的特征。创伤美学因此也指涉了以破碎的、重复的、不连贯的叙事表现创伤的展演,以及创伤对叙述者的影响。当代英国小说中的创伤书写也体现出了类似的特点。但是,随着创伤研究的深入,由西方主流话语提出的创伤美学受到了少数族裔学者的质疑。我们应该注意到,在不同的文化传统中,人们面对创伤的态度往往是不同的,因此书写创伤的方式也会随之不同。近几年,创伤研究也逐渐进入了中国文学研究的领域,西方已有的研究成果无疑成为我们可以借鉴的他山之石。但是中国人性格中的隐忍、克制往往会将创伤历史及其影响隐藏得更加隐蔽。如果说,西方文学中的创伤书写就像印象主义绘画一样色彩鲜明,创伤之痛往往被表现得酣畅淋漓,那么中国文学中的创伤书写则在一定程度上好像中国的白描山水,创伤是以更加隐晦的方式表现出来的,有时创伤隐藏于描写的留白中,就像金宇澄《繁花》中反复出现的"沪生不响",不想说、不能说和不可说停留于此。因此,当代英国小说中创伤历史的书写研究不仅为我们理解当代英国小说与社会展现了新的视角,而且也为我们进一步思考中国自己的创伤美学,从而研究我们的历史文化提供了新的借鉴。